The Crimson Circle

Edgar Wallace

論創海外ミステリ
Ronso Kaigai MYSTERY
147

真紅の輪

エドガー・ウォーレス

福森典子 訳

論創社

The Crimson Circle
1922
by Edgar Wallace

目次

主要登場人物

ジョン・パー……………ロンドン警視庁《スコットランドヤード》の警部
デリック・イェール…………サイコメトリー能力のある私立探偵
ジェームズ・ビアードモア……〈クリムゾン・サークル〉に脅迫されている富豪
ジャック・ビアードモア……ジェームズの息子
ハーヴィー・フロイアント……ジェームズの仕事相手、友人
タリア・ドラモンド…………フロイアントの秘書
ブラバゾン…………………銀行の頭取
フィリックス・マール………不動産の投機家
モートン大佐………………ロンドン警視庁《スコットランドヤード》・警視総監
〝フラッシュ〟バーネット……元・服役囚の泥棒
ミリー・マクロイ……………〝フラッシュ〟の婚約者、ブラバゾン銀行のタイピスト
サミュエル・ヘギット………法律事務所の代表
ラファエル・ウィリングズ……イギリスの閣僚
ライトマン…………………フランス・トゥールーズ刑務所の死刑囚、イギリス人
クリムゾン・サークル………謎の犯罪集団の首謀者

真紅の輪

〈クリムゾン・サークルとは、人類に宣戦布告した謎の人物の、恐ろしいしるしである〉

ブライアンへ

プロローグ　一本の釘

もしもあの九月二十九日がムシュー・ヴィクトル・パリヨンの誕生日でさえなければ、一連の不可解な〈クリムゾン・サークル〉事件は起きなかったかもしれない。今はこの世にいない十人以上の人間は命を落とすこともなく、タリア・ドラモンドは、とある冷静沈着な刑事に〈一匹でも狼、群れても狼〉などと呼ばれずにすんだはずだ。

ムシュー・パリヨンは、トゥールーズ市の〈金の鶏《コックドール》〉で三人の部下に夕食をふるまい、愉快でご機嫌な夜を過ごしていた。午前三時になって、ムシュー・パリヨンはトゥールーズへ来た本来の目的を思い出した。ライトマンというイギリス人の犯罪者に、死刑を執行するためじゃないか。

「やい、おまえら」いかめしく言ったつもりでも、声がひっくり返る。「もう三時だ、〈赤い貴婦人《レッド・レディー》〉を組み立てるぞ！」

そこで一行は刑務所の前へ移動した。そこには、ギロチンの主要部品を詰め込んだ手押し車が真夜中から放置されたままになっており、四人は熟練の技を駆使してその恐ろしげな器具を組み立て、溝に刃を取りつけた。

だがどれほど機械的な技も、酔いの早い南フランスのワインには勝てなかったと見え、試しに刃を落としてみると、どうしても途中で引っかかる。

「おれにまかせとけ」そう言ってムシュー・パリヨンが釘を打ち込んだのは、まさに釘を打ってはいけない個所だった。

だが、兵隊が外へ出てくるのを見て、ますます慌てるばかり……

四時間後（冒険心に富んだカメラマンが囚人のすぐそばまで寄って写真を撮れるほど明るくなっていた）、ひとりの男が刑務所から引き出されてきた……

「がんばれよ！」ムシュー・パリヨンがつぶやく。

「くたばっちまえ！」板に縛りつけられて横たわった死刑囚が言い返す。

ムシュー・パリヨンがハンドルを引くと、刃が落ちた……と思うと、例の釘でぴたりと止まった。三度繰り返したが、三度とも失敗だ。腹を立てた観衆が押し寄せて来そうになり、囚人は刑務所に戻された。

十一年後、このたった一本の釘が、多くの命を奪うことになる。

第一章　勧誘

　ほとんどの善良なる市民がベッドに入る支度をする頃、その住宅街では大きな古めかしい邸の上層階の窓に灯りがいくつかともり、強風にあおられて折れんばかりに激しく揺れる裸の木々のシルエットを映し出していた。川から冷たい風が吹き上げてきて、その先陣を切るように凍てつく冷気がどこへでも、囲われた場所にさえ流れ込んでくる。

　高い鉄柵沿いにゆっくり歩いていた男が身震いをした。見ず知らずの相手が待ち合わせに指定した場所が、吹きさらしの嵐の中とあって、厳重に着込んできたつもりだったが。

　足元では秋の名残の枯れ葉がくるくると華麗に舞い、一方頭上では、木々が痩せ細った枝を振り回し、小枝や葉が音を立てて降っていた。男は家から漏れる楽しげな明かりをうらめしそうに眺める。ノックさえすれば、あたたかく迎え入れてもらえるだろうに。

　どこか近くで時計が十一時の鐘を響かせる。その最後の余韻が消える前に、住宅街に一台の車が音も立てずに滑り込み、男の脇で止まった。ふたつのヘッドランプがぼんやりと光っている。閉じた車内には、かすかな光ひとつない。一瞬ためらったものの、道で待っていた男は車に近寄り、ドアを開けて乗り込んだ。前方の運転席に座る人物の輪郭すら見えない。自分が踏み出してしまった一歩の恐ろしい重みに気づいて、鼓動が高鳴った。車は止まったままで、運転席の男もぴくりとも動かない。

少しの間死んだような沈黙が流れた後、やがて後ろに乗り込んだ男が静寂を破った。

「なんの用です?」緊張した男が、いらつきながら尋ねる。

「決心はついたのかね?」運転席の男が訊いた。

「そうでなきゃ、ここへ来ると思いますか?」後ろの男が強く言った。「単なる好奇心でのこのこやって来たとでも思ってるんですか?　わたしに何をしろと?　それを教えてくれたら、こちらもあなたへの要求を言いますよ」

「おまえがわたしに求めているものは、もうわかっている」運転席の男が言った。その声はヴェールで覆われているかのようにくぐもって、はっきりと聞こえない。

あとから乗ってきた男の目が暗さに慣れてくると、運転手が黒いシルクの頭巾を頭からすっぽりかぶっているのがぼんやりと見える。

「おまえは破産寸前だ」運転手は続けた。「手をつけてはならない金を使い込み、死のうと考えている。が、ただの債務超過なら自殺まで考えなかっただろう。おまえが信用を失うような、警察に捕まるような事実を嗅ぎつけた敵がいるのだ。三日前、おまえは調剤薬剤師の友人の会社から、とりわけ強い毒薬を手に入れた。薬局では買えないものだ。この一週間というもの、あらゆる毒物やその効果について調べた結果、破滅から逃れられる秘策でもみつからない限り、次の土曜か日曜に自ら死ぬことに決めた。おおかた、日曜だろうな」

後部座席の男が息を呑むのを聞いて、運転手は静かに笑った。

「さて。わたしの命令に従って働く決心はついたかね?」

「何をさせるつもりですか?」男は震えながら尋ねる。

「わたしの指示通りにやってくれればいい、それだけだ。邪魔が入らないようにこちらで手配をするし、報酬はたっぷり払う。今この場でまとまった金を渡す用意もある。急場をしのぐことはできるはずだ。そのかわりに、わたしが送る金をすべて流通ルートに乗せる、つまり、警察に足のついた番号の手形や紙幣を両替し、突き止められないように痕跡を消すこと。わたしに処分できない債権をかわって処分する、要はわたしの代理人となるのだ——」彼は言葉を切り、意味ありげにつけ加えた。「そして、言われたときに言われただけの現金を渡してくれればいい」

後ろの男はしばらく答えなかったが、少し不機嫌そうに訊いた。

「〈クリムゾン・サークル〉というのは、何ですか?」

「おまえのことだよ」驚くような答えが返ってきた。

「わたし?」男が息を呑み込む。

「おまえもクリムゾン・サークルのひとりだ」運転手が慎重に言った。「おまえには百人の仲間がいるが、他の者を知ることはないし、おまえの正体を知られることもない」

「それで、あなたは?」

「わたしは、全員を知っている」運転手が言った。「引き受けるのかね?」

「ええ、お引き受けします」しばらくしてから男が答えた。

運転手は座ったまま半分ふり返り、手を伸ばす。

「これを持っていけ」彼は言った。

〝これ〟というのは大きな分厚い封筒で、クリムゾン・サークルの最新メンバーはそれをポケットにねじ込んだ。

「以上だ、降りろ」運転手がぞんざいに言うと、男は何も訊かずに従った。

音を立ててドアを閉め、運転手の脇まで歩いた。車を運転しているのが誰なのか気になる。自分が生き延びるためには、その正体を知っておかなければ。

「そこで葉巻に火なんかつけるなよ」運転手が言った。「葉巻を吸えば、それはマッチを擦るための口実とみなす。よく覚えておけ、わたしを知る者は、その秘密を地獄へ持っていくことになる」

何か答えるより早く車が発進し、封筒を持った男は遠ざかる赤いテールランプが消えるまでみつめていた。

頭のてっぺんからつま先まで全身が震え、ガチガチと鳴る歯でくわえていた葉巻に、ようやく火をつけようとして、マッチの炎が激しく震える。

「これでよかったんだ」男はかすれた声で言うと道路を渡り、脇の小道に消えていった。

その姿が見えなくなる前に、暗い家の戸口から静かに人影が出てきて彼の後をつけはじめた。背が高く、肩幅の広い男で、体質である息切れのせいで歩くのがつらそうだ。百歩ほど追いかけたころで、先ほどから覗いていた船員用の双眼鏡をまだ手に持っていることに気づいた。

大通りまで来て標的を見失った。予想の範囲内だったので、動揺はしなかった。どうせ住所はわかっている。だが、運転していたのは誰だ？　車のナンバーは覚えたから、朝になったら所有者を割り出せばいい。ミスター・フィリックス・マールはにんまりと笑った。目撃したばかりの密会の中身を知っていたなら、とても笑ってはいられなかっただろう。クリムゾン・サークルの脅威を前にしては、彼より屈強な男でさえ恐怖に凍りつくに違いないのだ。

第二章　支払いを拒んだ男

クリムゾン・サークルは約束を守るのが信条だったため、おとなしく金を払ったフィリップ・ブラッサールは生き延びることができた。銀行家のジャック・リッツィーも金を払ったが、すっかりうろたえてしまった。もともと心臓が弱く、ひと月後に自然死をとげた。鉄道弁護士のベンソンは脅迫を鼻で笑った結果、特別客車の脇で死体となって発見された。

さまざまな能力を駆使してその殺人犯を捕えたのが、ミスター・デリック・イェールだ。客車に忍び込んでベンソンを殺し、死体を窓から投げ捨てた黒人の男は絞首刑になったが、誰に雇われていたかは、とうとう明かさずじまいとなった。警察がイェールのサイコメトリー能力を軽んじていたとしても——事実、ばかにしていたのだが——事件発生後四十八時間も経たないうちに、イェールが不法労働船員の集まるイエアサイドの安宿へ警察を導いたのは、その力のおかげだ。犯人は狐につままれたように自白した。

ベンソンの悲劇を受けて、警察に届けずに金を払った人間が大勢いたと見え、クリムゾン・サークルの名は長い間新聞の見出しにのぼることはなかった。が、ある朝ジェームズ・ビアードモアの朝食のテーブルに正方形の封筒が届いた。中のカードには、真紅の輪《クリムゾン・サークル》の印が押してある。

「おまえはこういう芝居がかったことが好きだろう、ジャック——読んでみろ」

ジェームズ・スタンフォード・ビアードモアは、テーブルの向かい側に座っていた息子にメッセージカードを投げ、皿の横に積み上げた手紙の山からさっそく次の封筒を取って開封しようとしていた。ジャックは床に落ちたカードを拾い、眉をひそめて眺めた。住所が書かれていないことを除けば、なんの変哲もないカードだ。カードの四辺に内接するほど大きな赤い輪は、ゴム印を使ったらしくインクにむらがある。その輪の内側に、活字体で次のように書いてあった。

十万ポンドなど、おまえの財産のほんの一部にすぎない。すべて紙幣で用意して、わたしが差し向ける使者に渡せ。二十四時間以内に受け渡しに都合のいい時刻を〈トリビューン〉紙の広告欄で知らせろ。これが最終警告だ。


署名はなかった。

「どうだ?」

老眼鏡の縁から見上げる老ジム・ビアードモアの目が笑っている。

「クリムゾン・サークルじゃないですか!」息子が息を呑む。

その声に混じった不安を、ジム・ビアードモアは笑い飛ばした。

「まさしく、クリムゾン・サークルだ――もう四通も届いとるぞ!」

息子が呆然と父を見る。

「四通も?」おうむ返しに訊いた。「そうか。イェールがうちに泊まってるのは、そういうわけだったんですね?」

ジム・ビアードモアが微笑んだ。

「それもあるな」

「たしかに彼が探偵だとは知っていたけど、まさかこんなたいへんな事態になっていたとは――」

「その地獄の輪っかのことなど、気にせんでいい」父親が少し苛立ちながら言葉を遮る。「そんなものは恐れるに足りん。フロイアントは、自分までも狙われて殺されるんじゃないかとびくびくしとったが。無理もない。かつてはわしと一緒にあちこちで恨みを買っとったからな」

皺だらけのしかめっ面にごま塩のような無精ひげを生やしたジェームズ・ビアードモアは、向かいに座るハンサムな若者の祖父に間違われかねなかった。ビアードモア家の財産はすべて、彼が体を張って一代で築いたものだ。極貧、危険、失望に満ちた山師から身をおこし、壊れた夢の残骸を実現させた結果だった。乾ききったカラハリの平原で死神につきまとわれ、幻のダイヤモンドを求めてバール川の底の泥を掻きあさり、クロンダイク金山では金の枯渇とともに発掘権まで無くしたりもした。真の修羅場をいやというほどくぐってきた男にとって、クリムゾン・サークルの脅しなどに慌てふためくまでもない。それよりも差し迫った心配の種は自分ではなく、息子が直面している危機だ。

「おまえにはしっかりした良識があると信じとるぞ、ジャック。だから、耳が痛いだろうが聞いてくれ。これまでわしは、おまえの遊びに干渉したり、分別に疑問をはさんだりしたことはなかった――だが――今の自分の判断が賢明だと思うかね？」

ジャックにはなんのことか察しがついた。

「ミス・ドラモンドのことを言ってるんですね、お父さん？」

父親がうなずく。

「彼女はフロイアントの秘書ですよ」息子が反論を始めた。

「フロイアントの秘書だということは知っとる。それがいけないとは言わん。大事なのは、ジャック、おまえがそれ以上のことを知っとるかだ」

息子はこれ見よがしにナプキンをくしゃくしゃに丸めた。顔を真っ赤に染め、必死に歯をくいしばっているさまを、ジムは内心面白がっていた。

「彼女のことは好きですよ。いい友人です。男女の関係を迫ったことはありません。それが言いたいんでしょう、お父さん。そんなことをしたら、友人ですらいられなくなりますからね」

ジムがうなずく。言うべきことは言った。あらためてふくらんだ封筒に手に伸ばし、怪訝な顔をした。フランスの切手が貼ってあるのがジャックからも見え、誰からだろうと不思議に思った。

ジムが封を破ると手紙の束が出てきたが、厳重に封をした封筒も一通入っていた。その表書きを読んで、ジムは鼻に皺を寄せた。

「なに！」そう言ったきり、その封筒は開封しないままテーブルに戻した。他の手紙をざっと見て、向かいに座る息子に視線を移す。

「いいかね、相手が男であれ女であれ、最悪の姿を見るまでは信用しちゃならんぞ」彼は言った。「今日は来客の予定がある。世間的には立派な男だ。罪深さで言えば、わしの帽子ほど真っ黒なやつだが、それでも取り引きはするつもりだ――すでに最悪の姿を知っとるからな！」

ジャックは笑った。何か言おうとしたところへ、客が入ってきた。

「おはよう、イェール――よく眠れたかね？」老人が尋ねる。「コーヒーをもっと持って来させなさい、ジャック」

デリック・イェールの滞在は、ジャック・ビアードモアにとって純粋に嬉しいことだった。ロマンスへの憧れが最高潮に達し、誰であれ探偵と名のる人物と交流できることに特別な喜びを感じる、そういう年ごろなのだ。ましてや、イェールのもつ魅力と言えば、超能力だ。人にはない特殊な資質が、彼を比類ない存在にしていた。繊細で美しい顔だち、謎めいた深い瞳、細長く繊細な手の動きの一つひとつが、その比類なさを創り上げている。

「ぼくは普段も眠らないんですよ」巻いてあったナプキンを広げながら、イェールは陽気に言った。彼がナプキン・リングを二本の指の間にはさむのを、ジェームズ・ビアードモアは面白そうに眺めていた。一方のジャックは、溢れんばかりの憧れを隠そうともしない。

「どうだね？」老人が尋ねる。

「最後にこれに触れた人には、悪い知らせが届きましたね——どなたか近い親戚が、重病です」

ビアードモアがうなずく。

「テーブルをセットしたのは、ジェーン・ヒギンズという女中だ。今朝、母親が危篤だという手紙を受け取ったばかりだ」

ジャックは息を呑んだ。

「そのことを、ナプキン・リングから感じ取ったんですか？」彼は信じられないというふうに尋ねた。「どうやってわかるんです、ミスター・イェール？」

デリック・イェールは首を振った。

「説明などできないよ」静かに言った。「ぼくに言えるのは、リングを手に取った瞬間、深く、痛いほどの哀しみが駆け抜けたってことだ。おかしいだろう？」

「でも、どうして母親のことだと？」

「なんとなくたどり着いただけさ」イェールは少々ぶっきらぼうに答えた。「消去法だよ。何か新しい知らせは届きましたか、ミスター・ビアードモア？」

返事のかわりに、ジムは受け取ったばかりのカードを手渡した。

イェールはメッセージを読むと、白い手のひらにカードを載せた。

「投函したのは水夫ですね」彼は言った。「服役した過去があり、最近大金を損しています」

ジム・ビアードモアは笑った。

「それを補塡してやるつもりは毛頭ないぞ」そう言って立ち上がる。「警告は深刻なものかね？」

「非常に深刻です」デリックは彼らしい落ち着いた様子で言った。「ぼくの付き添いなしで屋敷を出ないでいただきたい、それぐらい深刻な状況です。クリムゾン・サークルは」とデリックは、憤慨するビアードモアの抗議を独特の身ぶりで制止して話を続けた「たしかに下品で芝居がかったことをやりますが、あなたがどれほど劇的な最期を遂げようと、ご遺族のなぐさめにはなりませんよ」

ジム・ビアードモアはじっと黙り込み、息子が心配そうに父をみつめる。

「外国へ出られてはどうですか、お父さん？」彼が尋ねると、即座に父が切って捨てた。

「外国へなんぞ、行かん！」彼は怒鳴った。「安っぽい〝ブラックハンド〟（二十世紀初めに主にイタリア系ギャングが黒い手の印のついた脅迫状を送ったという一連の組織的犯罪）もどきから、しっぽを巻いて逃げろと言うのか？　こんなやつらは、わしの手で送り込んでくれる――！」

どこへ送るつもりかまでは言わなくとも、ふたりには見当がついた。

第三章　つれない態度の娘

ジャック・ビアードモアはその朝、大きな悩みを抱えて野原をゆっくり歩いていた。無意識のうちに、邸から二キロほどのところに広がる小さな窪地へと足が向いてしまう。窪地のちょうど真ん中がビアードモア家とフロイアント家の境界線で、敷地を隔てるように生け垣が植えられている。素晴らしい朝だ。この一帯を吹き荒れた前夜の嵐は過ぎて、雨上がりの世界が黄色い朝日を浴びている。ずっと向こうのペントン・ヒルを覆う暗緑色のやぶの奥に、ハーヴィー・フロイアントの大きな白い邸宅がちらりと見えた。こんなに地面がぬかるんで草が雨に濡れていても、あの娘は外へ出てくるだろうか、と彼は思った。

窪地の端の大きな楡《にれ》の木の下で立ち止まり、荒れ放題の生け垣に沿って不安なまなざしを走らせていくと、避暑用の小さな別荘が目にとまった。タワー・ハウスの以前の所有者が建てたものだ――孤独を嫌うハーヴィー・フロイアントが、そんな無駄遣いをするはずがない。

人影はなく、ジャックの心は沈んだ。十分ほど歩いていくうちに、以前生け垣に開けておいた穴のところまで来た。穴をくぐり抜けた先で大きな安堵のため息をついたのが、小さな別荘で腰かけている娘の耳にも届いたにちがいない。

振り向いた娘が、見るからにしぶしぶと立ち上がった。

金髪で、しみひとつない肌の目を惹く美人だが、ゆっくりと近づいてくるその目つきはよそよそしい。

「おはようございます」彼女は冷ややかに言った。

「おはよう、タリア」ジャックが思いきって言うと、彼女はまた顔をしかめた。

「こんなことは、もうやめていただきたいわ」彼女が何を言いたいのか、ジャックには伝わっていた。どうしてそんな態度をとるのかわからず、不安がつのる。本当は、弾けるように明るく笑うひとなのに。前に野ウサギを追いかけている彼女を偶然見かけたとたん、すっかり心を奪われてその場で見入ってしまった。小さな足で野原を蹴り、怯えたウサギを飛ぶように追いかける姿は、声を立てて笑う狩りの女神ディアーナを思わせた。彼女が歌うのを聞いたこともあったが、その声は生きる喜びに溢れていた――その一方で、ひどく落ち込んで塞いでいる姿も見かけ、どこか悪いんじゃないかと心配にもなった。

「ぼくといると、どうしてそんなによそよそしくかしこまっちゃうんだ?」ジャックが不満げに言う。

一瞬、彼女の口の端に、ほんの小さな笑みが浮かんだように見えた。

「たくさん本を読んで知ってるからよ」彼女は真面目な声で言った。「大金持ちのお坊ちゃんに対して、よそよそしくかしこまったりしないような貧乏な秘書の娘は、大抵ひどい目にあうと決まってるの!」

歯に衣着せぬ彼女のもの言いは、人を困惑させた。

「第一ね」彼女が続ける「よそよそしくかしこまらない理由がないでしょう。人間が、別の人間にとる基本的な態度なのよ。その相手に好意をいだいているのでなければね。そして、わたしはあなたに好意なんて全然いだいていないんですもの」

彼女が穏やかに、はっきりとそう言うと、ジャックの顔は真っ赤に染まった。自分がばかみたいに思え、こんな残酷な結果を招いてしまった自分を呪った。

「いいことを教えてあげましょうか、ミスター・ビアードモア」彼女は例の落ち着いた口調で続けた。「あなたがちっともわかっていないことよ。もしもひと組の男女が孤島に流されたとしたら、その男にとって世界中に女はその彼女しかいないと思い込むものだわ。勝手な空想をその女に集約させて、日ごとに男の目には彼女がどんどん素晴らしく映るようになる。孤島の男女の話はたくさん読んだし、そんな興味深い状況を扱った映画もたくさん見たけど、今のあなたがまさにそう。ここは孤島なのよ――あなたは自分の地所の中にばかり籠って、目に入るものといったらせいぜい、ウサギか、鳥か、タリア・ドラモンド。もっと都会へ出かけるべきよ、ご自分と同じ身分の人間のいる社会へ」

彼女は会釈を残して背を向けた。雇い主がこちらへ向かってくるのが見えたからだ。先ほどから立ち止まってこちらの様子を覗いているのが視線の端に入っており、機嫌を損ねているだろうと予測できた。

「家計簿をつけていたはずじゃないのか、ミス・ドラモンド」棘のある声がした。

五十代初めの痩せたその男は、青白く鋭い顔立ちで、頭は早くも禿げている。何かを尋ねるときには黄ばんだ長い歯をむき出す悪い癖があり、そのしかめた顔は、相手の返事がなんであれ言い訳に違いないと決めつけているような、嫌な印象をもたらした。

「おはよう、ビアードモア」出し抜けにジャックに挨拶すると、また不満げに秘書のほうを向く。

「時間の無駄遣いは困るね、ミス・ドラモンド」

「あなたの時間も、わたしの時間も、無駄になんてしてませんわ、ミスター・フロイアント」彼女は落ち着き払って答えた。「家計簿はつけ終わりました——この通り！」彼女は小脇に抱えていた古い革の紙ばさみを指で叩いた。

「仕事なら、うちの書斎でできるだろう」フロイアントが抗議する。「わざわざ大自然の中に出てやらなくても」

彼は黙って長い鼻をこすり、娘と若者を見比べた。

「よろしい。もう結構だ」彼は言った。「ちょうどお父上に会いに行くところだったんだ、ビアードモア。一緒に行こうか？」

タリアはすでにタワー・ハウスへ戻り始めていたので、ジャックにはそれ以上そこに残る理由がなくなった。

「あの娘の時間を無駄にするんじゃない、ビアードモア、やめてくれ、頼んだぞ」フロイアントがいらいらしながら言う。「仕事は山ほどあるんだ——第一、お父上がいい顔をしないだろう」

ジャックは何か言ってやろうと思ったが、自制した。ハーヴィー・フロイアントのことは普段から気に入らなかったが、タリアに対する傲慢な態度には、瞬間的に憎悪さえおぼえた。

「ああいう階級の娘は」窪地の奥にある門に向かって生け垣沿いに歩きだしたミスター・フロイアントが言いかける。「あの手の娘は——」そこで呆然と立ち尽くした。「どこのどいつだ、生け垣に穴を開けたのは？」ステッキで穴を指しながら問いただした。

「ぼくですよ」ジャックが怒ったように言った。「どうせ生け垣はうちのものだし、お宅との行き来に八百メートルほど近道になるんです——さあ、行きましょう、ミスター・フロイアント」

ハーヴィー・フロイアントは無言のまま、おそるおそる生け垣の穴をくぐった。先ほどジャックが窪地を見下ろしていた楡《にれ》の木に向かって、ふたりはゆっくりと斜面を上っていく。ミスター・ハーヴィー・フロイアントは何も言わずに、口を尖らせていた。しきたりを重んじる男で、そのおかげで利益をあげてきたのだ。

丘の頂上まで上ったところで、突然腕を摑まれたフロイアントが振り向くと、ジャック・ビアードモアが木の幹をじっとみつめている。その視線の先をフロイアントも目でたどるなり後ずさりし、不健康な顔がいっそう青ざめた。木の幹には、真っ赤な円が乱暴に描かれ、そのペンキはまだ乾いていなかった。

第四章　ミスター・フィリックス・マール

ジャック・ビアードモアは辺りをくまなく見回した。目につく人影といえば、手に鞄をさげた男がひとりゆっくりと遠ざかっていくだけだ。ジャックが大声で呼びかけると、男が振り向く。

「あなた、誰なんですか?」ジャックが問いただした。「ここで何をしてるんです?」

その見知らぬ男は背が高く太り気味で、旅行鞄をさげて歩いてきた疲れから少し息が上がっている。返事ができるようになるまで、しばらくかかった。

「おれはマールだ」男が言った。「フィリックス・マール。おやじさんから聞いてねえか。あんた、ミスター・ビアードモアの息子だろう?」

「ええ、そうです」ジャックが言った。「ここで何をしてるんですか?」彼は質問を繰り返した。

「駅から近道があると言われたんだが、聞いてきたほど近くもねえな」ミスター・マールは呼吸するたびに鼻がフガフガと鳴った。「あんたのおやじさんに会いに行くところだ」

「あの木には近づきませんでしたか?」ジャックが尋ねると、マールが睨んだ。

「なんでおれが木に近づかなきゃならねえんだ?」彼は激しい調子で尋ねた。「言っただろう、おれはまっすぐ野原を突っ切ってきたって」

ようやくハーヴィー・フロイアントが追いついたが、この新参者に見覚えがあるらしかった。

「ミスター・マールだよ。知り合いだ。マール、あの木のそばで誰か見かけなかったかね？」男は首を振った。木のことと言い、何を訊かれているのかさっぱりわからない様子だ。

「あんなところに木があることも知らなかった」マールは言った。「なんだ――何かあったのか？」

「なんでもない」ハーヴィー・フロイアントが鋭く答えた。

三人は家に向かって歩いた。客の鞄は、ジャックが持っていた。急に現れたその大男には、どうも好感が持てない。しゃがれた声、馴れ馴れしい態度。こんな粗野な人間と父に、いったいどんな共通点があるのだろう。

家のそばまで来たところで、なんの前ぶれもなく、理由もわからないまま、太ったミスター・マールが怯えるような悲鳴をあげて飛びずさった。何かを怖がっているのは間違いない。血の気の引いた頬と震える唇がそれを物語っており、全身ががたがたと震えている。

ジャックはただ驚愕してマールを見ていた――ハーヴィー・フロイアントですら驚いて注目を向けた。

「いったい、どうしたっていうんだ、マール？」怒ったように尋ねる。

そう言うフロイアントも神経を尖らせており、体の大きなマールの隠しようもない恐怖を目の当たりにして、張りつめた糸が今にも切れそうだ。

「なんでも――なんでもねえ」マールがかすれた声でつぶやく。「おれは、ただ――」

「飲み過ぎたとでも言うんだろう」フロイアントが噛みつくように言う。

マールを家の中まで送ってから、ジャックは急いでデリック・イェールを探しに出た。イェールは植え込みの中で大きな籐の椅子に座っていた。腕組みをしてうつむく姿勢が、いかにも彼らしい。

ジャックの足音を聞いて、イェールが顔を上げる。

「ぼくには答えられないよ」ジャックの質問を待たずにそう言うと、目を丸くしているジャックの顔を見て笑った。「マールが何に怯えたのか、ぼくに訊きたかったんだろう？」

「まさに、そのつもりでした」ジャックは笑った。「なんとも不思議な方ですね、ミスター・イェール！　あの男の、尋常じゃない恐怖の表情を見ましたか？」

デリック・イェールがうなずく。

「ちょうど彼が何かにショックを受ける直前から見ていたよ。野原から続く小道が、ここからよく見えるのでね」

彼は眉を寄せた。

「どこかで見たことがあるような顔だな」ゆっくりと言う。「いや、いくら考えても思い出せない。ここへはよく来るのかい？　お父上から客人があると聞いていたから、きっとあの男だろうと思ったんだが」

ジャックは首を横に振った。

「ぼくも初めて会ったんです」彼は答えた。「今思い出しました、確かに父とフロイアントは、マールという男と取り引きをしていたようです――いつだったか父がその名前を口にしていました。たぶん、土地の投機家だと思います。父は今、土地にかなり興味があるようなので。ところで、さっきクリムゾン・サークルのマークをみつけたんです」彼は、楡の木にペンキで描かれたばかりの丸い印について話した。

とたんにイェールの中からミスター・マールへの関心が吹き飛んだ。

「窪地へ行ったときには、マークはなかったんですよ」ジャックが言う。「誓ってもいい。ぼくが、その——友人と話をしている間に描かれたに違いありません。境界の生け垣からは、あの木の幹が見えないから、誰にも見つからずに描くことができたはずです。これはどういうことなんでしょう、ミスター・イエール？」

「やっかいだということさ」イエールがそっけなく言った。

彼は不意に立ち上がると敷石の歩道を行きつ戻りつ歩きだしたので、ジャックはしばらく待っていたが、やがて考えの邪魔をしないように立ち去った。

一方の三人は、土地の譲渡の打ち合わせをするはずが、フィリックス・マールがほとんど使いものにならない状態だった。ジャックの予想通りマールは土地の投機家で、有望な物件を持ってきたにもかかわらず、まったく説明ができないでいる。

「仕方ねえんだ、おふたりさん」マールはそう言って、もう四度も震える手で唇を押さえていた。「今朝、ひでえショックを受けたもんで」

「何があった？」

だが、マールはとても説明どころではなかった。どうしようもないと、かぶりを振るばかりだ。

「落ち着いて話なんかできやしねえ。打ち合わせは明日まで待ってくれ」

「わしがそんな戯言を聞くために今朝ここへ来たと思うのか？」ミスター・フロイアントが怒鳴る。「さっさと決めてしまいたいんだよ。あんたもそうだろう、ビアードモア？」

ジム・ビアードモアは、すぐだろうと次の週だろうと一向に構わなかったので、ただ笑った。

「そこまで重要なことでもあるまい。ミスター・マールの調子が悪いなら、そっとしておいてやろう。

今夜はここに泊まったらどうだね、マール」

「いやいやいや」マールは叫ぶように声を張り上げた。「そいつはだめだ、できれば――ここには泊まりたくねえんだ！」

「好きにするといい」ジム・ビアードモアは無関心に、署名を待つばかりに準備した書類を畳んで片づけた。

三人でホールへ出たところで、ジャックと会った。

鞄を抱えたミスター・マールは、ビアードモアの車で駅まで送ってもらったが、そこから先の行動は謎めいていた。鞄をロンドン市内まで手荷物として預けたものの、彼自身は次の駅で列車を降りたのだ。あれほど歩くのを嫌がり、そもそも体を動かすのが嫌いなマールにしては並々ならぬ気力をふり絞って、ビアードモア邸までの十五キロを歩き始めた――近道を通らずに。

ミスター・マールが秘かにビアードモアの地所の端にある鬱蒼とした森まで戻ってきた頃には、夕暮れが迫っていた。

疲れきって土埃にまみれたマールは座り込んでしまったが、固い決心につき動かされ、辺りに夜の帳《とばり》が下りるのをじっと待った。そうしている間に、鞄を預ける前に取り出しておいた、ずしりと重い自動拳銃を、慎重に点検し始めた。

第五章　逃げた娘

「どうして朝になってもあいつは戻ってこないんだ」ジム・ビアードモアが顔をしかめた。

「誰です?」ジャックが何気なく訊く。

「マールのことだ」

「昨日見かけた、あの体格のいい男性ですか?」デリック・イェールが尋ねる。

三人が立っているテラスは一段高い位置にあったので、辺り一面が見渡せた。

朝の汽車が駅に着いて、すでにまた出発していた。十五キロ先の山の裾野まで連なる白煙だけを残して、機関車はもう見えなくなった。

「そう、その男だ。フロイアントに電話をかけて、今朝は来んでもいいと言ってやらねば」

ジム・ビアードモアは無精ひげの顎を撫でた。

「マールの一件は謎だな。頭の切れる男だし、以前は盗っ人だったことも承知しとる——少なくとも、今はやってないと信じたいがね。マールは昨日、どうしてあれほど動揺したんだろうな、ジャック?書斎に入ってきたときは、死人みたいな顔をしとったぞ」

「さっぱりわからないんです」ジャックが言った。「心臓が弱かったとか、そういうことじゃないでしょうか。時々痙攣の発作が出ると言ってましたから」

ビアードモアは小さく笑って家の中に入ると、散歩用のステッキを手にまた出てきた。

「ちょっと歩いてくるよ、ジャック。いや、おまえは来んでいい。ゆっくり考えたいことがひとつ、ふたつあるのだ。わかっとるよ、イェール、約束する、敷地から外へは出ない。もっとも、きみはあのごろつきどもの脅迫を真に受けすぎだとは思うがね」

イェールは首を横に振った。

「木に描かれたマークはご覧になったでしょう?」

ジム・ビアードモアはばかにしたように鼻を鳴らして笑った。

「わしから十万ポンド搾り取りたいなら、あの程度のことじゃ無理だな」

ジムは手を振って、幅の広い石段を降りていった。庭園を横切っていく姿をふたりは見送った。

「父は本当に危険にさらされていると思いますか?」ジャックが尋ねる。

ジムの姿をじっと目で追っていたイェールは、驚いてジャックのほうを向いた。

「危険かだって?」そう聞き返すと、ほんの少しためらってから言った。「ああ、今日か明日にでも、お父さんはかなり危い目に遭うだろう」

ジャックはまた父のほうを向き、ほとんど見えなくなった後ろ姿を不安そうに眺めた。

「あなたの思い違いでありますように。父はあなたほど深刻に受け止めていませんからね」

「それは、お父さんがぼくと同じ経験をしていらっしゃらないからだよ」探偵は言った。「だが、たしかお父さんはパー警部に会われたとか。警部も非常に危険だと言ってたそうじゃないか」

ジャックは怖いながらも、笑いがこみ上げた。

「ライオンとヒツジが、まさかの融合ですか?」彼は尋ねた。「ロンドン《スコットランドヤード》警視庁本部では、あなたのような私立探偵は敬遠されるものだと思っていたんですが、ミスター・イェール？」

「ぼくはパーを高く評価しているよ」デリックがゆっくりと言う。「進捗《しんちょく》は遅いが、仕事は徹底している。本部の刑事の中では一番真面目な男らしいが、きっとクリムゾン・サークルの新しい事件の展開で、お偉方にこってり絞られたんだろうな。あの組織を根絶やしにできなければ、辞表を出せと言われたも同然らしいよ」

ふたりが話しているうちに、ミスター・ビアードモアの姿が敷地の端の暗い森の中へ消えていった。

「パーとは、クリムゾン・サークルの前回の殺人事件の捜査で協力したんだが」デリック・イェールは話を続けた。「あの男はなかなか――」

はっと口をつぐみ、ふたりは目を見合わせる。

聞き間違えようのない音がした。どこか近くではっきりと鳴り響いた銃声は、森の方角から聞こえてきた。次の瞬間、ジャックは手すりを跳び越え、野原を横切って駆けだした。デリック・イェールもすぐ後ろを走る。

森の中の小道を二十歩ほど入ったところで、うつ伏せに倒れているジム・ビアードモアをみつけた。が、すでに息はない。ジャックが愕然と父を見下ろしているちょうど同じ頃、森の反対側では娘がひとり茂みから飛び出していた。一瞬立ち止まり、ひとつかみの草で両手についた赤いものを拭うや否や、フロイアント家との境界の生け垣に沿ってまた駆けだす。

タリア・ドラモンドは一度も振り返らずに、避暑用の小さな別荘の陰まで逃げ込んだ。顔はすっかり血の気が引いてひきつり、肩で荒い息をしながら、戸口に一瞬立ち止まって森のほうを振り向く。辺りを素早く見回してから家の中に入り、床に膝をつくと震える手で床板の一枚を剝がそうとした。めくれた床板の下からぽっかりと暗い空間があらわれる。また一瞬ためらった後、手に持っていた拳銃を穴の中に投げ込んで床板を元に戻した。

第六章　「タリア・ドラモンドは泥棒」

ロンドン警視庁《スコットランドヤード》の警視総監は、デスクに置いた新聞記事の切り抜きを見下ろして、グレイの口ひげを引っぱった。その癖の意味をよく知っているパー警部は、あくまでも冷静に見守っていた。

パーはずんぐりとした小さな男で、警察当局の厳しい採用条件に合格できたことが不思議なほど身長が低かった。五十より幾分若い年齢のわりに、大きな赤ら顔には皺がない。知性も教養もまったく欠落していると思わせる顔だ。見開いた丸い目は鈍重で表情に乏しく、大きな丸い鼻、顎の下まで垂れたふくよかな頬、それに半ば禿げかけた頭が、彼の印象を薄いものに仕立てている。

警視総監が切り抜きを手にとった。

「いいか、読むぞ」ぶっきらぼうに切り出して、記事を読み上げる。〈モーニング・モニター〉紙の社説は、無礼なまでに単刀直入に書かれていた。

我が国が著名人の暗殺に衝撃を受け、怒りの声を上げるのは、この一年でもう二度めである。当該クリムゾン・サークルによる犯罪の詳細については、別面に記事があるのでここでは割愛する。が、この犯罪組織に対処する警察本部の無能ぶりを国民が驚愕の目でみつめていることは、強く、明確に述べねばなるまい。人殺しにまで及ぶこの脅迫犯の追跡に一年も専心してきたパー警部は、実現できない事件の解明を空約束するばかりだ。警察本部が捜査を一から徹底的に見直し、新しい人材を入れるべきなのは明白で、政府の担当部署が思いきった根本的な改革に乗り出すことに期待する。

「どうだね？」モートン大佐が低い声で言う。「言いたいことはあるかね、パー？」

ミスター・パーは大きな顎をさするだけで、何も答えなかった。

「ジェームズ・ビアードモアの殺害予告を、われわれ警察は事前に受けていた」総監がゆっくりと話した。「被害者は自宅のすぐそばで撃たれ、犯人は確保できていない。分の悪い事件は、これで二度目だぞ、パー。正直に言えば、わたしはこの新聞記事の進言に従うつもりがあるのだ」

彼は切り抜きを示すように指で叩いた。

「前の事件では、犯人確保の栄光をミスター・イエールにさらわれてしまった。ミスター・イエールには会ったんだったな？」

刑事がうなずく。

「なんと言っていた？」

ミスター・パーは返事をしぶるように、足の重心を移し換えた。

「信憑性のない情報ばかりですよ。色黒の、歯を痛がっている男が犯人だと」

「どうしてそんなことが彼に？」警視総監が間髪入れずに尋ねた。

「地面に落ちていた薬莢《やっきょう》からわかったと言っています」警部が言った。「サイコメトリーだとかなんとか、わたしには信じられ――」

警視総監は椅子に深く背中をもたれさせてため息をつく。

「きみは有益なものを、何も信じようとしないのだ、パー。イェールをばかにするんじゃないぞ。彼には類を見ない特異な能力がある。きみがそれを理解しようとしまいと、特異なことにかわりはない」

「つまり、こういうことですか、総監？」パーが抗議する。「薬莢に手を触れただけで、最後にそれを使った人物の姿や考えがわかると？　いやはや、ばかげている！」

「ばかげてなどいない」総監が静かに言った。「サイコメトリーなる科学は、もう何年も前から実行されてきた。物体の痕跡を感じられる特殊な人間には、驚くべきことがわかると言う。イェールもそのひとりなのだ」

「彼は殺人現場にいたのですぞ」パーが言い返す。「ミスター・ビアードモアの息子と一緒に、それも事件現場から百メートルと離れていない場所にいて、殺人犯を取り逃がした」

警視総監はうなずいた。

「きみだって同じだ。十二ヵ月前に、きみはクリムゾン・サークルに罠を仕掛ける計画を立て、わたしも同意した。わたしたちはその計画に期待をかけすぎたんだろうな。ほかの手を試すべきだ。言いにくいが、そういうことだ」

パーはしばらく返事をしなかったが、いきなりデスクに椅子を引き寄せ、許可を待たずに座って警視総監を驚かせた。

「大佐」彼は言った。「お話ししたいことがあります」普段と違う、ただならぬ熱意に、総監は黙って聞くことしかできなかった。

「クリムゾン・サークルの連中を捕まえるのは簡単だ。ひとり残らず見つけることはできるし、時間をいただけるなら、見つけてみせます。ですが、わたしが追っているのは、車輪で言えばハブの部分です。ハブさえ捕まえられたら、それぞれのスポークには意味がなくなりますから。でもそのためには、今以上の権限を認めていただきたい」

「今以上の権限？」警視総監はあっけにとられて言った。「いったい、なんのことを言ってるんだね？」

「ご説明しましょう」鈍重なミスター・パーはそう言うと、熱のこもった説明を始めた。彼が部屋を出る頃には、警視総監はじっと考え込んでいた。

警察本部を出ると、ミスター・パーはまっすぐに市の中心へ向かった。

待合室とひと続きの小さなオフィスばかりが入ったビルの中で、その三階の事務所が際立っていたのは、看板の名前だけだった。中でパーを待っていたのは、ミスター・デリック・イェールだ。ふたりの男はすべてにおいて、両極端というほど正反対だった。

神経質でいつも緊張している、繊細な夢想家のイェール。対して、どっしりとした筋肉質で、独創的な思考が苦手そうなパー。

「警視総監との面談はうまくいったかい、パー？」

「だめだな」パーが哀しそうに言う。「総監に嫌われているらしい。何かわかったか？」

「歯を痛がっている男を見つけたよ」驚くような答えだった。「名前はシブリー。船乗りで、事件の翌日に現場付近で目撃されている」彼は電報を手に取った「昨日、酔った上の治安紊乱《びんらん》容疑で逮捕され、所持品の中から自動拳銃が見つかった。たぶんあの事件の凶器じゃないかな。かわいそうなビアードモアの遺体から回収されたのも、明らかに自動拳銃の弾丸だっただろう」

パーは驚いて、呆然とイェールの顔を見た。

「どうやって見つけた？」

パーの質問に対して、デリック・イェールは静かに笑った。

「ぼくの立てた推論は、きみには信用してもらえないようだね」ユーモアたっぷりに、瞳がきらりときらめいた。「だがぼくはあの薬莢に触れたとき、今目の前にきみが見えているのと同じように、確かにその男が見えたんだ。部下を調べに行かせた結果が、これさ」彼は電報を上げてみせた。

もしもわずかなりにも美が備わっているとしたら、それさえも醜く変形させてしまうかのように、ミスター・パーは顔を大きくしかめて立ち尽くした。

「容疑者は捕まったというわけか」彼は小さな声で言った。「では、これもその男が書いたのだろうか？」

彼は小さなケースを取り出し、デリック・イェールの目の前で中から何かを取り出した。周囲が黒く焦げた、燃え残りの紙切れのようだ。

イェールはパーの手から紙切れをつまみ上げた。

「これは、どこで？」彼が尋ねる。

「昨日、ビアードモア家の暖炉の灰受けから掻き出してきたのだ」パーが言った。

その紙切れには、大きな筆記体の文字が書いてあった。

おまえのことは

おれのことも
Bブロック
わいろ

「おまえのことは……おれのことも」イェールが読み上げる。「Bブロック……わいろ?」

彼は首を振った。

「ぼくにはさっぱり意味不明だな」

手のひらの上に紙を載せてみたが、かぶりを振る。

「イメージも浮かばない。オーラは火で破壊されてしまうからね」

パーは慎重に紙切れをケースに戻して、ポケットにしまった。

「もうひとつ、あんたに言いたいことがある」パーが言った。「つま先の尖った靴を履いて、葉巻を吸っていた男が、森の中にいたはずだ。葉巻の灰が窪みで、足跡が花壇で見つかった」

「あの家のそばで?」デリック・イェールが驚いて尋ねた。

ずんぐりとしたパーがうなずく。

「わたしの立てた推論はこうだ」彼は続けた。「誰かがビアードモアに警告をしようと手紙を書き、暗くなってから家に届けに来た。きっとビアードモアは受け取ったのだろうな、燃やしたのだから。灰は、使用人たちが捨てた炭の燃え殻の中から見つけた」

小さなノックの音がドアから聞こえた。

「ジャック・ビアードモアか」イェールがつぶやくように言う。

ジャック・ビアードモアには、まだ生々しい悲痛さが見てとれた。パーに会釈した後で、イェールに手を差し伸べながら近づく。

「進展はなさそうですか？」イェールにそう言って、パーのほうへ向き直る。「昨日、ぼくの家にいらしてましたね、ミスター・パー？　何か見つかりましたか？」

「お話しするほどの物は何も」パーが言った。

「ちょうどフロイアントに会ってきたところです、彼もこっちに来ているので」ジャックが言う。「会いに行った甲斐はありませんでしたがね、彼、すっかり神経がまいっていましたから」

行った甲斐がなかったという本当の理由は、タリア・ドラモンドに会えなかったからだ。それはふたりに言わなかったが、ひとりは彼の落胆の意味を理解していた。

デリック・イェールは、容疑者逮捕の報告をした。

「あまり期待しないでくれよ。仮にその男が銃を撃った人物だったとしても、単なる実行犯にすぎない。おそらく、前にも聞き覚えのある話が繰り返されるだけだろう。つまり、金に困っていたところへ、クリムゾン・サークルの首謀者に犯行をそそのかされたのだと。今まで通り、真の解決になんら近づいていないんだよ」

三人はゆっくりと事務所をあとにして、秋晴れの透き通った空気の中へ踏み出した。

ジャックは父親の遺産相続について弁護士と会う約束があり、殺人の容疑者が拘留されている町へ汽車で向かうというふたりを駅まで送っていった。最も往来の激しい通りにさしかかったとき、ジャックが驚きの声を上げた。道の向かい側に大きな質屋があり、金を借りにくる客専用の脇の出入り口から娘がひとり出てくるところだった。

「なんという偶然！」パーが無感動な声で言った。「あの女に会うのは、二年ぶりだな」

ジャックが目を丸くして振り向く。

「会うのは二年ぶりですって？」彼はゆっくりと言った。「あのご婦人のことを言ってるんですか？」

パーがうなずく。

「タリア・ドラモンドのことだよ」彼は平然と言った。「〈一匹でも狼、群れても狼〉と言われる女泥棒だ」

第七章　盗まれた仏像

ジャックはその言葉を聞いて愕然とした。

動くことも話すこともできずに立っているうちに、監視されていることなど知らない様子の娘はタクシーを止めて、どこかへ走り去った。

「いったい何をしに店へ行ったのだろう？」パーが言った。

「一匹でも狼、群れても狼の女泥棒」ジャックが機械的に繰り返す。「ちょっと待ってください！どこへ行く気ですか？」道路に一歩踏み出したパーに向かって、ジャックは急いで尋ねた。

「あの女が質屋で何をしていたか、調べてくる」パーが無神経に答えた。

「お金に困ってたのかもしれませんよ。お金に困るのは犯罪じゃないでしょう？」

そう言いながらも、ジャックはその説得力のなさに気づいていた。

タリア・ドラモンドが泥棒だって！　そんなばかな、ありえない！　そう思いながらも彼は道路を横断する警部の後に素直に従った。貸し出し窓口へと続く暗い廊下を通り、タリアが預けたという品物を店員が運んでくるのを店長室で見守る。それは、小さな金色の仏像だった。

「おかしいと思いましたよ」パーが身分を明かすと、店長が言った。「彼女は十ポンド貸してくれと言ったんですが、本物なら百ポンドは下らない品ですからね」

「どんな事情があるか、話していましたか？」それまで黙って聞いていたデリック・イェールが尋ねる。

「お金が足りなくなったのだと。父親がこの手の美術品をいくつか持っているが、後日請け出しやすいように、低めの値段で質入れしたいと言ってましたね」

「住所は残していったかね？　なんと名乗ってた？」

「タリア・ドラモンドです」店員が答えた。「住所は、パークゲート二九番地」

デリック・イェールが驚いて言う。

「なんだって、それはたしか、フロイアントの住所では？」

ジャックには、それが締まり屋のフロイアントの住所に間違いないとすぐにわかった。フロイアントが東洋古美術品の蒐集を趣味にしていることを思い出して、心が沈む。警部は預かり証を書き、仏像を自分のポケットに納めた。

「ミスター・フロイアントに会いに行こう」パーが言うのを聞いて、ジャックは必死に割って入った。

「お願いです、どうかあの娘を面倒に巻き込まないでやってください」彼は懇願した。「不意に魔が差しただけかもしれない――ぼくがなんとかします、お金で解決できるものなら」

デリック・イェールは、同情するような深いまなざしで若者をじっと見ていた。

「ミス・ドラモンドとは、知り合いなんだね？」

ジャックがうなずく。あまりに惨めで、口を開く元気もない。今すぐ逃げ出してどこかに隠れたいというばかげた衝動に襲われた。

「それはできないな」パー警部がきっぱりと言った。彼は慣例に厳しい警察官だった。「この仏像が、フロイアントの承認を得て質入れされたかどうかを確認してくる」

「では、おひとりでどうぞ」ジャックが怒りを込めて言った。

彼女が辱められる現場に立ち会うだなんて、とても考えられない。あまりにもひどい話だ。パーには人間らしい感情がないのだと、ふたりきりになった後でイェールに言った。

「あの子がそんな卑劣な盗みなどするもんか、あの能なしの、見当違いの間抜けめ！　ぼくがあのとき、あの男の注目をタリアに向けさえしなければ」

「パーのほうが先に彼女に気づいていたよ」イェールはそう言うと、ジャックの肩にぽんと手を置いた。「ジャック、ずいぶん取り乱しているじゃないか。どうしてそこまでミス・ドラモンドが気になるんだ？　あ、そうか」彼は急に言った。「あの家にいるときには、よく彼女と会っていたんだね。たしか、フロイアントとお父さんの地所は隣り合っていたのでは？」

ジャックはうなずいた。

「パーがあの気の毒な娘を追い回すぐらいのしつこさで、クリムゾン・サークルを追いつめてくれてさえいれば」ジャックは苦々しく言った。「犠牲になった父もまだ生きていただろうに」

デリック・イェールはジャックを精いっぱいなぐさめた。事務所へ連れて戻り、楽しい話題で気をそらそうとした。十五分ほど経った頃、電話のベルが鳴った。かけてきたのはパーだ。

「どうだった？」イェールが言った。

「タリア・ドラモンドを逮捕した。明朝告発する」ごく短い報告だった。

イェールは受話器をそっと下ろして、若者のほうを向いた。

「彼女、逮捕されたんですか？」ジャックは言われる前に予測した。

イェールがうなずく。

ジャック・ビアードモアの顔が真っ青になった。

「なあ、ジャック」イェールが優しく語りかける。「たぶんきみは、フロイアントと同じように騙されていたんだよ。あの娘は泥棒なんだ」

「泥棒だろうと、殺人犯だろうと」ジャックは、それでも断固として言った。「ぼくは彼女を愛してるんです」

第八章　告発

ミスター・パーとハーヴィー・フロイアントの面会は短かった。刑事をひと目見ただけで、その痩せた男は青ざめた。パーが何者かは知っていたし、ビアードモアの悲劇に関連して会ったこともあった。

「これはこれは」震える声で訊く。「何かあったのか？　あの悪魔のような連中に新しい動きでも？」

「そこまで悪いことではありません」パーが言った。「いくつかお聞きしたいことがありまして。タリア・ドラモンドがお宅に住み込みで働くようになって、どのぐらいですか？」

「秘書に雇って、三ヵ月になる」いぶかるようにフロイアントが答えた。「またどうして？」

「給金はいかほどです？」パーが尋ねる。

ミスター・フロイアントはひどく低い額を答えたが、さすがの彼もその不十分さに申し訳なさそうな口調になっていた。

「ご存じだろうが、食事は出してやっているし、夜は自由に過ごしていい約束だ」彼は食費にもこと足りないような賃金を正当化するように言った。

「最近、彼女がお金に困っていたような様子は？」

ミスター・フロイアントはパーの顔をじっとみつめた。

「そう言えば――あったな。昨日五ポンド前借りできないかと訊かれたのだ」彼は言った。「支払いが迫っているのに、手持ちの金が足りないと。もちろん、前借りは断った。まだ働いてもいない賃金を払うなんぞ、承知できないからな」フロイアントは自説を押し通した。「そういうことから金を失くすはめに――」

「古美術品をたくさんお持ちだそうですな、ミスター・フロイアント、かなりの値打ち品もあるとか。最近なくなったものはありませんか?」

フロイアントは跳び上がった。何かを盗られたかもしれないと想像するだけで、すっかりうろたえていた。ひと言も言わずに部屋を飛び出す。三分ほどして戻ってきたときには、両目が顔から飛び出さんばかりだった。

「わしの仏像が!」あえぎながら言う。「百ポンドもする品だぞ。今朝はあったのに――」

「ミス・ドラモンドを呼んでください」警部が短く言った。

タリアが現れた。落ち着いた冷静な娘で、両手を後ろに組んで雇い主のデスクの脇に立ち、警部のほうはほとんど見ようともしない。

尋問は短かったが、ミスター・フロイアントにとっては苦痛に満ちていた。一方、娘のほうは一向に動じる様子がない。ただ、フロイアントの冷たく光る視線を受けて、仏像の盗難が露見したことはわかっているようだ。フロイアントはしばらくまともに喋ることさえできなかった。

「おまえ――おまえは、わしの物を盗んだ」口から一気に言葉が転がり出る。絞り出すような声だ。気持ちが昂ぶって、彼女を差す指もぶるぶる震えている。「この――この、盗っ人!」

「お給金の前借りをお願いしましたわよね」娘は冷静に言った。「あそこまで意地悪などけちでなければ、きっと貸してくださったでしょうに」

「おまえ――おまえ――」フロイアントはしどろもどろに言うと、あえぎながら宣言した。「わしはこの女を告発するぞ、警部。窃盗罪で告発する。おまえは刑務所行きだ。よく覚えておけ、小娘。いや、待て――ちょっと待って」彼は手を上げた。「他になくなっている物がないか、見てくる」

「その必要はないわ」部屋を出て行こうとするフロイアントに娘が言った。「わたしが盗ったのは仏像だけよ、ちなみに、ひどく醜い像だったわ」

「鍵を返せ」怒りに駆られたフロイアントが食ってかかる。「こんなやつに、わしの仕事の手紙を任せていたかと思うと！」

「あなたにとって不愉快な手紙を、ちょうど開封したところだったわ、ミスター・フロイアント」静かにそう言ったタリアが手紙を持っていることにフロイアントは気づいた。

差し出された手紙を受け取ったとたん、クリムゾン・サークルのマークに目が釘づけになった。輪の中の文字がすっかり歪んで見え、何も読めない。彼はカードを落とし、椅子に倒れ込んだ。

第九章　法廷に立つタリア

心根の優しい治安判事は、困惑しきっていた。証言台に立つ無表情なミスター・パーと、鉄柵の奥に座る娘とを見比べる。娘は検察側の証人に負けず劣らず、平然と落ち着いていた。その整った顔はどんな状況でも人目を引いたことだろうが、殺風景な刑事事件の法廷にあっては、なおいっそう美しさが強調されて際立っている。

判事は目の前の告発台帳を見下ろした。女の年齢は二十一歳、職業は秘書とある。

法を司る者として、それまでにも驚くような場面に立ち会ってきたが、どれほど異常で信じがたいような事件にも心の準備ができている判事ですら、失望に首を振るしかなかった。

「この女には犯罪歴があるのか?」判事は尋ねながら、華奢な少女のような囚人を〝女〟と呼ぶこと自体がばかげているような気がした。

「ここしばらく警察の監視下にありました。ですが、これまでのところ逮捕歴はありません」

判事は眼鏡の縁から娘を上目使いでみつめた。

「きみのような子が、どうしてこんなところに身を置くことになったのか、理解に苦しむよ。きちんとした教育を受けたお嬢さんが、数ポンドの窃盗容疑で告発されるとは。確かに盗んだ品物は高価なものだが、きみが不正に換金したのは数ポンドだけだ。きっと何か大きな衝動に駆られての行動だろう。差し迫って金銭が必要になったというような。ただ、だからと言ってその行為は正当化されるものではない。初犯扱いとするから、改めて判決言い渡しの呼び出しに出廷するように。個人的に、きみにはこれから正直に生き、このような不名誉な経験を繰り返さないよう強く勧める」

娘がかすかにお辞儀をし、席を立って警察署内へ向かうと、すぐに次の事件の被疑者が呼ばれた。

ハーヴィー・フロイアントも同時に立ち上がり、法廷を出て行った。裕福な彼にとって、金は生きる目的であり、人生の目標だった。毎晩寝る前にポケットの中身を数え、今回のような状況におかれたら、自分の母親ですら逮捕させるような男だ。タリア・ドラモンドの卑劣な行為がことさら許せないのは、彼女が最後にクリムゾン・サークルの警告状を手渡していったからにほかならない。そのショックから、まだ立ち直れずにいるのだ。

フロイアントは背の高い痩せた男で、ひどい猫背だった。世の中に対して、厳しい疑念をもって生きてきた。それに加えて今、恨みがこみ上げているのは、所有物とは侵すべからざるものだと強く信じているからだ。

後から法廷を出てきたパーに向かって、フロイアントは娘が刑務所送りにならなかった不満をあらわにした。

「ああいう女は、社会にとって危険な存在だ」不機嫌な甲高い声で抗議する。「あれが、わしを脅迫している連中とつながっていないと言いきれるのかね？　四万ポンド出せと言われてるんだ。四万ポンドだぞ！」最後は泣き出しそうな口調だった。「わしの身の安全を守るのは、あんたの務めだ！　わかってるんだろうな——あんたの務めなのだ！」

「聞こえましたとも！」疲れたようにパー警部が言った。「あの娘に関して言えば、クリムゾン・サークルなんぞ聞いたこともないでしょう。若すぎる」

「若い！」痩せた男が怒鳴る。「若いときにこそ、罰を与えるべきだろう？　若いうちに捕まえて、若いうちに罰を与える、そうすれば、あるいは真っ当な市民に生まれ変わらせてやれるかもしれん！」

「まさに、おっしゃる通り」恰幅の良いミスター・パーがため息をつき、不自然につけ加えた。「子どもを育てるのは、大人の責任ですからな」

フロイアントは何かぶつぶつつぶやいていたが、別れの挨拶もそこそこに急ぎ足で裁判所内を通り抜け、建物の正面に待たせていた自動車に乗り込んだ。

警部がゆっくりと笑みを浮かべてフロイアントを見送り、辺りを見回すと、受付のドアのそばで待っている若者と目が合った。

「おはよう、ミスター・ビアードモア」パーは声をかけた。「あの娘を待っているのかね？」

「ええ。釈放まで、あとどのぐらいかかるのでしょう？」そわそわしながらジャックが訊く。

ミスター・パーは無表情な目で彼をみつめ、鼻をふんと鳴らした。

「失礼を承知で言わせてもらうがね、ミスター・ビアードモア」彼は抑えた声で言った。「そこまで彼女に入れ上げるのは、あんたのためにならない」

「どういう意味ですか？」ジャックがすかさず訊いた。「すべては陰謀なんです。あのけだもののようなフロイアントが――」

警部は首を横に振った。

「ミス・ドラモンドは、仏像を盗んだことを認めたのだ。第一、アイザック質店から出てくるところを、あんたも見ただろう。疑いの余地はない」

「何か言えない訳があって認めざるを得なかったのでしょうよ」ジャックが語気を荒げて言う。「あんな女性が盗みをすると思いますか？　どんな理由があって？　ぼくに言ってくれれば、なんだってあげられたのに」――そう言うと、急に自制心を取り戻した。「この裏には何かあるはずだ」さらに声を落としてつけ足す。「ぼくには理解できない何かが、そして警部、あなたにもわからない何かが」

ちょうどそのときドアが開いて、娘が出てきた。ジャックの姿を見つけて立ち止まり、彼女の青ざめた頬がかすかに紅潮する。

「あなたも法廷にいらしてたの？」早口で尋ねる。

うなずくジャックを見て、彼女は首を横に振った。

「来ないほうがよかったのに」腹立ちまぎれに言う。「どうしてわかったの？　誰に聞いたの？」そばにパーがいることに気づかない彼女の顔に、逮捕以降ずっと閉じこめてきた感情が初めて覗いた。が、頰の血色はまたすぐに消え、次に口を開いたときには声が震えていた。「知られてしまったのは残念だわ、ミスター・ビアードモア。ここまでいらしたこともね」

「でも、本当じゃないんだろう？」彼が言葉をはさんだ。「ぼくにはちゃんと話してくれよ、タリア。なにか陰謀があったんだろう？　きみを破滅させる陰謀が」懇願するような声に、彼女は首を振った。

「陰謀なんかないわ」静かな声で言う。「わたし、ミスター・フロイアントの物を盗みました」

「でも、なぜ、どういうわけで？」彼は絶望したように尋ねた。「いったいどうしてきみは――」

「悪いけど、理由は言えないの」彼女はうっすらと唇に笑みを浮かべた。「ただ、お金が必要だった、それだけで十分お答えになってるんじゃなくて？」

「ぼくは絶対に信じない」ジャックは表情を硬くして、グレイの瞳で彼女を睨んだ。「きみは気まぐれに欲しいものをくすねるような人じゃない」

タリアはしばらく彼をじっとみつめていたが、やがて視線を警部に向けた。

「あなたならミスター・ビアードモアの目を覚ましてさしあげられるかもしれないわね」彼女は言った。「残念ながら、わたしには無理なようだわ」

「どこへ行くんだ？」小さな会釈を残して出て行こうとするタリアに向かって、ジャックが声をかける。

「うちへ帰るわ」彼女は答えた。「どうかついて来ないでくださいね、ミスター・ビアードモア」

「でも、きみには帰るところがないじゃないか」

「部屋を借りているの」タリアは少し苛立って言った。

「それなら、ぼくも一緒に行くよ」ジャックも執拗に食い下がる。

彼女は抵抗せず、ふたりは裁判所から往来の激しい通りへと歩いて行った。地下鉄の駅に着くまで、どちらも口を開かなかった。

「ここから帰るわ」タリアは先ほどより優しい口調で言った。

「でも、どうするつもりだい？」彼は強く尋ねた。「こんなひどい疑いをかけられて、どうやって暮らしていくんだ？」

「そんなにひどいかしら？」彼女は平然と尋ねた。駅の中へ入りかける彼女の腕をジャックが掴み、なかば強引に引き戻して向き合わせた。

「よく聞いてくれ、タリア」彼は歯を喰いしばったまま言葉を絞り出した。「ぼくはきみを愛してる、結婚したいと思ってるんだ。これまで言葉にしたことはなかったけど、きみにも伝わっていたはずだ。このままきみがぼくの人生から消えてしまうことなど、絶対に許せない。わかったかい？　きみが盗っ人だなんて、ぼくには信じられないし――」

タリアがそっと彼の手をはずす。

「ミスター・ビアードモア」彼女は低い声で言った。「絶対に許せないと、今おっしゃったわね。わたしこそ、有罪になった窃盗犯にのぼせあがって、あなたが人生を台無しにしてしまうなんて、絶対に許せないわ。あなたはわたしのことを何もご存じない。ただ田舎で偶然出会った、一見優しそうな娘だというだけで、ご自分の母親か叔母の役目を果たしてもらえると思ったのでしょうね」差し出された手を握り返す彼女の目が楽しそうに輝いた。「いつかまたお目にかかるときには、きっと恋の魔法も解けていることでしょう。さようなら」

彼が声を出すより早く、彼女の姿は発券所の雑踏に消えていた。

第一〇章　クリムゾン・サークルからの呼び出し

タリア・ドラモンドが、ミスター・ハーヴィー・フロイアントの住み込み秘書として雇われるまで住んでいた下宿屋へ戻ると、すでに彼女が逮捕されたという話が伝わっていたらしく、でっぷりとした大家の女に冷たく迎えられた。フロイアントのもとで働いていた期間も家賃を納め続けていたのでなければ、中にも入れてもらえなかっただろう。

小さな部屋には、簡素ながらきちんと家具が揃っている。大家の不機嫌そうな顔と冷たい歓迎をよそに、彼女はさっさと自分の部屋に入ってドアに鍵をかけた。とても不愉快な一週間だったわ。再拘留されていたせいで、着ているものすべてからホロウェイ刑務所のかび臭い匂いがたちこめている。それでもホロウェイには、ここ、レキシントン・ストリート一四番地にはない利点がひとつあった。ちゃんとしたお風呂がついているのはありがたかったわねと痛感しながら、彼女は着替え始めた。

さまざまな考えで頭が埋め尽くされていく。ハーヴィー・フロイアント……ジャック・ビアードモア……とたんに嫌なことを思い出したかのように顔をしかめて、ジャックを頭から追い払う。考えをフロイアントへと引き戻すと、ほっとした。フロイアントのことは、憎むとは言わないまでも、思い出すだけで虫唾が走った。あの家で過ごした時間は、人生で一番惨めだったわ。使用人たちと一緒にとらされた食事は、食材の最後のひとかけに至るまで、大きさと重さを厳密に計って均等に分配されている気がした。それも、百万ポンド単位の小切手さえ信用されるような主人によって。「少なくとも、言い寄られなかっただけよかったじゃないの」自分に言い聞かせて、思わず笑みがもれた。ハーヴィー・フロイアントが誰かに言い寄っているところなんて想像できないわ。使用人の手抜きを見つけることにやっきな主人の後について、ノートを片手に広い屋敷の中を歩いたことを思い出した。フロイアントは磨かれた図書室の本棚に埃が残っていないかと無駄に指で撫でたり、カーペットの端を持ち上げてその下を見たり、銀食器を調べたり、あるいは毎週きまって食料貯蔵室の中身を数えたりするのだった。

テーブルではワインの残量を計り、空き瓶や抜いたコルク栓の数まで数えた。広い庭に咲いた花が一輪なくなっても自分にはわかると豪語してはばからなかった。庭の花は、育てた野菜や壁伝いに実った桃の実とともに定期的に市場へ出荷するのだ。庭師がこっそりと果樹園のリンゴをたったひとつでももぎ取ろうものなら、悲惨な運命が待ち受けていた。不可思議な本能に導かれたハーヴィーが、必ず実を盗まれた木を見つけるのだ。

思い出しながら苦笑いを浮かべる。着替えをすませると、また部屋を出てドアに鍵をかけた。大家の女はタリアが外の通りを歩いて行くのを目で追いながら、不気味な表情でうなずいた。

「下宿人が戻って来たんだな」近所の住人が声をかけた。

「そう、戻って来たんだよ」女が険しい顔で言った。「上品なお嬢さんだって？　——どこが！　うちに泥棒を置くなんて、初めてだよ。でも、これっきりさ。出ていってくれって、今夜言い渡すつもりだからね」

非難されているとも知らず、タリアは中心街へ向かうバスに乗った。フリート・ストリートで降り、大きな新聞社に入っていく。記入台で広告の申込書を広げ、しばらくその白い紙をみつめて考えてから、次のように書き込んだ。

秘書――植民地出身の若い女性、秘書の職求む。住み込み希望。給金は安くても可。速記とタイプ能力あり

広告番号を入れる空白を残して、彼女は申込書をカウンターに提出し、掲載料を支払った。

夕食の時間に間に合うようにレキシントンの部屋に戻ると、大家の女が古いトレーに食事の用意を載せて運んできた。

「よく聞いとくれ、ミス・ドラモンド」ご立派な女主人が言った。「大事な話があるんだ」

「なんなの」娘は無頓着に言った。

「来週以降、部屋を明け渡してほしいんだよ」

タリアがゆっくり女のほうを向いた。

「つまり、わたしに出て行けと言うの?」

「そういう意味だよ。うちは真面目な下宿屋だ、あんたみたいなのを置いとくわけにはいかないのさ。びっくりしたよ、あんたはきちんとした若いお嬢さんだと思ってたのに」

「これからもそう思ってくれたらいいのよ」タリアが冷たく言った。「わたしはきちんとしてるし、若いんだもの」

だが、太った女主人が頭の中で繰り返してきた数々の不平不満は、とても止められそうもなかった。

「きちんとしたお嬢さんが、聞いて呆れるね。うちの名を汚してさ。あんた、一週間も刑務所に入ってたんだってね。知らないとでも思ったんだろうが、あたしは新聞を読むんだよ」

「そうでしょうとも」娘が静かな声で言った。「もう下がっていいわ、ミセス・ボルド。来週ここを出て行きます」

「あたしが言いたいのはね――」また喋り始める。

「外でどうぞ」そう言うと、タリアは怒っている女の目の前でドアを閉めた。

暗くなってきたので灯油のランプに灯りをつけ、ゆっくりと爪の手入れをしているうちに、午後九時の郵便が届いた。表のドアを軽く叩く音がして、大家の女が階段を上ってくる重い足音が聞こえた。

「あんたに手紙が来てるよ」女主人の声がした。

タリアはドアの鍵を開けて、封書を受け取った。

「お友だちに、これからは住所が変わるって伝えておくんだね」言い負かされたままになっていたのを、まだ悔しがっている女主人が言った。

「あら、こんなひどいところに住んでいるなんて、そもそもお友だちには言ってないのよ」タリアは優しい口調で言うと、女がうまい返事を思いつく前にドアを閉めて鍵をかけた。

タリアは笑みを浮かべて封筒を灯りのそばへ持っていった。宛先は活字体で書いてある。封筒をひっくり返し、消印を確認してから封を開けると、白くて厚いカードが入っていた。メッセージをひと目見て、彼女の表情が一変した。

正方形のカードの中央には、大きなクリムゾン・サークルのマークがある。赤い輪の内側には、同じ活字体の文字が書きこまれている。

おまえの力が必要になった。明日の夜十時、ステイン・スクエアに止まっている車に乗れ。

彼女はカードをテーブルの上に置いてじっと眺めた。
あのクリムゾン・サークルが、わたしを必要ですって！
いずれ声がかかるかもしれないとは思っていた。ただ、これほど早いとは。

第一一章　自白

　次の夜の十時三分前、一台の箱形自動車がゆっくりとステイン・スクエアに入り、クラルジス・ストリートの角で止まった。数分後、その反対側からタリア・ドラモンドがスクエアへ歩いてきた。黒くて長いマントを羽織り、頭に載せた小さな帽子を分厚いヴェールで覆って顎の下で結んでいる。

　一瞬の迷いもなく、彼女は車のドアを開けて乗り込んだ。中はまったくの暗闇ながら、ぼんやりと運転手の姿が見える。男は振り向きもせず、車を発進させる様子もなかったが、エンジンの振動がタリアの足元から伝わってきた。

「昨日の朝、おまえは窃盗の容疑でメリルボーン警察の刑事裁判所で告発された」なんの前置きもなく運転手が切りだした。「その午後、植民地から到着したばかりだと偽って広告を出したが、真の目的は軽微な窃盗を続けられそうな新しい環境を探すことだ」

「面白いわね」タリアの声はまったく震えていない。「でも、わたしの経歴を話すために呼び出したわけじゃないでしょう？　わたしが助手として役に立ちそうだと見込んでカードを送ったんじゃないの？　ただし、こちらからもひとつ訊きたいことがあるの」

「答えたいと思えば、答えよう」妥協のない返事だ。

「それはそうでしょうね」暗闇の中でタリアが小さく微笑む。「もしわたしがすでに警察に通報していて、こうしている間もミスター・パーと賢明なるミスター・デリック・イェールに同行してもらっているとしたら？」

「今頃おまえは舗道の上に横たわっていただろう、死体となって」冷ややかな宣言だった。「ミス・ドラモンド、簡単な仕事の対価として大金を用意し、最高の勤め先も見つけてやろう。空いた時間には、おまえの例の癖を続けてくれてかまわない。ただし、今後おまえが最重要視すべきは、わたしの命令の遂行だ。わかるか？」

彼女はうなずいたが、暗くて見えていないことに気づいて声に出す。

「わかるわ」

「おまえの活動のすべてに対し、多額の報酬が支払われる。何かあったときには、いつでも即座に助ける用意がある——ただし、裏切ったあかつきには、罰を与える用意もな」彼はつけ加えた。「わかるか？」

「完全にね」彼女は答えた。

「任務は単純だ」正体不明の運転手が続ける。「明日、ブラバゾン銀行へ行け。ブラバゾンが秘書を探している」

「でも、わたしを雇ってくれるかしら？」タリアが口をはさむ。「偽名を使ったほうがいい？」

「本名でかまわん」男が苛立ってきた。「話の邪魔をするな。報酬として二百ポンド払おう。これだ」そう言って紙幣を二枚、肩越しに突き出してきたので、彼女は受け取った。

偶然男の肩に手が触れた際に、柔らかい羊毛のコートの下に、何か硬いものを感じた。

——防弾チョッキだわ——そう心の中に留めながら、別の質問を声に出す。「ミスター・ブラバゾンには、前の勤め先についてなんて言えばいいかしら？」

「何かを言う必要も、する必要もない。おまえには折々にわたしから指示を送る。以上だ」彼は短くつけ加えた。

数分後、タリア・ドラモンドはレキシントン・ストリートへ帰るタクシーの後部座席の端に座っていた。その後ろから少し距離をおいて、別のタクシーがついてくる。彼女の車が減速するたびに同じくスピードを落としながら、決して追い抜こうとはせず、下宿屋の角でタリアが車を降りるときにも、少し手前で止まった。彼女が建物の入り口の鍵を回している瞬間、その十歩ほど離れたところにパー警部が立っていた。もし彼女が尾行に気づいていたとしても、そんなそぶりは見せない。

パーは道の向かい側から下宿屋の建物を観察していたが、数分後に上の階でタリアの窓に灯りがともるのを見届けると、東へ長距離走らせたあげく待たせてあったタクシーに向かって、考えにふけりながら歩いて戻った。

タクシーのドアを開けて乗り込もうとしたとき、誰かが歩道を通り過ぎた。襟を立てて足早に歩いて行くのは、パー警部が知っている男だ。

「フラッシュ」短く声をかけると、男はさっと身を翻して振り向いた。

背の低い、色黒の痩せた顔の男で、身のこなしが軽い。警部をひと目見て、あんぐりと口を開けた。

「これは——これは、ミスター・パーじゃないですか」彼はわざとらしく愛想をふりまいた。「こんなところでお目にかかれるとは思いもしませんでしたよ」

「ちょっとあんたと話がしたいんだ、フラッシュ。一緒に歩いてもいいかね？」

こういう嫌な予感のするお誘いに、ミスター〝フラッシュ〟は覚えがあった。

「おれを捕まえようってんじゃないでしょうね、ミスター・パー？」彼が大きな声で訊く。

「そんなつもりはないさ」パーが認めた。「第一、今は真面目にやってるんだろう？　刑務所を出た日に、あんたはそう言ってたように覚えてるがね」

「その通りですよ」〝フラッシュ〟バーネットは大きな安堵のため息をついた。「真面目にやってるし、ちゃんと働いて金を稼いでるし、婚約もしたんですから」

「ほんとかね？」ずんぐりとしたミスター・パーが、おおげさに驚いて声をあげた。「お相手はベラか、それともミリーか？」

「ミリーですよ」〝フラッシュ〟は、心の中で警部の記憶力の良さを呪いながら答えた。「彼女も今は真面目にやってます。まともなところで働いてるんです」

「正確に言うと、ブラバゾン銀行で、だな」警部はそう言うと、急に何か思いついたように体を背けた。「もしかしたら」彼はつぶやいた。「もしかしたら、そういうことなのか？」

「何もかも完璧な女なんですよ、ミリーは」ミスター〝フラッシュ〟が早口で説明した。「とにかく真っ正直で、時計ひとつだってくすねたりしない、たとえ命がかかっていたとしても。彼女のことを悪人だなんて思わないでくださいよ、ミスター・パー、そんな女じゃないんですから。ふたりで、おれたちなりに真っ当に暮らしてるんです」

パーが無表情な顔に皺を寄せて微笑んだ。

「そいつは素晴らしい知らせじゃないか、フラッシュ。ミリーには、どこへ行けば会える？」

「川の向こう側の下宿屋に住んでますよ」〝フラッシュ〟はしぶしぶ教えた。「古いスキャンダルを掘り起こそうってんじゃないでしょうね、ミスター・パー？」

「そんなまさか。神の名にかけて」パー警部は信心深そうなことを口にした。「そうじゃない、ただ話がしたいだけだ。もしかして――」彼は言いよどんだ。「いや、急ぐことじゃないな。ここで会えてよかったよ、〝フラッシュ〟」

だが、黙ってパーに同意するような表情を浮かべている〝フラッシュ〟の心の中は、決して同じ気持ちではなかった。

「そういうことか」パー警部は独り言を言ったが、何に疑念を抱いているのかは、三十分後にデリック・イェールの通うクラブで彼に会ったときにも明かさなかった。さらに興味深いことに、その後ふたりでクリムゾン・サークル事件について長い時間をかけ、詳細にいたるまで話し合う間にも、はっきり見たわけではないにしろ、タリア・ドラモンドが誰かと会っていたことを、ミスター・パーは一度も話題に出さなかった。

ふたりは翌朝早く、殺人容疑で拘留されている熟練水夫のアンブローズ・シブリーなる男に会いに、小さな田舎町へ向かった。どうしても一緒に行きたいと懇願したすえ、ジャック・ビアードモアも同行を許されたものの、父親を殺した無愛想な男の尋問には立ち会わなかった。

たくましい体格でひげを生やしたシブリーは、スコットランドとスウェーデンの血を半分ずつ受け継いでいた。読み書きはできず、以前にも警察に捕まった経験がある。そこまでの情報は、指紋の記録からパーが調べてあった。

初めこそ容疑を認めようとしなかったシブリーだが、パー警部の努力というよりも、デリック・イェールの巧みな詰問が功を奏して、自白させることができた。

「ああ、間違いねえ、おれがやったんだよ」ついに男が口を割る。

供述を記録するための公式の速記官も同席させて、彼らは揃ってシブリーの房に座っていた。

「確かにおれは捕まったがな、酔ってさえいなけりゃこんなへまはしなかったぜ。告白ついでに言っちまうと、ヘンリー・ホブズを殺したのもおれだ。一九一二年に〈オリティアンガ号〉で船員仲間だった男さ——どうせ人間、二度も処刑されることはねえからな。殺した後、死体は海へ投げ捨てた。アメリカのニューポート・ニューズで知り合った女の取り合いが元さ。ことの顚末を教えてやろうか、旦那がた。ひと月ほど前に、おれは船を下ろされて、ワッピングの船員用の安宿に置いていかれたんだ。酒を飲んで酔っ払ったってんで、そこも追いだされた上、警察に捕まって七日も抑留されちまった。あそこにひと月も置いてくれりゃ、こんなことにならなかったんだ。ある晩、留置所を出てイースト・エンドを歩いてたときのことさ。ついてねえ、酒でも飲みてえなと思いながら、かなりくさくさした気分だった。おまけに、やたらと歯が痛くてよ——」

パーがデリック・イェールと目を見合わせると、デリックが微笑んだ。

「煙草の吸殻でも落ちてねえかと、舗道の端をうつむきながら歩いてたんだ。とりあえず食うものと今夜の寝床をどうするかで頭がいっぱいでさ。雨まで降ってきやがって、また野宿するしかねえかと思ってたところへ、耳元で声が聞こえた。〝乗れ〟ってよ。おれは辺りを見回したね。道の脇に自動車が一台停まってた。耳を疑ったぜ。その車に乗ってるやつが、また言うんだ。〝乗れ。おまえに言ってるんだ！〟しかも、おれの名前まで呼ぶんだぜ。そのあとやつは黙ったまま車を運転していたんだが、大きな灯りのある道を避けてやがるなって、おれは気づいてた。

しばらくして車を止めると、やつがおれの素性を話しだすのさ。驚いたのなんのって。おれの過去を全部知ってるんだからな。しかも、ヘンリー・ホブズのことまで——あの件ではおれは殺人罪で裁判にかけられはしたが、無罪になってたんだ――それでおれに、百ポンド欲しいかって訊いてきた。おれが欲しいって言ったら、やつは、田舎のとある爺さんにひでえ目にあわされたから〝始末〟を頼みてえって言うんだ。おれはそんな仕事は受けたくねえって言ったんだが、やつはホブズの件でおれを絞首刑にできるだの、絶対に安全な仕事だだの、逃げるための自転車を用意するだの、長々と説得されて、ついにはやるって言っちまった。

次の週、約束通りやつはスティン・スクエアにおれを迎えに来た。そこで最終的に詳しい内容を聞かされた。おれは暗くなるのを待ってビアードモアってやつの家へ行き、森の中に隠れた。ミスター・ビアードモアは大抵朝に散歩するから、夜は外で寝ろとの指示だった。森に入って一時間も経たねえうちに、胆を冷やすようなことがあった。誰かが歩いてる音が聞こえたんだ。きっと猟場の番人だったんだろうな。やたらでけえ男だったが、おれはちらっとしか見てねえ。

そんなとこさ、旦那がた。あとは次の朝、爺さんが森に入って来たんで撃った。詳しくは覚えてねえよ、森にウィスキーを一本持ってってすっかり酔っちまってたからな。ただ、自転車に乗れねえほどの酔いじゃなかったから、撃った後は自転車で逃げた。それでうまく逃げ切れるはずだったんだ、酒さえなけりゃよ」

「これで全部か?」記録された供述書を読み上げられて、文盲の男が署名がわりに〝×〟印を記し終えると、パーが確認した。

「ああ、全部さ、旦那」

「自分が誰に雇われたか、わからないんだな?」

「さっぱりわからねえ」男は明るく答えた。「ただ、ひとつだけ引っかかってることがあるんだ」少し間を空けて続ける。「聞いたことのねえ単語をひとつ、何度も使ってたな。おれは学なんかねえけどよ、お気に入りの言葉を使うやつがいるってことには気づいてたんだ。前に乗ってた船の船長で、なにかにつけ〝ぞっとする〟って言ってたのがいたな」

「なんという言葉だった？」パーが尋ねた。

男が頭を掻く。

「思い出したら、教えてやるよ」そう言われて、男がゆっくり考える間パー達は房を出た。めったにない機会を、男は楽しんだに違いない。

四時間後、看守がアンブローズ・シブリーに食事を運んだ。ベッドに横たわっているのを見て、肩をゆする。

「起きろ」声をかけたが、アンブローズ・シブリーは二度と起きることはなかった。

すでに死んでいたのだ。

彼が喉を潤したはずの水が、ブリキのコップに半分残った状態でベッド脇に置いてあり、そこから成人五十人分の致死量の青酸が検出された。

だが、パー警部の興味を引いたのはその毒物ではなく、コップの水面に浮かんでいる丸印のついた小さな赤い紙切れだった。

第一二章　つま先の尖ったブーツ

ミスター・フィリックス・マールは鍵をかけた寝室の中に座り、思い出したくない過去の中で体にしみついた作業に没頭していた。

二十五年前、フランスのトゥールーズの大きな刑務所に収監されていたとき、ブーツ工房の作業に就いていた彼は、毎日のようにブーツを扱っていた。もちろん、当時の仕事はブーツを作ることであって、壊すことではなかった。それが今日は、まだ三回履いただけのつま先の尖ったエナメルの革靴を、剃刀ほど鋭いナイフで細かく切り裂いているのだ。革を少しずつ、細長く切り取っては、暖炉の火に放り込んでゆく。

世の中には、とことん人生を楽しんでいながら、猛烈に苦しむタイプの人間がいる。ミスター・フィリックス・マールは、十億年分の恐怖を一日に凝縮する男だった。ビアードモアの庭に残されていた足跡の件が、どういう訳かある新聞に掲載され、ただでさえあらゆる心配ごとに掻き乱されて何も考えられなくなっていたこの大男の上に、新たな恐怖がのしかかった。シャツ一枚になって座り込み、顔からぽたぽたと汗を流しているのは、暖炉の炎が大きすぎて部屋が異常なまでに暑いからだ。

ようやく火の中へ投げ込んだ最後の一片が焼けて燃え上がるのを、座ったままで見届ける。それからナイフを片づけて手を洗い、窓を開けて鼻を刺すような焦げた革の悪臭を部屋から逃がした。

初めに決めた通りにやりゃよかったんだ。マールは臆病風に吹かれて、拳銃の代わりに万年筆で解決しようとした自分の弱さを呪った。だが、これで安心だ。あそこを立ち去るのは、誰にも見られていないはずだ。

彼のような人間には、理性をなくすほどの狼狽と、根拠のない自信とが、まるで自然な反応のように交互に湧いてくる。階段を下りて小さな書斎へ入る頃には、自分が危険な立場に立たされていたことなどほとんど忘れていた。

あの日、夕暮れが迫る中で、あいつをなんとかなだめようと卑屈にも媚びへつらう手紙を書き、それが無事に送り届けられたと信じていた。まさかあれが誰かの目に触れたんじゃねえだろうな。一瞬、またパニックに襲われる。

「ふふん!」そのひと言で、ミスター・マールは危険な可能性を打ち消した。

使用人が紅茶を運んできて、大男の座るデスク脇のテーブルにセッティングし始める。

「もうお客様をお通ししてよろしいですか?」

「は?」ミスター・マールが振り向く。「客だと?」

「お目にかかりたいという方がお待ちだと、先ほどお伝えしましたが」

そう言えば、ブーツ隠滅作戦の途中でノックに邪魔されたことを思い出した。

「誰だ?」彼は尋ねた。

「名刺をテーブルに置いておきました」

「取り込み中だと言わなかったのか?」

「お伝えしましたが、降りて来られるまで待つとおっしゃいましたので」

名刺を受け取ったミスター・マールは、それを見るなり跳び上がり、顔が病的なまでに黄色くなった。

「パー警部だと」揺らぐ声で言った。「おれになんの用だ?」

震える指先で唇をいじる。

「お通ししろ」どうにか声に出して言った。

それまでパー警部とは、仕事の上でも個人的にも会ったことがなかったが、その小男をひと目見て安心した。赤ら顔の刑事の外見からは、特に危険なものはひとつも感じられなかったからだ。

「かけてくれ、警部。せっかく来てもらったのに、すぐに手が離せなくて申し訳なかったな」ミスター・マールが言った。動揺しているときには、鳥がさえずるような小さな声になる。

パーは手近な椅子の端に腰を下ろして、膝の上に山高帽を載せた。

「降りてこられるまで待たせてもらいましたよ、ミスター・マール。ビアードモア殺害の件でお話ししたいことがありまして」

ミスター・マールは何も言わなかった。唇が震えないように必死で自制し、精いっぱいのさりげなさを演じる。

「ミスター・ビアードモアとは、親しかったですか?」

「いや、それほどでは」マールが言った。「仕事の取り引きはずいぶんさせてもらったがね」

「以前にも、直接会ったことがおありで?」

マールは躊躇した。必要な嘘が自然と口をついて出る男で、日頃の習性で真実の正反対を言ってしまいそうになる。

「いや」彼は正直に答える。「何年も前に見かけたことはあったが、彼がひげを生やす前だ」

「あなたが家に入ろうとしたとき、ミスター・ビアードモアはどこにおられました?」パーが尋ねる。

「テラスに立っていたよ」マールは必要以上に大きな声で言った。

「あなたは、彼の姿を見たんですな?」

マールがうなずく。

「聞いた話ですがね、ミスター・マール」パーは帽子を見下ろしながら続ける。「原因はわかりませんが、あなたは何かに衝撃を受けたそうですな――ミスター・ジャック・ビアードモアは、あなたが瞬間的に恐怖に襲われたんじゃないかと言っています。何が引き金になったんです?」

ミスター・マールは肩をすくめ、無理に笑みを浮かべた。

「軽い心臓発作を起こしたと言わなかったかね? 持病なんだ」

パーは帽子をひっくり返して中を覗くように持ち、帽子から視線を上げずに訊いた。

「ミスター・ビアードモアの姿を見たからではなく?」

「そんなはずないだろう」マールが力強く言った。「どうしてミスター・ビアードモアを怖がらなきゃならんのだ? 彼とは交流を続けてきたし、よく知っていたし――」

「でも、ずっと会っていなかった?」

「何年も顔を見ていなかったんだ」マールは苛立ち気味に修正した。

「興奮した理由は、たんなる心臓発作だったと言うんですな、ミスター・マール?」警部が尋ねた。

そう言って初めて視線を上げ、相手の目をじっと見据えた。

「その通り」マールの声には誠意がこもっていた。「今あんたに言われるまで、発作を起こしたことすら忘れていたぐらいだ」

「もうひとつはっきりさせておきたい点があるのですが」刑事が言った。また魅惑的な帽子に注意を戻し、機械的に何度もひっくり返すうちに、回転式のバター撹拌器に見えてきた。「ビアードモアの家に到着したとき、先の尖ったエナメルの靴を履いておられましたね」

マールが眉をひそめる。

「そうだったかな。覚えてないね」

「どこかビアードモアの地所の中を歩きましたか?　汽車の駅から家へ向かう以外に」

「いいや」

「家の周りを歩いて——その——建物を眺めたりしなかったと?」

「そんなことはせんよ。家の中に数分ほどいただけで、すぐに車で帰った」

ミスター・パーは視線を天井に向けた。

「どうかご協力願えませんかね」詫びるような口調ながら要求を突きつける。「その日に履いていたエナメルの靴を、見せてもらいたいのです」

「いいとも」マールがすぐさま立ちあがる。

部屋を出て数分後に戻ってきたときには、先の尖った長いブーツを持っていた。

警部はそれを手に取り、靴底を熱心に調べた。

「間違いない」パーは言った。「これはあの日に履いていたブーツではありませんな、なぜなら」手で靴底をそっと擦る「砂埃がついている。先週はずっと地面がぬかるんでいたんですがね」

マールの心臓は、あやうく止まりそうになった。

「おれが履いていたのは、その靴だ」彼は挑むように言った。「あんたのいう〝砂埃〟ってのは、泥が乾いたんだよ」

パーは砂埃のついた指先を見て、首を横に振った。

「何かの間違いでしょう、ミスター・マール」優しい口調で言う。「これは石灰の粉です」彼はブーツを下ろして椅子を立った。「だが、それはさして重要じゃない」パーが立ったまま絨毯をずっと見下ろしているのを見て、ミスター・マールは恐怖を感じながらも、じれったくなってきた。

「ほかに何か用でも、警部?」彼は尋ねた。

「ああ」パーが言う。「あなたの服の仕立て屋の名前と住所を教えてください。紙に書いてもらえますか?」

「仕立屋?」ミスター・マールが訪問者を睨みつける。「いったいおれの仕立屋になんの用があると言うんだ?」そう言うと、笑い声を上げた。「まったく、おかしな男だな、警部。だが、言う通りにしよう」

彼は書きもの机で紙を一枚取り出して名前と住所を書き、吸い取り紙でインクを押さえてから警部に手渡した。

「感謝します」

パーは書かれた住所を見もせず、紙をポケットにしまった。

「お邪魔して申し訳なかったですな。ただ、おわかりいただけるでしょうが、ミスター・ビアードモア殺害の前後二十四時間にあの家にいた人間は全員、尋問せねばならんのです。なにせ、クリムゾン・サークルが――」

「クリムゾン・サークルだと！」ミスター・マールが息を呑み、警部は彼をまっすぐみつめた。

「この殺人がクリムゾン・サークルの仕業だと、ご存じなかったのですか？」

実のところ、ミスター・フィリックス・マールは本当にそのことを知らなかった。ジェームズ・ビアードモアが撃たれたという短い記事だけは見かけたが、クリムゾン・サークルが関連しているということは〈モニター〉紙しか報道しておらず、それはミスター・マールが読まない新聞だった。

彼は崩れ落ちるように椅子に座って震えだした。

「クリムゾン・サークルだと」彼はつぶやいた。「なんてことだ——まさか、思いもしなかっ——」

そこまで言って、はっと口をつぐむ。

「何を思いもしなかったのです？」パーが優しく尋ねた。

「まさかクリムゾン・サークルだったとは」大男がまたつぶやき始めた。「おれは、あれはただの——」何かを言いかけたまま尻切れとんぼに終わった。

刑事が帰って一時間が経っても、フィリックス・マールはまだ椅子に座ったまま、頭を抱えてうずくまっていた。

クリムゾン・サークルだと！

その脅迫組織とわずかでも接点を持つのは初めてだったが、論理的に考えようとする頭の中でその存在がどんどん広がり、彼が立てた推論をことごとく打ち砕いていく。

「気に入らねえな」そうつぶやくと、どうにか椅子から立ち上がり、暗くなってきた部屋に灯りをつけた。「そろそろ潮時かもしれねえ」

それからひと晩かけて銀行の通帳を調べ、金額を確認しているうちに気持ちが落ち着いてきた。あいつから、あともう少しぐらいは搾り取れそうだな。それが終わったら——

第一三章　マール、さらに搾り取る

ここでもクリムゾン・サークルのメンバーがひとり、釣り針が狙い通りに投げられていると実感していた。タリアは何も訊かれずにミスター・ブラバゾンの秘書として雇われることになり、車で会った男の驚くべき影響力が証明されたのだ。

さらに驚いたのは、何日経ってもその謎めいたボスからなんの連絡もないことだ。きっとすぐにでも自分を有効に利用するつもりだろうと予想していたのだが、ブラバゾン銀行（以前のセラー銀行）に勤めてひと月近く、まったく音沙汰がない。するとある日突然、指令書が届いた。彼女がデスクで見つけた手紙には、太いペン字で宛名が書いてあった。

そこにサークルのマークはなく、いきなり用件から切り出されている。

マールに会え。彼が握っているというブラバゾンの秘密を突きとめるのだ。マールの口座の残高を調べて報告しろ。その口座が解約されたら、すぐに連絡をよこせ。パーとデリック・イェールが銀行に現れたときにも知らせろ。連絡は電報にて、シティ、ミルドレッド・ストリート二三番地、ジョンソン宛てへ。

彼女はその指示を忠実に守ったが、ミスター・マールと会う機会が訪れたのは、それから数日経ってからだ。

一度だけデリック・イェールが銀行に現れた。彼がビアードモア家の客として招かれていたときに見かけたことはあったが、それ以外にも新聞を賑わせる有名な探偵として、写真を見て顔は知っていた。

なんの用事で来たのかはわからないものの、タリアはブラバゾンの個人秘書としての立場を利用し、イェールがカウンターの窓口係と話している様子をひとり用の小さなオフィスから横目で盗み見て、さっそくクリムゾン・サークルに連絡した。

一方、パー警部が銀行に顔を見せることはなく、ジャック・ビアードモアも見かけなかった。ジャックについてはあまり考えたくなかった。彼のことを考えると、嫌な気分になるのだ。

＊　＊　＊　＊

厳粛で堂々としたセラー銀行頭取であるブラバゾンには、動揺するような状況に直面した際の、ちょっとした秘密の対処法があった。色白の手を伸ばして、後頭部のふさふさの巻き毛に触れる。カールした髪をひとしきり人さし指でくるくるねじってから、指先で禿げた頭頂部をなぞるようにして前へ撫で下ろしていき、額で止める。そんなとき、こうべを垂れ、指先を眉間に当てている姿は、まるで祈りを捧げているように見えるのだった。

ブラバゾンを訪ねて、整然とした頭取室に座っているのは、品性を欠いた男だった。大柄な体は、呼吸する度にぜーぜーと音がもれ、怠惰で気ままな生活のせいでむくんでいたが、大きなベストの前に両手を揃えた男は、どっしりと構えて座っていた。

「まったく、マール、あなたときたら」銀行家は優しい猫なで声で言った。「時々わたしの忍耐力を試すようなことを言いだしますね。あなたがうちの資金にどれほどの負担を強いているか、話すまでもないでしょうに」

大男がくっくっと笑った。

「おれはあんたを守ってやってるんだぜ、ブラブ――安全を保証してるんだ。それは否定できねえだろう！」

ミスター・ブラバゾンの白い指が、テーブルの端でリズムを刻んだ。

「あなたはいつもとんでもなく難しい話を持ち込んできますが、わたしもこれまでは金を出すという愚かな対応を続けてきました。こんな愚行は終わりにしなければ。これ以上の援助などあなたには要らないはずでしょう。うちの銀行だけでも、十万ポンド近くの預金があるじゃないですか」

マールは振り向いてドアのほうを確認してから、身を乗り出した。

「ひとつ、昔話をしてやろう」ぼそぼそと話しだす。「ある一文無しの若い銀行員が、セラー銀行のセラーの未亡人と結婚した話だ。おふくろぐらい歳の離れた相手の女が、ある日急死した――スイスでな。断崖絶壁から転落したって話だ。なんでおれがそんなことを知ってるんだろうな？　たしかおれは、綺麗な山の写真を撮ってたんじゃなかったか？　あの転落事故の写真を見せてやったことはあったかな、ブラブ？　あんた、写ってるんだぜ！　そう、写ってるのさ、治安判事の尋問に、事件当時は何キロも離れた場所にいたと証言していたあんたがな！」

ミスター・ブラバゾンの目はデスクをみつめていた。顔はぴくりとも動かない。

「第一だな」ミスター・マールが普段の声色に戻して言う。「あんたには払えるじゃねえか。また、婚姻による配偶関係を結ぼうとしている――たしか、そういう言い方をするんだよな?」

銀行家は視線を上げて、訪問者を睨みつけた。

「なんのことです?」鋭く尋ねた。

ミスター・マールは文字通り、面白がっていた。膝を叩いて、笑い転げた。

「おまえがステイン・スクエアで会ってた相手はどうした――ほら、箱形自動車に乗ってただろう。とぼけたって無駄だ! おれは見たんだ! なかなかいい車だったな」

それを聞いて、ブラバゾンの顔に初めて感情がかすかに現れた。顔から血の気が引いて灰色に変わり、両目は落ち窪んだかのようだ。

「貸付の手続きをしておきます」彼は言った。

ミスター・マールの満足そうな笑顔は、ドアのノックで遮られた。ブラバゾンが「どうぞ」と返事をしてドアが開いたとたん、マールの頭からすべての考えがかき消された。

娘がひとり、ブラバゾンに紙切れ――おそらくは鉛筆書きの電話の伝言メモを届けに来て、デスクに置いたのだ。

〈白――金色――赤〉ミスター・マールの感覚は、受け取った印象をそんなふうに認識した。乳白色できめ細かい肌、ケシの花のような緋色の唇、十分に実ったトウモロコシのように黄色い髪。彼女の横顔を見て、かたく引きしまった顎は気に入らなかったものの――ミスター・マールは女性に触れたとき、柔らかくしなやかに形を変えるのが好きだった――それでも、あの口と鼻と眉の美しさときたら——思わず瞬きをしてしまった。

呼吸が速く、荒くなっていき、彼女が小声でブラバゾンと言葉を交わして部屋を出ると、ため息をついた。

「なんと美しい！　どこかで見たことがある娘だな。なんて名だ？」

「ドラモンド——タリア・ドラモンドです」ミスター・ブラバゾンは忌々しい相手に冷たい視線を向けた。

「タリア・ドラモンド！」フィリックスがゆっくりと繰り返す。「前にフロイアントのところにいた娘じゃねえのか？　あんたも彼女に惚れてたのか、え、ブラバゾン？」

デスクに向かっていたブラバゾンは、相手をじっと見た。

「わたしは従業員に〝惚れる〟ようなことはしませんよ、ミスター・マール。ミス・ドラモンドは非常に有能な部下です。わたしが従業員に求めるのはその一点ですよ」

楽しそうに笑いながら、マールは重い体を引き上げるように椅子を立った。

「また明日の朝、例の件でな」

マールは息をぜーぜーさせながら笑ったが、ミスター・ブラバゾンはにこりともしなかった。

「明日の午前十時半に」彼は訪問者をドアまで見送りながら言った。「いや、十一時でも構いませんか？」

「じゃ、十一時だ」マールは合意した。

「良い一日を」銀行家は言ったが、手は差し出さなかった。

訪問者の顔の前でドアを閉めるや否や、ミスター・ブラバゾンはドアに鍵をかけてデスクに戻った。

ケースから白い無地のカードを一枚取り出して、ペン先を赤いインクにつけ、小さな丸を描く。その下に次の文を書いた。

われわれがステイン・スクエアで会っているところを、フィリックス・マールに見られていた。彼の住所は、マリスバーグ・プレイス七九番地。

カードを封筒に入れて、宛名を書いた。

シティ、ミルドレッド・ストリート二三番地、ミスター・ジョンソン

第一四章　タリア、誘われる

外へ出ようとして銀行内を通り抜けていたミスター・マールは、二列に並んだデスクに目を走らせたが、お目当ての娘の顔は見つからなかった。カウンターの端にある小部屋は、中に誰がいるか見えないように擦りガラスで囲まれている。細く開いたドアの隙間から人影がちらりと見えたので、彼はドアへ近づいた。タイプライターに向かっていた娘が彼を不思議そうに見た。

自分を見下ろしている男の満面の笑顔に気づいたタリア・ドラモンドが、デスクから目を上げたのだ。

「忙しいのかい、ミス・ドラモンド?」

「ええ、とても」答えとは裏腹に、急に邪魔をされた不快感は感じられない。

「ここじゃ、楽しいことなんてないんだろうな?」彼は尋ねた。

「あまりないわ」タリアは黒い瞳で品定めするように男をじろじろと見た。

「近々一緒に夕食でもどうだね?　そのあと芝居を見に行くっていうのは」

彼女は、マールの染めた髪から丁寧に磨きあげた靴まで食い入るようにみつめた。

「悪いおじさまね」彼女は動じずに言う。「でもわたし、夕食が一日で一番好きな食事なのよ」

男はますます大きな笑みを浮かべ、若さの消えた目に征服欲の炎が燃え始めた。

「では〈灰色の風車《ムーラン・グリ》〉はどうだ？」彼女が飛びつくはずのレストラン名を挙げたが、タリアはばかにしたように唇を尖らせた。

「それなら、いっそ〈フーリガンのフィッシュ・パーラー〉にでも行けば？」彼女は訊き返した。

「わたしは嫌よ、〈リッツ・カールトン〉じゃなきゃ、他にはどこへも行きたくないわ」

ミスター・マールは一瞬たじろいだが、すっかり彼女が気に入った。

「お姫様なんだな」顔を輝かせて言う。「当然、王室の食事がふさわしい！　今夜はどうだ？」

彼女がうなずく。

「おれの邸、ベイズウォーター・ロードのマリスバーグ・プレイスに来てくれ。七時半だ。ドアに名前が書いてある」

マールは反論されると予想して身構えたが、驚いたことに彼女はまたうなずいた。

「じゃ、後でな、ダーリン」禿げたミスター・マールは自分の太い指先にキスをした。

「ドアを閉めて行ってね」そう言うと娘はそそくさと仕事に戻った。

だが彼女の仕事に、すぐまた邪魔が入った。今度の訪問者はきれいな娘で、光沢のある肘までの作業用革手袋をしている。

ミスター・マールの行動を興味深く追っていたタイピストだ。

タリアは、新しい来訪者が用心深くドアを閉めて座るまで、椅子の背に深くもたれて待っていた。

「おや、マクロイじゃないの、何か気に食わないことでもあった？」タリアは上品さを欠いた口調で訊いた。

その言葉使いが、繊細で上品な顔とあまりに不釣り合いで、いつものことながらミリー・マクロイは戸惑ってタリアをみつめた。

「あの爺さん、誰なの?」ミリーが訊いた。

「わたしに惚れてる男」タリアが落ち着いて答える。

「あんたって、そういうのをよく惹きつけるよね」ミリー・マクロイは、いくらかうらやましそうに言ってから口をつぐんだ。

「それで?」タリアが尋ねる。「わたしの情事《アムール》の話をしに来たわけじゃないんでしょう?」

ミリーはかすかに微笑んだ。

「〝アムール〟って、フランス語で〝男〟のこと? なら、その話で来たんじゃないよ。あんたと、さしで話がしたかったんだよ、ドラモンド」

「腹を割って話をするって、何よりの楽しみだわ」タリア・ドラモンドが言った。

「先週の金曜日、セリンジャー・コーポレーション宛てに現金を書留郵便で送ったのは、覚えてるかい?」

タリアがうなずく。

「じゃあ、先方から連絡があって、届いた荷物を開けたら紙切れしか入ってなかったって話も知ってるね?」

「あら、そうなの?」タリアが言った。「ミスター・ブラバゾンはわたしにそんなこと、なんにも言ってなかったわ」無遠慮にじろじろみつめてくる相手を、タリアも怖じ気づくことなくみつめ返す。

「封筒に現金を詰めたのは、あたしなんだよ」ミリー・マクロイがゆっくりと言った。「その後で、あんたが送ったんだ。関わってたのは、あんたとあたししかいないんだよ、ミス・ドラモンド。どっちかが金を盗ったってことらしいけど、誓ってあたしじゃない」

「じゃ、わたしというわけね」タリアは無邪気な微笑みを浮かべて言った。「まったく、マクロイったら、無実の女性に向かって、今のはかなり深刻な告発よ」

ミリーの目にあった感嘆の色が一段と濃くなった。

「あんたって〝純血種の馬《サラブレッド》〟ならぬ、〝根っからの悪党《サラ・バッド》〟ね、最悪の！」ミリーが言う。「ねえあんた、よく聞きな、この際だから洗いざらいぶちまけよう。ひと月前にあんたが勤めだした頃、外国為替のデスクから百ポンド紙幣がなくなったの」

「それで？」ミリーが間を空けたので、タリアが訊いた。

「それでって、あんたがその紙幣をストランド街のビルバリーの店に持ち込んで両替したこと、あたしは知ってるんだよ。なんなら番号を教えてやろうか」

タリアはぱっと振り向き、ひそめた眉の下から相手を睨み上げた。

「これはなんなの？」彼女はわざとらしく仰天してみせた。「女探偵ってわけね！　神様、わたしはもうおしまいだわ！」

大げさな芝居にミリーはすっかり面くらった。

「あんたの頭の中には、氷が詰まってるんじゃないの！」ミリーは身を乗り出して、タリアの腕に手を置いた。「今回のセリンジャーの件は大事《おおごと》になるかもしれないんだよ、あんただって味方はひとりでも多く欲しいはずじゃないか」

「それはお互いさまよ」タリアが冷静に言う「現金を詰めたのは、あなただもの」

「盗んだのは、あんただ」ミリーが淡々と言った。「それは争いようがないよ、ドラモンド。でも、あたしたちがふたりで結託すれば、なんの問題もないはずさ――あたしの目の前であんたが封をしたって、そのとき金は入っていたって証言してもいいんだよ」

瞳に面白がるような光を躍らせて、タリアは音を立てずに笑った。

「わかった」肩を小さくすくめる。「そういうことにしておきましょう。わたしを身の破滅から救い出した見返りに、何か要求する気でしょう？　お金の件なら、白状するわ。わたしが盗ったの、いい使いみちがあったからね。わたし、しょっちゅうお金が必要になるんだけど、最近は、ほら、郵便物の窃盗が増えてるって言うじゃない？　この間もそんなことが新聞に長々と書いてあったのよ。さあ、好きにするといいわ」

生まれついての、いわゆる〝犯罪者を生み出す社会階層〟の人間と関わりのないミリー・マクロイは、ただ目を丸くしてタリアをみつめるしかない。

「あんたって、どこまでも冷酷な女なんだね」彼女はうなずいた。「でも、こんなけちな盗みはやめたほうがいい、でなきゃもっと大きな仕事をぶち壊してしまうよ。それだけは見過ごせないからね。分け前がうんと欲しいなら、でかい仕事をしてるやつと組まなきゃ――わかる？」

「わかるわ」タリアが言った。「で、あなたの共謀者は誰なの？」

ミス・マクロイは〝共謀者〟の意味がわからなかったが、声をひそめて答える。

「あたしの知り合いの紳士で――」

「〝男〟って言いなさいよ」タリアが言った。「〝紳士〟なんて言われたら、仕立屋の広告を思い出しちゃうわ」

「じゃ、とある〝男〟だね」ミス・マクロイが忍耐強く言った。「あたしの友だちなんだけど、この

一、二週間、あんたのことを見てて、あんたみたいな頭のいい娘なら難なく大金が手に入るだろうって言うのよ。こないだの一件を話したら、是非会いたいってさ」
「そいつもわたしに惚れちゃったわけ?」タリア・ドラモンドが完璧な形の眉をちょっと上げて尋ねると、マクロイの表情が曇った。

「そういうのは一切なしだよ、いいかい、ドラモンド」彼女はきっぱりと言った。「その男とあたしは、その――婚約してるんだ」

「まあ、じゃ神様に誓うわ」タリアが信心深そうな口ぶりで言う。「愛し合うふたりの間に割って入ったりしないって」

「皮肉はやめなよ」マクロイがますます顔を赤らめた。「この件に色恋沙汰はご法度だって言ってるんだ。真剣な仕事なんだよ、わかった?」

タリアはペーパーナイフをいじった。少ししてからミリーに尋ねる。

「あんたたちと組みたくないって言ったら、どうするの?」

ミリー・マクロイが訝しげにタリアを見た。

「銀行が閉まったら、一緒に夕飯を食べに行こうよ」ミリーは言った。

「みんな夕食に誘うのね」タリアのつぶやきを聞いて、頭の回転の速いミリー・マクロイはその真意に跳びついた。

「あの爺さんにも夕食に誘われたんだね? えらくついてるじゃないの!」口笛を吹いて、目を輝かせる。思わずタリアに秘密を打ち明けそうになって、思い直す。「あいつは金貸しで、かなり儲けてるんだ。一、二週間もしたら、あんたの首にダイヤのネックレスが光るのが見えるようだよ!」

タリアは背筋を伸ばしてペンを持った。

「わたしは真珠に目がないんだけど。いいわ、マクロイ、今夜会いましょう」そう言って、仕事に戻った。

ミリー・マクロイは、まだ帰ろうとしなかった。

「ねえ、あたしが婚約してるって言ったこと、その紳士には言わないでよね？」

「ブラブが呼んでるわ」ブザーの音を聞いて、タリアはメモ帳を持って立ち上がる「ええ、そんな話は一切しないつもりよ――幸せなおとぎ話は嫌いなの」

ミス・マクロイは、部屋を出て行くタリアを敵意のこもった顔で見送った。

タリアが頭取室へ行くと、デスクに座っていたミスター・ブラバゾンから封をした封筒を渡された。

「これを直接届けに行ってくれ」

タリアは住所を見てうなずき、あらためて興味深い目でミスター・ブラバゾンをみつめた。なるほど、クリムゾン・サークルが、あらゆる階級からメンバーを集めてるっていうのは、本当だったのね。

第一五章　タリア、仲間に入る

その日の終業後、ほとんどの従業員より遅れて銀行を後にしたタリア・ドラモンドは、出口の階段で手袋をはめながら何気なく通りの左右を見回していた。道の向こう側から見張っている男に気づいていたとしても、そちらへは一度も目もくれず、わかっているようなそぶりはまったく見せなかった。やがて通りの少し先で待っているミリーを見つけ、そちらへ歩きだした。

「ずいぶん遅かったじゃないの、ドラモンド」ミス・マクロイが文句をぶつける。「あたしの友だちを待たせるのは良くないよ。待つのは嫌いらしいの」

「じゃ、慣れてもらわなきゃね」タリアが言った。「男の都合に合わせて動かないことにしてるのよ、わたし」

タリアはミリーと並んで往来の激しい大通りを九十メートルほど歩き、リーダー・ストリートへ曲がった。

リーダー・ストリートのレストランはどれも、パリの陽気さや美食への憧れを店名に表していた。〈ムーラン・グリ〉は門口が狭く、奥行きのある細長い店ながら、何枚もの鏡と金箔をうまく活用したおかげで、豪華さを詰め込んだ空間を創り出していた。

テーブルはセッティングされていたが、客はひとりもいない。食事の時間まで二時間もあったし、店の経営者はアフタヌーン・ティーという習慣とは無縁のようだ。細い階段を上がって二階のダイニングルームに行くと、テーブル席に座っていた男がすばやく立ってふたりを迎えた。物腰の柔らかい、色黒の若者で、髪をポマードで額から後ろへきれいにとかしつけ、最先端とは言えないまでも、どうやら彼好みの最高のファッションに身を包んでいるらしい。

〈ロリガン〉のかすかな香り、大きく柔らかい手、瞬きをしないきらきらした瞳。それが、タリアが受けた第一印象だ。

「さあさあ、かけてくれ、ミス・ドラモンド」彼は明るく言った。「ウェイター、紅茶を頼む」

「この人がタリア・ドラモンドよ」ミス・マクロイが明らかに不必要なことを言った。

「紹介なんか要らないよ」若者が笑う。「きみの噂は聞いているんだ、ミス・ドラモンド。ぼくはバーネットだ」

「〝フラッシュ〟バーネットね」タリアが言うと、彼は驚いたものの、気分を害してはいないようだった。

「ぼくのことも知ってるんだね?」

「彼女、なんでも知ってるのよ」ミス・マクロイがあきらめたように言った。「おまけにさ」意味ありげにつけ足す。「マールとも知り合いで、これからふたりで食事に行くんだって」

バーネットはミリーからタリアへと視線をすばやく移し、またミリーのほうを見た。

「彼女に何か話したのか?」彼が尋ねる。その声にはかすかな脅しが感じられた。

「この人には何も言う必要なんかないのよ」ミス・マクロイが不用意に言った。「なんでもお見通しなんだから!」

「彼女に話したのか?」彼は繰り返した。

「マールのこと? いいえ、あんたが話してくれると思ったのよ」

ちょうどそのときウェイターが紅茶を運んできたので、立ち去るまでしばらく沈黙が続いた。

「ぼくはね、はっきりとものを言う主義なんだ」〝フラッシュ〟バーネットが言った。「だから、きみのことをなんて呼んでるか、教えてあげよう」

「面白そうね」タリアは男の顔から目をそらさずに言う。

「きみは〝サラバッド〟タリアだ。どうだい? なかなかうまいだろう?」ミスター・バーネットが椅子にもたれ、彼女を観察しながら言う。「〝根っからの悪党〟のタリア! きみは悪い娘だ! フロイアントの爺さんに窃盗で告発されたとき、ぼくも法廷にいたんだよ!」

彼はおどけて頭を振ってみせた。

「情報通なのね、去年の年鑑みたい」タリア・ドラモンドは落ち着き払って言った。「お互いに褒め合うためにわたしをここへ呼んだ訳じゃないんでしょう?」

「ああ、違うとも」〝フラッシュ〟バーネットが認める声を聞いて、嫉妬深いミス・マクロイは、恋人が娘に魅了されていく兆候を逃さなかった。「仕事の話で呼んだんだ。ぼくたちは味方だ、同じ稼業に就いている。先に言っておくが、ぼくはきみのようなその日暮らしの泥棒とは違う」

彼はきちんとした英語を話したが、〝H〟の有気音をわずかに重く発音することにタリアは気づいた。

「ぼくを雇ってる連中は、いい仕事をすればいくらでも報酬を払ってくれる。こんな割のいい誘いを断るのはもったいないよ、タリア」

「あら、そうなの？」タリアが言う「仮に、わたしがあなたの言った通りの人間だとして、どうして断るのがもったいないの？」

ミスター・バーネットは笑みを浮かべてゆっくりと首を振った。

「ねえ、きみ」彼は優しく諭すように言った。「封筒から金を抜いて、かわりに古い紙切れを送るなんて、そんなことをいつまで続けられると思う？　え？　ぼくの友、愚かなブラバゾンが、あれが郵便の不手際だなんてうまい具合に信じてくれたおかげで、きみは警察に調べられずに済んだんだ。ちなみに〝ぼくの友ブラバゾン〟っていうのは、ふざけて言ってるわけじゃないよ、わかるか？」

バーネットは、しまった、喋りすぎたかと思ったが、あの真面目な銀行家と友人関係にある点を省いて話すことは難しかった。訊かれたらさらに説明したかもしれないが、タリアは何も言わなかった。

「さて、ひとつ教えてやろう」〝フラッシュ〟がテーブルの上に身を乗り出して、声を落とす。「ミリーとぼくはブラバゾンの銀行について、この二ヵ月下調べを重ねてきた。近々大金をいただく計画だが、それは銀行の金じゃなくて――なにせ、ブラバゾンは友だちだからね――顧客の誰かから取るつもりだ。そして、口座残高が一番多いのが、マールなんだ」

その日タリアが唇を尖らせるのは、二度目だった。

「あんたたち、そもそもそこが間違ってるのよ」彼女が静かに言う。「マールの口座には、お金なんて入ってないわ」

彼は信じがたいという顔で彼女をじっと見てから、ミリー・マクロイを睨みつけた。

「十万ポンド近くあるって話じゃ――」

「あるわよ」ミリーが言う。

「確かに、今日まではあったわ」タリアが答えた。「でも、午後ミスター・ブラバゾンが外出して——たぶん、イングランド銀行へ行ったのね、あれは全部新札だったから。わたしが呼ばれて頭取室へ行くと、デスクにお金が積んであったの。マールの口座は解約する、顧客としてありがたくない人間だって。その後、その現金を持ってマールの所へ行ったんじゃないかしら。銀行が閉まる直前に帰ってきて、わたしにマールの小切手を渡したのよ。

〝あの口座は解約してきたよ、ミス・ドラモンド〟ブラバゾンはそう言ってたわ。〝これでもうあの悪党にわずらわされずに済む〟って」

「ブラバゾンは、あんたがマールに夕食に誘われてるって、知ってたの?」ミリーが尋ねたが、タリアは首を横に振った。

ミスター・バーネットは黙っていた。椅子にもたれ、顎を撫でながら、遠くをみつめている。

「大金だったんだね?」彼が尋ねた。

「六万二千ポンドよ」タリアが答えた。

「それが今、マールの自宅にあると?」バーネットは、興奮で頬をピンクに染めた。「六万二千ポンド! 聞いたか、ミリー? それで、今夜彼と食事をするんだね?」〝フラッシュ〟バーネットがゆっくりと、意味ありげに言う。「さて、どうする?」

タリアはひるむことなく、彼の視線を返した。

「どうするって、なにを?」

「一生に一度あるかないかの大チャンスだ」昂ぶる感情に、彼の声はかすれている。「きみはあいつの家に行くんだ。爺さんの家までついて行く気はあるんだろう?」

彼女は黙っていた。

「あの家なら知ってる」〝フラッシュ〟バーネットは言った。「膨大な維持費のかかる、ケンジントンでよく見る古風な邸宅だ。ベイズウォーター・ロードのマリスバーグ・プレイスさ」

「住所なら覚えてるわ」タリアが言った。

「住み込みの男の使用人が三人いる。だが、どういうわけか、マールが女友だちをもてなす夜には、決まって三人とも外出するんだ。わかるか？」

「でも、わたしを家でもてなす予定じゃないわ」

「芝居を見た後にさ、うちでちょっと夜食でもどうだ、なんてことになったら？」バーネットが訊く。「そう誘われて、きみがイエスと言ったとする。きみたちが家に戻る頃には、使用人は誰もいない。それは誓ってもいい。マールをじっくり観察してきたからね」

「わたしに何をしろと言うの？　強盗？　鼻先に銃を突きつけて〝有り金残らず出せ〟って？」

「ばか言うな」慌てたミスター・バーネットが、優雅な紳士然としたふるまいを忘れて言った。「おまえはただ夜食を食って帰る、それ以外は何もするんじゃない。やつを楽しませて、笑わせろ。怖がることはない、おれもおまえのすぐ後から家に入る。なにか問題が起きたら、助けてやるよ」

娘はテーブルクロスをじっとみつめたまま、ティースプーンをいじっていた。

「もし使用人を追い出さなかったら？」

「絶対に追い出すんだって」ミスター・バーネットが遮る。「まったくさ！　今までこんな条件のそろった機会はなかったんだ！　やってくれるよな？」

タリアは首を横に振った。

「わたしには荷が重すぎる。あなたの言う通りよ、いつか捕まるとしても、けちな泥棒がわたしに向いてるのかも」

「正気かよ！」バーネットがうんざりしたように言った。「頭がどうかしてるんじゃないのか。今こそ、でかく稼ぐチャンスなんだ。おまえは警察に顔を知られてない。おれみたいに警戒されてない。どうだ、やるか？」

彼女はまた視線をテーブルクロスに落とし、不安げにスプーンをいじりだした。

「わかったわ」突然肩をすくめる。「〝どうせ縛り首になるなら、子羊よりいっそ親羊を盗め〟って言うしね」

「それを言うなら〝数百ポンドくすねるより、いっそ六万ポンドの分け前をとれ〟だろう？」バーネットが楽しそうに言って、ウェイターを呼んだ。

タリアはレストランを後にして家に向かった。また銀行の前を通らなければならなかったが、贅沢をしているのが万一にもミスター・ブラバゾンの厳しい目に見つからないように、その近辺ではタクシーを呼ぶのはやめておいた。リージェント・ストリートを曲がると、人出の多くなる時刻らしく歩行者でごった返している。その人混みに紛れたとき、誰かが腕に触れるのを感じて振り返った。

彼女に並ぶように歩いているハンサムで鋭い顔つきの若者は、それまでリージェント・ストリートで声をかけてきた若い男たちのように、媚びた笑顔を向けたり、自分と同じ方角へ行くのかと尋ねたりしなかった。

「タリア！」

そう呼ぶ声に顔を向けると、彼女の気丈な冷静さがほんの一瞬だけ崩れた。

「ミスター・ビアードモア！」彼女はうろたえた。

ジャックが気まずそうに頬を染めている。

「ちょっとでいいから話がしたかったんだ。この機会を一週間も待ってたんだよ」彼は早口で言った。

「わたしがブラバゾンのところで働いてるって、ご存じだったのね——誰に聞いたの？」

彼はためらった。

「パー警部だ」それを聞いたタリアが唇を歪めるのを見て、彼は続けて言った。「パーは悪いやつじゃないんだよ、本当に。きみのことを悪く言ったのだって、あの一度きりなんだ、タリア」

「一度は言ったのね！」彼女が言葉を返す。「でもどっちでもいいわ。今はね、ミスター・ビアードモア、本当に急いでるの。とても大事な約束があるのよ」

だが、ジャックは彼女の手を強く握ったまま離さなかった。

「タリア、どうしてあんなことをしたか、教えてくれないか？」静かな声で訊く。「誰に命令されてるんだ？」

彼女は声を立てて笑った。

「あのおかしな仲間と会ってるのにも、何か理由が」ジャックが言い終わらないうちに、彼女が遮った。

「おかしな仲間って、なんのこと？」彼女は答えを要求した。

「きみは今、あるレストランから出てきたね。そこで〝フラッシュ〟バーネットという、元服役囚で名の知れた悪党と会っていた。一緒にいた女性はミリー・マクロイ、ダーリントン協同組合強盗事件にも関わった彼の共謀者で、やはり刑務所に入っていたことがある。現在は、ブラバゾン銀行に勤めている」

「それがどうかして？」

「きみはもちろん、彼らの正体をよく知らなかったんだろう？」ジャックがつめ寄る。

「ご自分は彼らをよく知っているとでも？」タリアが静かに言った。「きっとおひとりじゃなかったんでしょう、その――監視している間。ご立派なミスター・パーと一緒だったんじゃない？　図星のようね。まあ、あなたまですっかり一人前の警察官におなりだこと、ミスター・ビアードモア」

ジャックがひるんだ。

「きみがあんな連中と関わってることを、パーはきみの雇用主に報告する義務があるってわかってるのかい？」彼は尋ねた。「お願いだよ、タリア、今の自分の立場を、頭を冷やして考えてごらん」

だが、彼女は笑った。

「責任ある警察官の義務を妨害するつもりはないわ。でもミスター・パーには銀行に報告してもらいたくないのが本心よ。少なくとも、それが優しさというものでしょう」彼女は微笑んだ。「そう、ブラバゾンには黙っていてくれたほうがありがたいわ。警察がわたしに善を説くのはかまわないの、だって弱き者が罪深い道へ進まないよう導くのは、正しく、真っ当なことだもの。でも、過ちを犯しそうな娘を、雇用主が改心させようっていうのは、ちょっと面倒な話だわ、そう思わない？」

彼は思わず笑ってしまった。

「まったく、タリア、きみはあんな連中とつき合ったり、ああいう生き方に流されたりするには、頭が良すぎるよ」そう言うと、心をこめてつけ加えた。「ぼくには口出しする権利なんてないのは承知している。でも、力にはなれると思うんだ。特に」少しためらう。「きみがああいうやつらにつけ入られるようなことをしたのなら」

めったに微笑まないタリアが、にっこりと笑顔になった。

「さようなら」彼女は優しく言って立ち去り、残されたビアードモアは、つくづく自分の愚かさを感じていた。

タリアは急ぎ足でバーリントン・アーケードからピカデリーへ抜け、タクシーに乗り込んだ。車を降りたのはメリルボーン・ロードの高級アパートが並ぶ一角で、レキシントン・ストリートとは雲泥の差だった。

制服を着たポーターにエレベーターで三階へ案内され、そこからは彼女ひとりで、美しく、高価な調度品で飾られた部屋へ入って行った。

呼び出しベルを鳴らすと、真面目そうな中年女性が現れた。

「マーサ」タリアが言う。「紅茶は要らないわ、ありがとう。青いイブニングドレスを出しておいてちょうだい。それから〈ウォルサム自動車〉に電話して、七時二十五分に迎えの車を頼んでおいてね」

ミス・ドラモンドが銀行から貰っている給金は、一週間に四ポンドきっかりだった。

第一六章　ミスター・マールの外出

「やあ、来たか」ミスター・マールは立ち上がって娘を歓迎した。「なんと、素敵なドレスだな！　むろん、着ているあんたも美しいよ！」

彼女の両手を取って、金色と白の応接間へ案内した。

「美しい！」ささやくような声で繰り返す。「正直に言うと、あんたをリッツ・カールトンへ連れていくのは、いささか迷ってたんだ。正直に言ってもかまわんだろう——煙草はどうだい？」

燕尾服の上着のポケットを探り、大きな金の煙草入れを取り出して開ける。

「わたしが〈モーン＆ギリングスワース〉の安物のドレスを着てくるとでも思ってたのね？」彼女は煙草に火をつけながら笑った。

「実は、その通りだ。これまでに何度も不愉快な経験をしてきたのでね」マールは肘掛け椅子にどっかりと腰を下ろして説明した。「そりゃあひどい服で現れるのが大勢いたよ！」

「いつも〝若く麗しい〟女性たちをもてなしているの？」タリアも暖炉の柵の上の大きな座面に腰掛け、目を細めて彼を見下ろした。

「まあな」ミスター・マールは満足そうに言って、両手をこすり合わせる。「ご婦人方と楽しめないほどには、歳をとっちゃいないというところか。だが、あんたは実に素晴らしい！」

金髪で赤ら顔のマールは、いかにも染めたとわかる真っ茶色の髪と、いかにも作りものくさい綺麗な歯並びだったが、今夜のために、なんとも不自然なほどお腹を締め上げていた。

「夕食の後は、ウィンター・パレスで〈ザ・ボーイズ・アンド・ザ・ガールズ〉を見よう。それから」ためらってから尋ねる「軽く夜食でもどうかね?」

「軽く夜食? わたし、夜食なんて食べないわ」

「まあまあ、フルーツを少しつまむぐらい、かまわんだろう?」ミスター・マールが勧める。

「どこで?」娘は動揺せずに尋ねた。「お芝居が終わる前に、大抵のレストランは閉まってしまうんじゃない?」

「ここへ戻ってくりゃいい。まさかお堅いことは言わんだろう?」

「そういう訳じゃないけど」彼女は正直に言った。

「帰りは車で家まで送ってやろう」。

「自分の車があるから結構よ、ご親切にどうも」娘が言うのを聞いて、ミスター・マールは目を丸くした。やがて大きな声で笑い始めたが、笑い声はいつしか喘息の発作に変わった。あえぎながら言った。「まったく、小憎らしい子だな!」

その夜はタリアにとって興味深いものとなった。ことに、ホテルのロビーを通り抜けようとして、ミスター〝フラッシュ〟バーネットの姿が目に入ってからは。

芝居が終わり、入口のホールで係員が車を呼び出すのを待っているうちに、タリアは躊躇するようなそぶりをしだした。が、口のうまいミスター・マールがためらう彼女をあれこれ説き伏せ、時計が十一時半を打つ頃にはそろって彼の邸の玄関に入っていった。ミスター・マールが使用人を呼び出さずに、自分の鍵で玄関の扉を開けるのを、彼女は見逃さなかった。

　重厚な羽目板のダイニングルームに、夜食の準備が整っていた。

「おれが取ってやろう」ミスター・マールが言う。「わざわざ使用人を呼ぶこともあるまい」だが、彼女は首を振った。

「何も食べられないわ。もう帰ります」

「待て、待て」彼が懇願する。「あんたの上司についてちょっと話がしたいんだ。あそこじゃ——あの銀行じゃ、おれは顔が効くんだよ、タリア。誰がつけた名前だね、タリアってのは？」

「洗礼親たちよ。いわゆる〝MかN〟（クリスチャンネームのこと）なの」タリアが真面目くさって答えるのを聞いて、ミスター・マールは彼女の機知を楽しんだ。

　わざと彼女の後ろを通って、テーブルの皿を取ろうと手を伸ばした瞬間、不意に身を屈める。摑もうとして伸ばしてきたマールの手からタリアがすり抜けなければ、キスされていたところだ。

「家に帰るわ」

「ばか言うな！」ミスター・マールはいらいらしてきたが、苛立ったときには、良家の生まれという見せかけを忘れてしまう。「ここに来て、座るんだ」

　彼女は長い間彼をみつめて何か考えていたが、やがて急にドアめがけて駆けだし、ハンドルを回した。鍵がかかっている。

「このドアを開けてくださるわね、ミスター・マール」彼女は静かに言った。

「ごめんだな」ミスター・マールがおかしそうに笑う。「さあ、タリア、言うことを聞くんだ。おとなしい、いい子だと思ったんだがね」

「わたしの性格について思い描いた幻影を壊して申し訳ないけど」タリアが冷たく言う。「ドアを開けてちょうだい」

「いいとも」

彼はポケットを探りながらゆっくりとドアへ近寄ったが、タリアがその目的を見抜くより早く、彼の腕につかまってしまった。屈強な男で、彼女より頭ひとつ分背が高く、大きな手が鉄の締め具のように固く腕を摑んでくる。

「放してちょうだい」タリアは落ち着いた声で言った。うろたえもせず、恐怖をおくびにも出さない。

突然、彼女が力を抜くのが彼にはわかった。やっと観念したか。

すばやく息を吸い込んで、暗い顔をしている娘から手を放す。

「夜食をいただくわ」彼女の言葉に、マールの顔が輝いた。

「そうだ、それでこそいい子――なんだ、それは？」

最後の言葉は、恐怖に満ちた悲鳴に近かった。

ゆっくりとテーブルに近づいたタリアは、絹織りのブロケードのハンドバッグを手に取っていた。ミスター・マールはその様子を見てはいたが、てっきりハンカチを探しているのかと思った。が、タリアがハンドバッグの中から取り出したのは、小ぶりの黒い卵型の物体で、彼女は左手をすばやく動かして小さなピンを引き抜き、テーブルの上にピンを落とした。手に持っているのが何か、彼にはわかった――陸軍の物資に手を出したことがあり、ミルズ型手榴弾をいくつも見てきたからだ。

「そいつを下ろせ――いや、いや、まずピンを戻すんだ、何も知らねえガキめ」

「心配要らないわ」タリアが冷ややかに言う。「バッグに予備のピンが入ってるの――さあ、ドアを開けて！」

ドアに鍵を挿し込もうとするものの、ミスター・マールの手が痙攣を起こしたように震える。やがて彼女のほうを振り向いて瞬きをした。

「ミルズ型の手榴弾だぞ！」ぼそぼそと言ったかと思うと後ろへ倒れ込み、震える大きな肉のかたまりが繊細な羽目板にもたれかかった。

彼女がゆっくりとうなずく。

「ええ、ミルズ型の手榴弾よ」静かに言って、その殺傷能力の高い卵型の物体のレバーを握ったまま、出ていった。彼はその後についてドアまで行き、音を立てて勢いよく閉めてから、体を引きずるようにして自分の寝室へ上がっていった。

洋服掛けの影に身を潜めていた〝フラッシュ〟バーネットは、自室に入ったミスター・マールがカチャカチャと施錠し、閂をかける音を確認した。

家の中は静まり返っている。ミスター・マールの寝室の分厚いドアの奥からは、物音ひとつ聞こえてこない。ドアの上に明かり取りの窓はなく、中に誰かがいるとわかるのは、寝室の壁の通風孔から廊下の天井にもれる光だけだった。

戦時中は将校用の病後療養施設として使われていたため、建物には衛生上の改造がいくつか施されていて、デザインより機能が優先されていた。

〝フラッシュ〟は靴下の足でそっとドアまで近づき、聞き耳を立てた。中でマールが独り言を言っているのが聞こえた気がして、どうにか部屋の中を覗けないかと辺りを見回す。廊下にオーク材の小さなテーブルがあるのを見つけ、壁際まで持ってきて上に乗った。目が通気孔の高さに届いて中を見下ろすと、すっかり動転しているミスター・マールが、シャツ一枚の姿で部屋の中を歩き回っているところだった。すると、何か物音が聞こえた。誰かがひたひたとカーペットを歩くかすかな足音じゃないのか。〝フラッシュ〟バーネットは、テーブルからそっと降りて急いで廊下を進み、階段の上を通り過ぎた。

階下の玄関ホールは真っ暗で何も見えなかったが、気配を感じとることはできた。階段に、誰かがいる。男か女かはわからないし、立ち止まって確かめるつもりもない。使用人の誰かがこっそり戻って来た可能性はある——使用人は家を空けろと言っても聞かないこともあるからな。〝フラッシュ〟は廊下の一番奥まで行くと、角の壁に張りつくようにして目をこらした。階段の上を横切る人影はなかったが、どこも暗くてよく見えない。しばらく待ってから、また忍び足で元の場所まで戻った。マールの寝室のドアは、無理にこじ開けても意味がない。待っている間に家じゅうを調べて回り、すでにミスター・マールの寝室には何もないことがわかっていた。次は書斎の小さな金庫の中身に捜索の狙いを定めていた。

二時間をかけ、この稼業に必要な最高の道具を駆使した〝捜索〟の成果は、まったくの無駄ではなかった。だがお目当ての大金は見つけられなかった。彼は迷っていた。あの寝室はすでに隅々まで探したし、今からまた探るには遅すぎる。彼は道具をひとまとめにして片方のポケットに、盗んだ品々を別のポケットにしまい、二階へ向かった。マールの部屋からは何も聞こえないが、灯りはまだついている。鍵穴から覗こうとしたが、鍵が挿さったままだ。それでもあえて部屋に侵入する価値があるとすれば、心当たりはあとひとつ、今夜マールが着ていた服に金が入っている可能性だ。とは言え、望みは薄そうだな。きっとマールは金をどこかの貸金庫に預けに行ったのだろう——そうするかもしれないと、バーネットも予想していた。

ゆっくりと階段を降り、玄関ホールと食器庫を通って裏口のドアまで戻る。夜会服を着てきたバーネットは、ブーツ、オーバーコート、それに光沢のあるシルクハットをそこに脱いでおいたのだ。それから足音を忍ばせて、家の横の通路を進んでいった。その先にはマールの邸の前庭に続くドアがある。庭に出て、門に手をかけた瞬間、誰かが手を触れた。驚いて振り向く。

「おまえに訊きたいことがある、〝フラッシュ〟」聞き覚えのある声がした。「パー警部だ。忘れたのかね？」

「パー！」すっかりうろたえたバーネットは息を呑むと、罵りの言葉を残してパーの手を振りほどき、門を飛び出した。が、待ち構えていた三人の警察官から逃れることはできなかった。不安でいっぱいの〝フラッシュ〟バーネットは、彼らに最寄りの警察署へ連行されていった。

その間に、パーは捜査を始めた。刑事をひとり連れて玄関ホールからマールの家の中に入り、階段を上っていった。

「どうやら、人がいるのはこの部屋だけらしいな」そう言って寝室のドアをノックする。

返事はない。

「使用人たちを起こしてきてくれ」パーが言った。

やがて部下の刑事が、使用人はひとりもいないという驚くべき知らせを持って戻ってきた。

「この部屋の中には、誰かいるはずだ」警部は持っていた明かりで廊下を照らしていき、テーブルを見つけた。年齢の割には目をみはるような俊敏さでテーブルに飛び乗り、通気孔から部屋の中を覗く。

「誰かが寝ているだけだな」彼は言った。「こんばんは！　起きてください！」呼びかけたが、返事がない。

ドアを激しく叩いても、なんの反応もない。

「どこかで手斧を見つけて来い、ドアを壊して入ろう」パーが言った。「気に入らないな」

手斧はなかったが、ハンマーが見つかった。

「ドアを照らしていてください、ミスター・パー」刑事に言われて、警部はランプの光をドアに向けた。真っ白いドアだった——羽目板の一枚に押された、クリムゾン・サークルのゴム印を除いては。

「ドアを破れ」パーが息を荒らげる。

五分かかって羽目板の一枚を打ち壊して穴を空けても、ベッドに横たわった人影は起きる気配もなかった。

パーはドアに空けた穴から手を差し込んで鍵を回し、さらに手を伸ばしてドアの上部の閂を探り当てた。おそるおそる中に入る。部屋の灯りはまだ燃え続け、ベッドの男の上に光を投げかけていた。仰向けに寝そべり、歪んだ笑みを浮かべた男は、誰がどう見ても死んでいた。

第一七章　シャボン玉

　真夜中をずいぶんと過ぎた頃、デリック・イェールは自宅の小さくこぎれいな書斎で座っていた――彼の住まいは公園を見下ろすアパートだ。ノックの音に立ち上がり、訪ねてきたパー警部を部屋に迎え入れた。

　パーはその夜の出来事をイェールに伝えた。

「でも、なぜぼくに知らせてくれなかったんだ？」イェールは咎めるように言ってから笑った。「すまない」イェールが言う。「ぼくはきみの仕事に首を突っ込んでばかりいるようだね。だが、犯人はどうやって逃げたんだろう？　二時間も家を取り囲んでいたと言ったね。娘は出てきたのか？」

「間違いない。家から出てきて、車で自宅へ帰った」

「ほかには、誰も入らなかったんだね？」

「それは、断言できない」パーが言った。「家にいた人物は、おそらくマールが劇場から戻るよりずいぶん前に来ていたのだろう。家の裏から車庫を抜けて外に出られることが、後になってわかった。家をすっかり取り囲んでいた、というのは言い過ぎかもしれない。われわれの知らない、裏庭への抜け道があったのだからな。庭があることすら考えに入れていなかった。犯人は、間違いなくその車庫から出たのだろう」

「娘のことは、まったく疑っていないんだね？」

パーがうなずく。

「だが、そもそもマールの家を取り囲んでいたのは、どうした訳だ？」

その答えは予想外で、驚くべきものだった。

「マールは、ロンドンへ戻ってきたときからずっと、警察の監視下にあったのだ」パーが言う。「実のところ、手紙を書いたのがマールだと判明してからな。わたしが見つけた、あの燃え残りの紙切れを、先週マールの筆跡と比較したのだ――マールには、行きつけの仕立屋の住所を書いてくれと頼んで」

「マールが？」相手は信じられないというふうに言った。

パー警部がうなずく。

「ジェームズ・ビアードモアとマールの間に何があったか、どうしてマールがビアードモアの家に行ったのかはわからない。その現場を頭で再現しようとしているのだが。マールがあの家を訪ねたとき、突然動揺して発作を起こしたのを覚えてるか？」

「覚えているとも」イェールがうなずく。「ジャック・ビアードモアから聞いたよ。それで？」

「彼はその後、ロンドンへ戻ると言って、あの家に泊まるのを断った。が、実はキングサイドで列車を降りている。ビアードモア家から十三、四キロしか離れていない駅だ。荷物だけロンドンへ送って、自分は徒歩で戻ってきたわけだ。ジェームズを殺した実行犯があの夜森の中で見かけた大男は、おそらくマールだろう。問題は、逃げ帰るほどの恐怖を感じる場所へ、なぜまた戻ってきたのか？　どうしてわざわざ手紙を書いて夜になってから届けに来たのか？　昼間に会っている間に、直接ジェームズ・ビアードモアと話す機会はいくらでもあったというのに」

長い沈黙が流れた。

「マールは、どうやって殺されたんだ?」イェールが尋ねる。

パーは首を振った。

「それが謎なのだ。犯人は、絶対にマールの部屋には入れなかったはずだ。〝フラッシュ〟バーネットを問い詰めたところ――やつはまだマールが殺されたことを知らないが――窃盗目的で忍び込んだことは認めている。彼の証言によると、誰かが家の中で動く音が聞こえたので、自分は身を隠した。パイプから空気が漏れるような〝シュー、シュー〟という奇妙な音も聞いたそうだ。ほかに目立った手掛かりとしては、遺体の手から六、七センチ離れた辺りの枕の上が丸く濡れていた。きれいな円形に。はじめはクリムゾン・サークルのマークかと思ったが、ベッドカバーにも同じようなものを見つけた。死因はまだ解明されていないが、動機は明らかだ。マールの取引先の銀行によると――さっきまでブラバゾンと電話で話をしていたんだが――マールは昨日、預けていた大金を引き出したと言う。正確に言えば、ブラバゾンがマールの口座を解約したのだ。原因はわからないが、ふたりは口論をしたらしい。もちろんマールの家の金庫は〝フラッシュ〟バーネットが開けていたが、警察署で彼の所持品を調べてもそんな金は持っていなかった。〝フラッシュ〟が盗み出した品物はあれこれ見つかっているにもかかわらず――では、金は誰が盗ったのか?」

デリック・イェールは両手を後ろ手に組み、首を垂れて、部屋の中をうろうろと歩き始めた。

「ブラバゾンについては、よく知ってるのかい?」イェールが尋ねる。

相手はすぐには答えなかった。

「いや、銀行家で、海外との取り引きが多いことぐらいだ」

「支払いに困ったりしてないか?」デリック・イェールが無遠慮に尋ねると、警部は曇った目をゆっくりと上げ、イェールと視線を合わせた。

「ああ。実を言うとブラバゾンとの金がらみの苦情が一、二件来ていたのだ」

「親しかったのかな——マールとブラバゾンは?」

「けっこう親しかったが」躊躇しながら答える。「報告を読んだ印象では、どうやらブラバゾンはマールに弱みを握られていたように見える」

「そして、ブラバゾンは金に困っていた」デリック・イェールが考え込んだ。「そこへ今日の午後、ブラバゾンがマールの口座を解約した。どういう手順で? マールは銀行へ来たのか?」

パーは一連の出来事について、かいつまんで説明した。ブラバゾン銀行内の動向は、ほとんどパーの耳に入るらしい。

デリック・イェールはパーと出会った当初、この男は少し頭が悪いんじゃないかと、悪意はないながら少々軽んじていたのだが、なかなかやるものだと見直し始めていた。

「今夜のうちに、マールの家を見に行くことはできないだろうか?」

「実は、そうしてもらえないかと頼みに来たのだ」パーが言った。「そしてさらに、来てもらえると見越して、外にタクシーを待たせてある」

デリック・イェールはベイズウォーターに着くまで黙り込んでいたが、マリスバーグ・プレイスの玄関ホールを入ったところで、ようやく口を開いた。

「どこかに鋼鉄の小さな筒型の物体があるから、探してくれ」彼はゆっくりと言った。

ホールで見張りをしていた警察官が進み出て敬礼をした。

「鉄製の容器なら、車庫で見つけました」

「おお！」デリック・イェールが勝ち誇ったように声をあげる。「思った通りだ！」

警部より先に階段を駆け上がり、廊下で立ち止まった。今は廊下にも灯りがともっている。小さなオーク材のテーブルが通気孔の下に置いてあり、イェールはそこへ向かった。すると、いきなり床に両手と両膝をついて、カーペットの匂いを嗅ぎ始めた。すぐにむせて咳き込み、真っ赤な顔をして立ち上がる。

「さっき言っていた筒を見せてくれ」彼は言った。

その物体が運ばれてきた。警察官が〝容器〟と呼んだのは正確な表現だ。鉄製の瓶のような容器の口に、ひねって開閉できる小さなつまみがあり、そこから細い管が伸びている。

「それから、どこかにカップもあるはずだ」辺りを見回しながら言う。「あるいは、瓶に入れてきたか」

「車庫でこれを見つけたとき、近くに小さなガラスの瓶もありました」先ほどの警察官が言った。

「でも、割れています」

「急いで持ってきてくれ」イェールが言った。「中身がまったく残らないほど粉々に砕け散っていなければいいのだが」

ずんぐりとしたミスター・パーがその様子を暗い面持ちで見守っていた。

「これはどういうことだ？」彼が尋ねると、デリック・イェールが楽しそうに笑った。

「新しい殺人の手法さ、親愛なるミスター・パー」彼は陽気な調子で言う。「さあ、寝室に入ろう」

ベッドに横たわったままのマールの遺体にはシーツが掛けられており、枕についた丸い染みはまだ乾いていなかった。窓はすべて開いており、時おり吹き込む風がカーテンを揺らしている。

「当然、この辺りでは匂うわけがないな」イェールは独り言を言いながら、また四つん這いになってカーペットに鼻を近づけた。すると再び咳き込み、急いで立ち上がった。

その頃には、ガラス瓶の下半分を持った警察官たちが戻ってきた。残っていたわずかな液体を、イェールは自分の手の上に垂らす。

「石鹸水だな。そうじゃないかと思ったんだ。さて、マールがどうやって殺されたかを説明しよう。きみが捕まえた泥棒、〝フラッシュ〟バーネットが、空気の漏れるような音を聞いたと言っていたね。あれは、空気より重い気体がこの筒から噴き出す音だったんだ。違っているかもしれないが、ぼくの予想では、この小さな鉄の容器の中には、きみとぼくを殺すぐらいの毒ガスが入っている。ちなみに、今この部屋の床にも残っているよ。空気より重く、下に沈むガスだからね」

「だが、それでどうやってマールを殺すというのだ？　格子の隙間から頭に向けて噴射したのか？」

デリック・イェールは首を振った。

「クリムゾン・サークルがとったのは、もっと単純で、もっと殺傷能力の高い方法だ」彼は静かに言う。「シャボン玉を飛ばしたんだ」

「シャボン玉！」

デリック・イェールがうなずく。

「この管の先を――ほら、まだ石鹸のぬめりが残っているのが触ればわかる――まず石鹸水につけてから、格子の隙間から差し込む。栓をひねるとシャボン玉がふくらみ、それを揺すって落とす。そこの通気孔からだ」彼は部屋の外へ駆け出して、廊下のテーブルに飛び乗った。「やっぱり、思った通りだ。ここからマールの頭が見える。できたシャボン玉のうち、二つ三つは失敗したんだろう。一つは枕に当たったが、たぶんそれは彼が死んだ後に飛んできたものだな。もう一つは壁に当たった。まだ濡れた跡が残っているよ。だが、一つか、おそらくはもっと多くのシャボン玉が、彼の顔の上で弾けた。まず、即死だったはずだ」

パーは口をぽかんと開けるばかりだった。

「ここへ来る途中で思いついたんだ。丸い染みが枕についていたと聞いて、遠い昔にぼくも部屋の中でシャボン玉を飛ばしたときの子どもらしい遊び心と、その悲惨な結果を思い出してね。そこへ、通気孔や空気漏れの音の話が出たので、自分の仮説が正しいことを強く確信したんだよ」

「だが、初めに部屋に入ったときには、ガスの匂いはしなかったぞ」パーが言った。

「風がガスを吹き散らしたのかもしれない」デリック・イェールが言う。「だが、そうでなくとも、比重の大きいガスは降下して床じゅうに均一に広がる——ほら！」マッチを擦って、手で風をよけながら火をつけると、ゆっくりと下ろして床に近づけていく。カーペットから二、三センチの高さまで下ろしたとき、マッチの炎が突然消えた。

「なるほど」パー警部が言った。

「さて、家の中の捜索はどうする？　ぼくでお役に立つようなら」イェールは申し出たが、その手助けの提案をありがたく受け入れる答えが返ってくることはなかった。

イェールが推理を披露するのを、驚愕の面持ちで聞いていた数人の警察官には、パー警部の気持ちが痛いほどわかった。それはイェールにも酌み取れたらしく、さわやかな笑い声を残し、帰る言い訳を並べてそそくさと立ち去った。本部の刑事たちの気持ちの整理がつくまで、部外者は席を外したほうがいいときがある。そのことを、デリック・イェール以上に感じている人間はいなかった。

第一八章　〝フラッシュ〟バーネットの話

さらなる捜査を終えたパー警部は、ミスター〝フラッシュ〟バーネットの取り調べのために最寄りの警察署へ行った。

憔悴しきって沈んでいる〝フラッシュ〟からは、はっきりした情報を聞き出すことはできなかった。警察部長の机の上に、彼が盗んだ品々が並んでいる。さまざまな指輪や時計、まったく価値のなくなった銀行通帳——少なくとも〝フラッシュ〟にとっては無価値だ——それに銀のフラスコ瓶。だが、最も驚くべきは、真新しい百ポンド紙幣が二枚、バーネットのポケットから見つかったことだ。それは盗んだのではなく、自分のものだと彼は頑なに主張した。

泥棒、それも〝フラッシュ〟バーネットのようなタイプは、その日さえ楽しく生きられればいいと考えるものだ。手元に金があるうちは新たな仕事はしないし、もし本当に〝フラッシュ〟バーネットが二百ポンドも持っていたなら、わざわざマリスバーグ・プレイスに忍び込んだりするはずがない。

「おれの金なんだ、嘘じゃないよ、ミスター・パー」彼は抗議した。「おれが嘘をつくとでも？」

「もちろん、つくだろう」パー警部は冷たく答えた。「おまえの金だと言うなら、どうやって手に入れた？」

「友人に貰ったんだ」

「どうして書斎の暖炉で火を起こした？」藪から棒に訊かれて〝フラッシュ〟バーネットはうろたえた。

「寒かったからさ」間が空いた後でフラッシュが言う。

「ふーん」パー警部は、まるで頭に浮かぶ考えをそのまま声に出すように喋り始めた。「二百ポンドも持っている男が、家に忍び込んで、金庫を荒らして、火を起こす。はて、どうしてまた火なんか？火を起こした理由は何だろう？　燃やすためだ、金庫で見つけた何かを！」

〝フラッシュ〟バーネットは黙って聞いていたが、見るからに動揺している。

「つまりだ、おまえはマールの家に侵入するよう頼まれ、金庫から何かを取り出して燃やす報酬として二百ポンド受け取った。違うか？」

「おれはたとえ死んでも、絶対――」と〝フラッシュ〟バーネットが言いかけた。

「絶対に地獄へ落ちるだろうよ」警部が冷静に言い放つ。「嘘つきはみな地獄行きだからな。友人というのは誰だ、バーネット？　白状したほうがいいぞ、わたしは今迷ってるところなんだ、おまえを殺人罪で告発しようか――」

「殺人！」〝フラッシュ〟バーネットが悲鳴とともに立ち上がる。「どういうことさ？　おれは誰も殺してなんかいないぞ！」

「マールが死んだのだ。遺体がベッドで発見された」

すっかり意気消沈した囚人を残して、パーはいったん警察署を後にしたが、翌朝早く再度取り調べに訪れると、〝フラッシュ〟バーネットはすべてを打ち明けた。

「クリムゾン・サークルについちゃ、何も知らないんだよ、ミスター・パー」彼は言った。「本当さ」

彼はさらに、もしもそれが真実から外れていたなら、神の厳しいみわざが自分の上にあらわれますように、とやけに信心深そうな願いを口にした。

「おれは今、ブラバゾン銀行の若い女性行員と交際してるんだ。ある夜、彼女が仕事で夜遅くまで残っていたので銀行の外で待っていると、裏口が開いて、ある紳士に呼ばれたんだ。なんでおれの名前を知っているんだろうと驚いて彼の顔を見たら、卒倒しそうになったよ」

「ミスター・ブラバゾンだったんだな?」パーが推理した。

「その通りさ、警部。おれをオフィスへ招き入れたんだ。ミリーに関して、何か悪い知らせかと思ったね」

「続けろ」黙り込んだフラッシュを、パーが促す。

「おれ自身の身を守るためなんだからさ、喋っちゃってもしょうがないよね? 何もかも隠さずにさ。ブラバゾンは、マールに脅迫されてるって言ってたんだよ。マールの自宅の金庫にブラバゾンからの手紙が何通か入ってるはずだから、それをうまく盗み出せたら千ポンドもくれるって。これが真実さ。それから、マールの自宅にはかなりの現金があるらしいことも、それとなく匂わせるんだ。はっきり言ったわけじゃないけど、そういう印象だったね。おれについてすっかり調べてあって、窃盗で服役したことも知った上で、この仕事にふさわしいって言うのさ。それでおれはマールの家に行って、外からいろいろ調べてはみたけど、ちょっと難しいなと思ったんだ。家の中には、常に男の使用人がいたからね。ただし、ミスター・マールがご婦人を夜食でもてなす夜は別として」彼はにやりと笑った。

「もうこの仕事はあきらめようかと思ってたところへ、マールが銀行の若い娘に目をつけた」

「タリア・ドラモンドか?」パーが訊いた。

「その通りだよ、警部」〝フラッシュ〟がうなずく。「まさに神のみわざとしか言いようがない、マールが彼女に目をつけるなんて。それで、その娘を夕食に誘ったと聞いて、これは家に忍び込む絶好の機会だと確信したのさ。銀行に預けていた金を全部引き出したとわかって、こんなうまい仕事はないはずだった。金庫を開けて——開けるのはわけもなかった——封筒は見つけたが、中身は手紙じゃなくて、なんだか男と女が岩の上にいる写真だけだった。背景に山がいっぱい写ってたから、どこか外国なんじゃないかな。男が女を突き落とそうとしているみたいで、女のほうは小さな木にしがみついていた。もしかして、映画のワンシーンの写真かもな。なんにせよ、おれはその写真を燃やしたのさ」

「なるほど」パー警部が言った。「それだけか?」

「それだけだよ、警部。金なんて、全然見つからなかった」

その朝七時に、ポケットに令状を携え、ふたりの刑事を引き連れて、パー警部はブラバゾンの自宅アパートのあるブロックを訪れた。

寝巻姿の使用人がドアを開けて、銀行家の部屋を指し示した。ドアは施錠されていたので、パーはいきなりドアを蹴やぶった。中は空っぽだ。開いたままの窓と非常階段から、高名な銀行家がどうやって逃げたかは予想がついた。ベッドを使った形跡も、部屋の乱れもなく、警部たちが来るよりずいぶん前に出ていったことを物語っている。

ベッド脇に電話があり、パーは交換手を呼び出した。

「昨夜この番号あてに電話がかかってきたかどうか、調べてくれないか?」彼は尋ねた。「わたしはロンドン警視庁本部のパー警部だ」

「二件ございます」返事があった。「どちらもわたしがつなぎました。一件目はベイズウォーター――」

「それは、わたしがかけたのだ」警部が言った。「もう一件は？」

「ウェスタン電話局からです――午前二時三十分でした」

「ありがとう」警部は険しい声で言って、電話を切った。

部下たちの顔を見て、苛立たしげに大きな鼻をこする。

「どうやらタリア・ドラモンドは、新しい勤め先を探さなきゃならんようだな」

第一九章　タリア、仕事を引き受ける

ブラバゾンの破産手続きの予備交渉がまとまるのに一週間以上かかった。ようやくすべてが片づいたとき、タリアは一週間分の給金の入った小さな革のバッグを手に、次の勤め先のあてもないまま銀行を去った。

パー警部から、人目を集めるような容赦のない言葉を浴びせかけられたばかりだった。

「あんたは重大な犯罪容疑で逮捕されてもおかしくなかったのだぞ。あんたがマールの家を飛び出した後に、彼自身が玄関のドアを閉めるのをわたしが見ていたおかげで、危うく疑いを免れただけなのだ」

「ついでにお説教からも免れられたら、万事めでたしだったのに」タリアは平然と言った。

「あの娘をどう思う？」タリアが銀行のスイングドアを通って見えなくなるのを見送りながら、パーが尋ねる。

「理解しがたいね」質問を投げかけられたのはデリック・イェールだった。「考えれば考えるほど、わからなくなるよ。マクロイとかいう女によれば、タリアは銀行に勤めだしたころから金をくすねていたらしいが、証拠がない。実際にその証拠を示せる人物がいるとしたら、行方をくらましたブラバゾンだけだ。バーネットの件で、検察側の証人としてタリアを呼ばなかったのは、どうしてだ？」

「バーネットと彼女で、水掛け論になるだけだからな」警部は首を振りながら言った。「第一、バーネットの件は明白だ、わたし自身の目撃証言以上は必要あるまい」

イェールは眉を寄せて考え込んでいた。

「ひょっとして」なかば独り言のように言う。

「なにが、ひょっとするのだ？」

「ひょっとして、クリムゾン・サークルの情報を彼女から聞き出せるんじゃないだろうか。今われわれが摑んでいる以上に、少しでも。ぼくはね、彼女を雇おうかと考えてるんだよ」

パーは聞きとれないほどかすかな声で何かつぶやいた。

「わかってる、頭がいかれてるんじゃないかって言いたいんだろうが、いかれているにしてもそれなりに考えがあるんだ。ぼくの事務所には盗むほどのものはない。常に彼女をぼくの監視下に置けるし、もしもクリムゾン・サークルと連絡を取るとしたら、当然ぼくにもわかるはずだ。それに何よりも、あの娘には興味を引かれるんだよ」

「彼女と握手したのは、どうしてだ？」パーが興味深そうに聞くと、イェールが笑った。

「あれで興味がわいたんだ。彼女からイメージを読み取ろうとしてね。ぼくが受けたイメージでは、彼女の後ろに暗くて邪悪な力があった。あの子は単独で動いてるんじゃない。きっと背後に——」

「クリムゾン・サークルがいると？」推測するパーの声には、あざけりが混じって聞こえた。

「その可能性は高い」相手は深刻に言った。「とにかく、彼女に会ってみるよ」

その午後、イェールがタリアのアパートを訪ねると、使用人が小ぢんまりとした綺麗な応接間へ案内した。すぐにタリアが現れたが、訪問者が誰かがわかったとたん、その美しい目が笑った。

「あら、ミスター・イェール、わたしに忠告しに来てくださったの？」

「そうじゃないよ」イェールが笑う。「ぼくのところで働かないかと思ってね」

彼女は目を丸くした。

「わたしを助手にしたいというの？」彼女は皮肉たっぷりに言った。「泥棒をつかまえるには、泥棒を雇うのが一番という原理？　それとも、わたしを改心させようという信念に燃えてらっしゃるの？　わたしを改心させたがってる人なら、ほかにも大勢いるのよ」

後ろ手を組んでピアノの丸椅子に腰を下ろす彼女を見て、イェールはからかわれているなと感じていた。

「どうして盗みなんかするんだい、ミス・ドラモンド？」

「わたしの持って生まれた性質だからよ」ためらうことなく答えた。「窃盗狂は、支配階級の専売特許じゃないのよ」

「盗むことで、満足が得られるのかい？」彼は強く尋ねた。「たんなる好奇心で訊いてるんじゃない、生身の人間を研究する者として知りたいんだよ」

彼女は手を広げて部屋の中を指し示した。

「こんな居心地のいい家に住めることに、満足してるわ。使用人にも恵まれてるし、飢えることもない。こういったことすべてが、わたしをとても満足させてくれるのよ。それより、仕事について教えてくださらない、ミスター・イェール。わたしに女探偵をしろというの？」

「そうじゃないさ」彼は微笑んだ。「ぼくが求めてるのは秘書だ、仕事を任せられる人が欲しい。とにかく急に忙しくなってしまってね。手紙のやりとりなど、とても追いつかない。ついでに言っておくと、ぼくの事務所では、きみお得意の悪さをする機会はないよ」冗談まじりに言う。「第一、それも覚悟の上さ」

彼女はイェールをじっとみつめながら、しばし考えていた。

「あなたが覚悟の上というなら、わたしも覚悟を決めるわ」ようやく彼女が言った。「事務所はどこにあるの？」

彼は住所を伝えた。

「明日の朝十時に事務所へ伺います。それまでに小切手帳を鍵のかかるところにしまって、小銭も隠しておくことね」

「大した娘だな」市内へ戻りながら、イェールはそう思った。

彼女のことは理解に苦しむとパーに言ったのは本心だった。ありとあらゆるタイプの犯罪者と会ってきたイェールは、百戦錬磨のパーでさえ及ばないほど犯罪心理学に精通していたはずだが、それでもなおタリアは謎だった。

イェールの想いは、いつの間にかパーへと移っていた。面目をつぶされた、不幸な男。クリムゾン・サークルによる殺人を三度も見逃したとあっては、警察本部がいつまで彼に捜査を任せておくかも疑問だ。

ミスター・パー自身もその夜、同じようなことを考えていた。本部へ戻ると事務的な短いメモが置いてあり、それを読んだパーは苦痛に顔を歪めた。これから状況はますます悪くなりそうだ。そう恐れるだけの根拠があった。

翌朝、パーがミスター・フロイアントの家に呼び出されて行ってみると、すでにデリック・イェールが来ていた。

ふたりは良好な関係を築いてはいたが、クリムゾン・サークルを追いかけているうちに、それはいつしか奇妙に異なるふたつの個性の競い合いに変わっていた。新聞の紙面によれば、パーの立場を危うくしているのは、クリムゾン・サークルの犯罪に歯止めがかけられないことではなく、あまりに超人的な才能に恵まれた非公式ライバルの活躍だというのが、公然の秘密らしかった。その説は、イェールが懸命に打ち消そうとしても、根強く残った。

倹約家として知られ、イェールの報酬の高さを承知しているはずのフロイアントでさえ、脅迫状を受け取るや否や、イェールに捜査を依頼した。警察に寄せていた信頼はすっかり消え、その不信感を隠そうともしない。

「ミスター・フロイアントは、要求通りに金を払うことにしたそうだ」パーは着くなり、そう聞かされた。

「けっ、払ってやるとも！」ミスター・フロイアントが怒鳴った。

この数日で十歳以上も老けてしまったな、とパーは思った。顔は青白く痩せて、ひとまわり縮んで見える。

「こんな卑劣な組織が真っ当な市民を脅迫するのを警察本部が許し、命を守ってくれないなら、言われた通りに金を払う以外にどうしろと言うんだね？　友人のピンドルも似たような脅しを受けて金を払った。わしもこれ以上の緊張には耐えられないんだ」

まるで頭がおかしくなったかのように、フロイアントは書斎の床を行ったり来たりした。

「ミスター・フロイアントは金を払うそうだ」デリック・イェールがゆっくりと言った。「が、今回に限っては、クリムゾン・サークルのやり方は、少しばかり大胆すぎるよ」

「どういうことだ？」パーが尋ねる。

「あの手紙はどこです？」イェールが要求すると、フロイアントが乱暴に引き出しを開け、インクの吸い取り台の上に見慣れたカードを叩きつけた。

「これはいつ届いたんですか？」クリムゾン・サークルのマークに気づいたパーは、カードを手に取った。

「今朝の郵便だ」

パーはカードの中央に書かれた文字を読んだ。


金曜日の午後三時三十分に、ミスター・デリック・イェールの事務所へ金を受け取りに行く。番号が連続しない紙幣で用意しろ。金を受け取れなければ、その夜おまえは死ぬ。


警部はその短いメモを三度読み返し、ため息をつく。

「まあ、これで話は簡単だ。もちろん、誰も受け取りに――」

「来ると思う」イェールが静かな声で言った。「だが、ぼくは迎え討つつもりだよ。きみにもその場にいてほしいんだ、ミスター・パー」

「ひとつ断言できるとしたら」警部が無感情に言う。「そこには、必ずわたしもいることだ。だが、やつらは来ないと思う」

「それだけは同意できないな」イェールが言う。「クリムゾン・サークルの中心人物が誰かはわからないが、その男、あるいは女は、度胸がすわっている。そうそう、そう言えば」彼は声を落とした。「ぼくの事務所に来れば、顔なじみに会えるよ」

パーは訝しげな視線を探偵に投げかけ、彼が面白がっているのを感じた。

「ドラモンドか？」

イェールがうなずく。

「雇うことにしたのか？」

「彼女には興味をかきたてられてね。それに、この謎を解く上で、彼女は重要な役割を果たしてくれる気がするんだよ」

そのときフロイアントが部屋に戻ってきて、ふたりはとっさに話題をかえた。

第二〇章　リバーハウスの鍵

犯人の要求に応えるために、まずフロイアントが木曜日の朝に銀行から必要な金を引き出し、それをイェールが預かって、事務所でパーと落ち合う手はずに決まった。犯人が金を受け取りに来るまでに、必要な準備を整える時間はたっぷりあるはずだ。

ミスター・パーは警察本部へ向かう途中で、ジャック・ビアードモアがひとりで暮らす大きな邸の前を通りかかった。

この数週間のさまざまな出来事は、若者に劇的な変化をもたらしていた。少年から大人の男性へと急激な変身を遂げ、一人前の人間としての落ち着きや理解力もすっかり身についていた。巨額の遺産も受け継いだ。が、富と引き換えに、生きる原動力をほとんど失ってしまったかのようだ。タリア・ドラモンドの思い出が心から消えることはなかった。寝ても覚めても、彼女の顔が目の前に浮かんでくる。ばかだなと自分を罵り、頭の中に並べた論理的な根拠からしかるべき結論を導くことはできても、そんな理性的な積み重ねなど、心に抱いた彼女の幻の前には消え失せてしまうのだ。

ジャックとパー警部の間には、不思議な友情が育まれていた。ジャックはそのずんぐりとした小男を、一時は憎みかけたこともあった。が、生き方や行動を決める局面では何よりも自分の気持ちを優先させてきたジャックにも、警察官の道徳的判断には個人的な感情を差し挟む余地がないということが、だんだんわかってきたのだ。

警部は家のドアの前で立ち止まり、そのまま通り過ぎようかと思ったが、直感に導かれて階段を上って呼び鈴を鳴らした。中へ通してくれた下男を含め、使用人が十数人もいるせいで、ただでさえ広い家の中がいっそう侘しく見えた。

ジャックはダイニングルームで、遅い朝食を楽しんでいるふりをした。

「いらっしゃい、ミスター・パー」ジャックが立ち上がる。「もうとっくに朝食はお済ませでしょうね。何か進展がありましたか?」

「いや、何も」パーが言った。「ただ、ミスター・フロイアントが金を払うことに決めたそうだ」

「払うんですか」ジャックは蔑むように言ってから、ずいぶん久しぶりに声を上げて笑いだした。「レッド・サークルだか、クリムゾン・サークルだか、とにかくぼくがそいつらの立場じゃなくて良かったですよ」

「それはまた、どうして?」パーの目も少し楽しそうに輝いているのは、すでに答えがわかっていたからだ。

「亡き父がよく言っていましたよ、フロイアントは一セントでも金が出て行くのを嫌がり、取り戻すまでは決してあきらめない男だと。ハーヴィーが今の動揺から立ち直ったら、きっとクリムゾン・サークルをどこまでも追いかけて、払った金を残らず取り返すまで離れないでしょうね」

「さもありなん」警部も同意した。「だが、まだ金を払ったわけじゃない」

その朝フロイアントが受け取った手紙の内容を伝えると、ジャックは見るからに驚いていた。

「それはまた、やつらは大きな賭けに出たものですね。デリック・イェールを出し抜くなんて、よほど頭が良くないと」

「わたしもそう思う」ゆったりと脚を組みながら、警部が言った。「イェールにはすっかり感服したよ。実に称賛に値するところがある」

「例えば、あのサイコメトリー能力のことでしょう」微笑みながらジャックが言ったが、警部は首を振った。

「その力については、称賛するだけの知識を持ち合わせていないのでね。なんとも不可思議だと思うしかないが、それでもある意味では理解できる。いや、さっき言ったのは、それ以外のイェールの資質のことだ」

急に黙り込むパーを見て、ジャックは彼が落ち込んでいるのを感じた。

「警察本部では、苦境に立たされているんじゃないですか？　クリムゾン・サークルを裁けずにいることに、上層部は腹を立てているのでしょうね」

パーがうなずく。

「確かに、今のわたしの立場は非常に厳しい」彼は認めた。「だが、そんなことはちっとも気にならない」彼はジャックをじっと見た。「ところで、きみの若い友人が新しい仕事に就いたよ」

ジャックは驚いた。

「ぼくの若い友人？」そう言うと、口ごもる。「もしかして、ミス――」

「ミス・ドラモンドだ。デリック・イェールが彼女を雇ったそうだ」唖然とするジャックを見て、パーはおかしそうに含み笑いをした。

「ミス・タリア・ドラモンドを雇った？　冗談ですよね、もちろん」

「イェールから聞かされたときは、わたしも冗談かと思ったよ。じつに風変わりなやつだ、あのイェールという男は」

「警察本部で雇えばいいのにと、みんな思っているようですね」ジャックがうっかり口を滑らせたと気づいたときには、手遅れだった。

だが、仮に傷ついていたとしても、ミスター・パーはそんなそぶりは一切見せなかった。

「警察は外部の人間を雇わない」めったに笑顔を見せないパーが、にっこり答えた。「そうでないなら、警察としては、むしろきみを雇いたいものだ！　いや、われらの友は、確かに頭が切れるよ。警察本部の人間のくせに、いわゆる〝華麗なる〟探偵を捜査妨害の愚か者呼ばわりしないなんて意外だろう？　だが、イェールは頭がいい」

ふたりは並んで窓のほうへ歩き、ジャック・ビアードモアの家が建つ静かな通りを眺めた。

「あそこにいるのは、ミス・ドラモンドじゃありませんか？」ジャックが突然訊いた。

言われるまでもなく、パーも彼女の姿をとらえていた。タリアは道の向こう側を、家の番地を確認しながらゆっくりと歩いている。やがてこちら側へ向かって道を渡ってきた。

「きっとここへ来るんだよ」ジャックが息を呑んだ。「いったいなんの――」途中まで言いかけたまま、彼は部屋を飛び出して玄関のドアを開けた。そこには、呼び鈴に指を載せたままのタリアが立っていた。

「会えて嬉しいよ、タリア」歓迎するように彼女の手を取る。「どうぞ中へ。きみの古い知り合いがダイニングルームにいるよ」

彼女は眉を吊り上げた。

「まさか、ミスター・パーじゃないでしょうね？」

「素晴らしい勘だね」ジャックは笑いながら、彼女を入れて玄関ドアを閉めた。「それとも、何かぼくとふたりで話があったのかい？」彼は急に思いついたように尋ねる。

タリアは首を振った。

「そうじゃないの。ミスター・イェールからの伝言を届けに来ただけ。リバーサイドの家の鍵を借りたいんですって」

そう言いながらダイニングルームに入ったとたん、ミスター・パーの無表情な視線を受けとめた娘は、そっけない会釈を返した。

明らかにぼくの友人、ミスター・パーが嫌いらしい、とジャックは思った。

彼は、タリアが訪ねてきた目的をパーに説明した。

「亡き父が、リバーサイドに廃屋を持っていましてね。何年も借り手がつかなくて、鑑定士によれば、もし修理するなら、土地、建物の価値と同じほどの費用がかかるそうです。イェールはどういうわけか、ブラバゾンがあそこを隠れ家として使うはずだと言うんですよ。ブラバゾンは一時、あそこの売却を任されて、管理をしていたことがあるんです。ほかにもいくつか父の不動産を管理してもらっていました。しかし、あそこに潜むことなんて、本当にあるでしょうか？」

ミスター・パーは大きな口をへの字に曲げ、じっくり考えるように瞬きを繰り返した。

「ブラバゾンについてわたしがはっきり言えるのは、まだ国外へ逃げていないということだけだ」パーがようやく口を開いた。「捜索が入ると予測される建物に身をひそめるとは思えないがね」彼はぼんやりとタリアをみつめた。「だがやはり、そこに隠れる可能性はある」彼は考え込んだ。「おそらく、合鍵を持っているのだろう。どんな建物だ、住居か?」

「半分は住居で、もう半分は倉庫です」ジャックが言った。「ぼく自身、見に行ったことはないんですが、二百年ほど前に商人が好んだタイプの住居で、商売をする場で生活を営んでいた時代のものだと思いますよ」

机の鍵を回して引き出しを開けると、そこにはひとつずつラベルのついた鍵がたくさん入っていた。「これだと思うよ、ミス・ドラモンド」鍵を手渡しながら、ジャックが言った。「新しい勤め先はどうだい?」

その質問を口にするのは、かなりの勇気が要った。彼女のそばにいるだけで、すっかり委縮してしまっていたからだ。

彼女はかすかに微笑んだ。

「面白いわ。心を惹かれるようなものは何も置いてないけど! まだなんとも言えないわね、今朝始めたばかりだもの」そう言って、警部のほうを向いた。「あら大丈夫よ、あなたにご迷惑はかけないから、ミスター・パー。あの事務所で価値のある品と言えば、せいぜい銀の文鎮ぐらいだし――手紙だって、わたしが外へ出しに行くことはないのよ」彼女はふざけるような口調で続けた。「あの事務所はアメリカ式の設計に基づいて造られているから、ミスター・イェールの執務室には郵便シュートが設置されているの。そこに手紙を入れるだけで、下のホールにある収集箱へまっすぐに落ちる仕組みなんですって。まったく、つまらないったらないわ!」

真面目くさった態度ながら、彼女の目は楽しそうにきらきら輝いていた。

「きみは変わった女性だ、タリア・ドラモンド」パーが言った。「だが、そんなきみにも善いところはきっとあるはずだと信じているよ」

　そのひと言で、彼女はなんとも愉快になったようだ。目に涙をにじませるほど大笑いするのを見て、ジャックは同情するように苦笑した。

　一方のパーは、みじんも愉快さを見せなかった。

「用心しろよ」不吉な予感を秘めたパーの声に、タリアの唇から笑みが消え去った。

「もちろん、用心は怠らないと約束するわ、ミスター・パー」タリアが言う「そして、もしも危険に直面することがあったら、真っ先にあなたに助けを求めることもね！」

「是非そうしてくれ」パーが言った。「まあ、そんなつもりはないのだろうがね」

第二一章　リバーハウス

タリアがまっすぐ事務所へ戻ると、デリック・イェールは自分の執務室にいて、まだ返事をしていない手紙の山をせっせと読み進めていた。

「それが鍵か？　ありがとう。そこに置いてくれ」彼は言った。「すまないが、この手紙のほとんどは、きみに返事を頼むよ。私立探偵になりたいから弟子にしてくれという愚かな若者が大半だ。返事のひな型があるから、きみが署名もしておいてくれ。それから、この女性には」イェールが手紙を一通差し出す「ぼくは多忙につき、これ以上仕事を引き受けられないと伝えてくれないか？」

彼はテーブルの鍵を取って、しばらく手の中に握っていた。

「ミスター・パーに会ったんだね？」

彼女は笑った。

「気味が悪いわ、ミスター・イェール。ええ、確かにミスター・パーには会ったけど、どうしてわかったの？」

彼は微笑んで首を振った。

「実は、とても単純なことさ。天から与えられた才能のおかげというだけで、称賛されるべきはぼくじゃない」彼は言った。「きみが持って生まれた美しい外見や、その――〝目に映るものはなんでも手に入れる〟性質と変わりない」
タリアはすぐには返事をせず、しばらくしてから言った。
「わたしはもう改心したのよ」
「時が経てば、きっと改心できると信じているよ。きみには好奇心をかきたてられるんだ」イェール
は間を空けてからつけ足した。「大いにね！」それだけ言うと、顎でドアのほうを示し、用件は済ん
だと合図した。
タリアが仕事に没頭してタイプライターをけたたましく打っていると、イェールが執務室のドアま
で出てきた。
「ミスター・パーに電話してくれないか？　ぼくの住所録に彼の番号が書いてあるはずだ」
ミスター・パーはオフィスを空けており、ようやく三十分後に連絡が取れると、彼女は隣の部屋の
イェールに電話をつないだ。
「もしもし、パーか？」
半開きになったドアの向こうからイェールの声が聞こえてくる。
「ビアードモアのリバーハウスの捜索に行こうと思うんだ。どうにも、ブラバゾンがあそこに潜んで
いるような気がしてね！　……昼食後か、承知した。では、二時半にここへ来てくれないか？」
タリア・ドラモンドは聞き耳を立てながら、インクの吸い取り紙に速記でメモをとった。
二時半にパーが訪ねてきたが、外の廊下から直接イェールの執務室に通じるドアがあり、タリアは
パーと顔を合せることはなかった。彼の低い声だけが聞こえていたが、ほどなくしてイェールと一緒
に出かけたようだ。

ふたりの足音が聞こえなくなるのを確認してから、タリアは電報用紙を取り出して、シティ、ミルドレッド・ストリート二三番地、ジョンソン様と宛名を記入し、電文を書いた。

デリック・イェールは、ビアードモアのリバーサイドの家の探索に出た。

タリア・ドラモンドの一番の取り柄は、忠実なところだった。

＊　＊　＊　＊

その家は小さな埠頭に建っており、荒廃と放置を絵に描いたような有様だった。埠頭の基礎石材は腐食し、波よけは壊れ、庭は雑草が伸び放題になっている。埠頭のある東端のさびれた道から門を開けると、生い茂った草やら棘のついた葉やらが絡み合って行く手を阻み、足を踏み入れることさえできない。

家そのものは、かつては趣きのある建物だったのかもしれないが、今は一階の窓が割れ、風雨にさらされた木材は変色し、壁のペンキが色あせて、すっかり哀れな残骸と化していた。

建物の一角はがらんとした不気味な石造りの倉庫で、埠頭と同じ高さに建っており、中で住居スペースにつながっているらしい。戦時中に空襲で壁の一部が破壊されたうえに、板材を何枚か失ったため、屋根の腐った骨組みが外から丸見えになっている。

「楽しそうな家だな」ドアを開けながらイェールが言った。「あの優雅なブラバゾンを連想させるような舞台装置ではないね」

通路は埃だらけだった。天井からクモの巣が垂れ、家の中は音も動きもまったく感じられない。ふたりは急いで各部屋を見て回ったが、逃亡者が潜んでいそうな形跡は何も見つからなかった。

「この上に屋根裏部屋があるようだね」イェールが、二階の天井の上げ蓋へ伸びるはしごを指さした。

はしごを駆けのぼったイェールが、蓋を押し上げて姿を消す。しばらくパーの頭上で歩き回る音が聞こえていたが、やがてイェールが降りてきた。

「何もなかったよ」そう言いながら、音を立てて蓋を閉めた。

「何か見つかるとは、はなから思っちゃいないよ」パーは家の外へ向かいながら言う。

ふたりが雑草だらけの小道を通って門を出るのを、屋根裏部屋の窓から青白い顔の男が、埃で汚れたガラス越しに見送っていた。一週間伸ばしたままのひげに覆われたその顔は、一番親しい友人でさえわからなかったはずだ。まさかそれが著名な銀行家、ミスター・ブラバゾンその人だとは。

第二二章　サークルの使い

「あんたは馬鹿だ、イェール、間抜けだ。頭の切れる探偵かと思ったが、たんなる馬鹿にすぎなかったんだな！」

ミスター・フロイアントはいつになく攻撃的になっていたが、デスクにきっちり積み上げられた紙幣を見れば、無理もない。

これほどの大金をみすみす手放さなければならないのは、しみったれのハーヴィーには言葉にできないほどの苦痛を伴い、いくら積み上げられた現金から目をそらしても、すぐにまた視線が引き戻されるのだ。

デリック・イェールは、何を言われても容易には腹を立てない男だった。

「その通りかもしれませんね。でも、仕事を引き受けたからには自分のやり方でやらせてもらいますよ、ミスター・フロイアント。あの娘がクリムゾン・サークルへ導いてくれる可能性があるのなら――ぼくはそう信じていますが――彼女を雇うこともいといません」

「よく聞けよ」フロイアントが探偵の目の前に突き出した指を振った。「あの娘はギャングと通じてる。きっと後からわかるはずだ、あの娘自身が使いとして金を取りに来るとな！」

「そうであれば、即座に逮捕するまでですよ」イェールは言った。「信じてください、ミスター・フロイアント、ぼくは決してこの金から目を離すつもりはありません。が、もしもクリムゾン・サークルに奪われたとしても、その責任はあなたではなく、ぼくが取ります。ぼくの任務は、あなたの命を守ることと、サークルの恨みの矛先をあなたからぼくに向けさせることなんです」

「まさしく、まさしく」ミスター・フロイアントが早口で言う。「それこそ正しい姿勢だ、イェール。なるほど、やはり馬鹿ではなかったようだ。あんたのやり方で進めてくれ」彼は名残り惜しそうに紙幣を指で撫でてから細長い封筒に詰め、後ろ髪を引かれる思いで探偵に渡した。イェールは受け取った封筒をすばやくポケットにしまった。

「ブラバゾンについては、まだ何もわからないんだな？　あのろくでなしに二千ポンド以上も盗られたんだ。あいつに言われるまま、マールの怪しげな儲け話に出資して」

「マールのことは、よくご存じだったんですか？」ドアを開けながらイェールが尋ねる。

「悪党ということだけだ」

「ほかの人が知らないようなマールの情報を、何かご存じないですか？」イェールは辛抱強く尋ねた。

「経歴とか、出身地とか？」

「たしか、フランスの出身だと聞いたな」フロイアントが言う。「やつのことは、ほとんど何も知らない。実を言うと、ジェームズ・ビアードモアに紹介されたんだ。フランスでなにやら土地売買の詐欺に加担して、服役までしたという話もあったが、わしは噂など気にしない質《たち》でな。わしにとっては、役に立つ男だったのだ。あいつの持ち込んだ投資話のほとんどは、かなりの利益を上げたからな」

イェールが微笑む。いくらけちでも、それなら最後に失敗して損失を出したことぐらい、マールを許してやってもよさそうなものを。

事務所に戻ると、パーとジャック・ビアードモアが待っていた。

ジャックの訪問は予想外だが、きっと真の目的はタリア・ドラモンドだろう。イェールは気をきかせて彼女の不在を詫びた。

「実は、ミス・ドラモンドにはもう帰ってもらったよ、パー。午後からのいざこざに、女性を巻き込みたくなかったんだ。手荒な事態になるかもしれないからね」

彼はジャック・ビアードモアに鋭い視線を向けた。

「それは、きみにも覚悟しておいてもらいたい」

「そういう事態にならないほうが、がっかりってものですよ」ジャックが陽気に言った。

「どういう計画だ？」パーが尋ねた。

「使いが訪ねてくる数分前になったら、ぼくは奥の執務室に入る。外の廊下へ出るドアと、この待合室に通じるドアは、どちらも施錠する。こっちのドアの鍵は置いていくから、ぼくが入った後でこちら側からロックしてくれ。ぼくの目的は、もちろん、不測の事態を避けることだ。廊下側のドアにノックがして、中でぼくが立ってドアを開ける音が聞こえたら、使いが到着したしるしだ。ドアが閉まる音を合図に、外の廊下で待機してくれないか」

パーがうなずく。

「それなら簡単だな」パーは窓へ近づいて外を見やり、ハンカチをひらひらと振った。イェールが満足そうに微笑む。

「なるほど、しっかりと予防策を講じてあるわけか。外には何人いるんだ？」

「八十人ほど」ミスター・パーが落ち着いて答えた。「文字通り、ここを取り囲むはずだ」

イェールがうなずく。

「忘れちゃいけないのは、クリムゾン・サークルが、ごく普通の電報配達人をよこすかもしれないことだね。そのときには、尾行する必要がある。きっと回収した金は、クリムゾン・サークルの首謀者本人のもとに運ばれるにちがいない――そこが肝心だ」

「その通り」パーが言う。「ただし、その紳士だかなんだか、当の首謀者は出てこないだろうがな。執務室の中を見てもいいかね?」

彼は部屋に入って中を調べ始めた。窓は一面だけで、太陽光が射し込んでいる。部屋の角に戸棚がひとつだけあり、パーは扉を開いた。コートが一着かかっているほかは何もない。

「すまないが」パー警部が謙虚に言う。「あんたたちはあっちの待合室へ出ていてくれないか。ありがとう、ドアは閉めさせてもらうよ。見られていると、落ち着かないのでね」

笑い声を立てながら、イェールは執務室から出ていき、ミスター・パーがドアを閉めた。もう片方のドアを開け、外の廊下を見る。やがて、そのドアを閉める音がイェールたちに聞こえた。

「もう入ってもらってけっこうだ」パーが言った。「見たかったものは、すべて見たからな」

執務室の内装は質素ながら、居心地がよかった。間口の広い暖炉があったが、肌寒いにもかかわらず、火はついていない。

「まさか犯人は、煙突をよじ登るつもりじゃないだろうね」イェールが冗談めかして言ったが、警部がじっと観察するのを見てつけ加える。「ここでは、暖炉の火はつけないんだ。ぼくは寒さをほとんど感じない、血の気の多い人間でね」

調査の様子を、わくわくしながら見守っていたジャックは、探偵のテーブルにあった小さな拳銃を手に取って、用心深く観察した。

「気をつけてくれ、その引き金は少し甘いんだ」イェールが言う。

ポケットから現金入りの封筒を取り出し、拳銃の横に並べた。懐中時計に目をやる。

「時間に余裕をもって、きみたちはそろそろ隣の待合室に出て、ドアに鍵をかけたほうがいい」

イェールが廊下へ通じるほうのドアを施錠しながら言った。

「緊迫してきましたね」ジャックが囁く。この張りつめた空気には、小声がふさわしい気がした。

「あまり緊迫するような局面にならないといいんだが」イェールが言った。

パーとジャックは待合室へ出ると、イェールを中に残したままドアに鍵をかけて腰を下ろした――

ジャックは無意識にタリアのデスクの椅子に座り、そのことに気づいてすっかり慌てた。

はたして、タリアはクリムゾン・サークルの一員なんだろうか？　パーは暗にそうほのめかしていたが。ジャックは腹をくくった。この目で何を見ようと、ぼくの良識がなんと言おうと、やはりそんなことは信じられない、いや、決して信じない。彼女の魅力は消えるどころか、ますます惹きつけられるばかりだ。タリアは特別な人なんだ、もしも罪を犯しているなら――

顔を上げると、鋭く自分をみつめているパーと目が合った。

「わたしには、サイコメトリーの能力などまったくないがね」刑事がゆっくりと言う。「それでも、あんたが今、タリア・ドラモンドのことを考えているのはわかる」

「その通りです」ジャックは認めた。「ミスター・パー、彼女は本当に疑われているような悪人だと思いますか？」

「本当にフロイアントの仏像を盗んだのか、という質問なら、わたしがどう思うかじゃない、間違いなく彼女が盗んだのだ」

ジャックは黙っていた。この鈍感な男にタリアが無実だと説得するのは絶望的だったし、そもそも本人が罪を認めている以上、無実だと思うほうがどうかしていることもわかっていた。

「静かにしてくれ」イェールの声が聞こえ、パーは返事がわりに低いうめき声を出した。

その後は、ふたりとも物音ひとつ立てなかった。イェールが部屋の中で動くのが聞こえたが、やがて約束の時間が近づくとそれも静まった。パー警部がポケットから懐中時計を出して、テーブルの上に置いた。針は三時半を指している。使いが現れるはずの時間だ。パーは座ったまま首を伸ばして身を乗り出し、懸命にドアの向こうに聞き耳を立てたが、行動開始の合図は聞こえてこない。

やがて部屋の中から、イェールがどさりと椅子に座り込むような、奇妙な衝撃音が聞こえた。

パーが跳び上がる。

「今のは、なんだ?」

「大丈夫」イェールの声が聞こえた。「何かにつまずいただけだ。静かにしていてくれ」

彼らはまた黙って座り続けていたが、五分が過ぎた頃、パーが声をかけた。

「大丈夫か、イェール?」

返事がない。

「イェール!」さらに大きな声で呼んだ。「聞こえるか?」

答えがないとみて、パーはドアに跳びつき、鍵を開けて部屋に駆け込んだ。ジャックがすぐ後ろからついてくる。

そこで待っていたのは、パー警部よりも経験を重ねた警察官でさえ凍りついてしまうような光景だった。

床の上に、両手に手錠をかけられ、足首を縛られ、顔をタオルで覆われたデリック・イェールが、うつ伏せに倒れていた。窓が開いており、エーテルとクロロホルムの刺激臭が鼻をつく。テーブルに置いてあったはずの現金入りの封筒は跡形もない。その三秒後、郵便袋を肩にかついだ年配の郵便配達人が建物の玄関から出て行くのを、監視役の警察官たちが見送っていた。

第二三章　戸棚の中の女

　パーが身を屈め、薬品の染み込んだタオルをイェールの顔から外すと、まもなく彼は目を開けて辺りを見まわした。

「なんだ？」イェールはかすれた声で尋ねたが、警部は手錠をはずそうと懸命になっていた。やがて手錠が音を立てて床に落ち、パーがイェールを助け起こしている間に、ジャックは震える指で足首のベルトをはずした。

　ふたりに椅子まで抱えられたイェールは、片手を額に載せてどさりと椅子に倒れ込んだ。

「何があったんだ？」イェールが尋ねた。

「こっちが訊きたいね」パーが言う。「犯人はどっちへ行った？」

　探偵は首を振った。

「わからない。覚えてないんだ。廊下側のドアは、まだ鍵がかかっているのかい？」

　ジャックがドアへ走る。鍵は内側からかかっていた。犯人がそこから出ることはできなかったはずだが、窓は開いている。パーが部屋に入ってきたとき、真っ先に気づいたのが窓だった。

　窓へ駆け寄り、外を見る。地面からまっすぐ二十五メートルほどの高さまで、はしごはおろか、イェールを襲った犯人が逃げられそうな手段は何も見当たらない。

「何があったのか、さっぱりわからないよ」少し回復したイェールが言う。「この椅子に座っていたら、急に顔に布を押し当てられて、力強い両手で摑まれたんだ。人間とは思えないほどの力だったよ。抵抗したり声を上げたりする前に、意識を失ってしまったらしい」

「わたしが呼びかけたのは、聞こえたか？」パーが尋ねる。

イェールは首を振った。

「でもミスター・イェール、中から音が聞こえたとき、ミスター・パーが大丈夫かと声をかけたんですよ。あなたは何かにつまずいたと答えたじゃないですか」

「それは、ぼくじゃない。顔に布を押しつけられた瞬間から、きみたちに助けてもらうまで、まったく何も覚えてないんだ」

パー警部はまだ窓辺にいた。ガラス窓を引き下ろし、また押し上げて、それから窓台を調べた。やがて振り向いた顔には、大きな笑みが浮かんでいる。

「初めてだよ、これほどあざやかな手口は」パーが言った。

このずんぐりした警部に、ジャックはかつて感じていた嫌悪感を呼び覚まされた。

「なにがあざやかなものですか。イェールを殺そうとして、逃げたんですよ」

「あざやかなものは、あざやかなのだ」ミスター・パーは無感動のまま答えた。「さて、下へ行って玄関ホールを見張っていた部下に話を聞いてくるとしよう」

だが、玄関を警備していた警察官は何も知らなかった。郵便配達の男以外に、建物を出入りした人間はいなかったと言う。

「郵便配達の男以外に、だと？」パーが考えながら言う。「そうか、なるほど、郵便配達か！　よし、巡査部長、もう部下たちを解散させてかまわんよ」

彼はエレベーターに乗って、イェールの元へ戻った。

「金は確かに持ち去られた。警察本部に報告するしかないようだな」

イェールはほぼ回復し、自分のデスクに座って両手で頭を抱えていた。

「だが今回の件では、責められるべきはぼくであって、きみのせいにできないはずだよ、パー。まだわからないのは、やつらがどうやって窓から入り、音を立てずにぼくに忍び寄ったかだ」

「窓に背を向けて座っていたのか？」

イェールがうなずく。

「窓のことなど考えてもみなかった。両方のドアが視界に入るように座ったつもりだったんだよ」

「では、暖炉にも背を向けていたんだな？」

「まさかそこからは入れないだろう」イェールが首を振る。「いや、これはぼくが探偵を始めて以来、最大の謎だ。クリムゾン・サークルの正体よりも衝撃的だ」彼はゆっくりと立ち上がった。「このことを、フロイアントに知らせないとね。一緒に来て、援護してくれないか」彼は言った。「きっと逆上するにちがいない」

三人は揃って事務所を出た。イェールは両方のドアをロックして、鍵をポケットにしまった。

逆上する、というだけでは、半狂乱になったミスター・フロイアントの激高ぶりはとても表現しきれない。

「あんた、わしに言ったじゃないか、あんなに約束したじゃないか」彼は怒鳴り散らした。「あの金は必ず戻ってくると。それが、のこのこやって来て、薬品で眠らされたなどと嘘っぱちを並べおって。

冗談じゃないぞ！　パー、あんたはどこで何をしてたんだ？」

「わたしも彼の事務所にいました」ミスター・パーが言う。「それに、ミスター・イェールの話に間違いありません」

　突如として、ミスター・フロイアントの憤怒が鎮まった。先ほどまでの憎しみに満ちた罵声から、あまりにも急に平穏な声に戻ったので、ふたりはぎょっとした。

「わかった。過ぎたことはしかたない。クリムゾン・サークルに金が渡ったのなら、これですべて終わったわけだ。あんたのおかげで命が助かったよ、イェール。後で請求書を送っておいてくれ」

　フロイアントのやけにそっけない指示で追い帰されたイェールとパーは、外で待っていたジャックと合流した。

「ずいぶんと激しかったな」パーが言う。「一時はあのまま卒倒するんじゃないかと思ったが、その後で急に態度が変わったのに気づいたか？」

　イェールはゆっくりとうなずいた。

　フロイアントの怒りが鎮まった瞬間、イェールの頭の中にはとんでもない考えがひらめいていた。からだが痺れるほどの、大きな、驚くべき疑念が生まれたのだ。

「さてさて」パーが陽気に言った。「あんたの言う通り援護に来てやったのだから、こちらも同様に頼みたい。警察本部では、わたしはあんたほどの好ましい人物《ペルソナ・グラータ》ではないのでね。一緒に警視総監のところへ行って、何が起きたか話してくれないか」

＊　＊　＊　＊

デリック・イエールの執務室は人気《ひとけ》がなく、静まり返っていた。三人の男が完全にいなくなったことを、エレベーターのうなり音が告げてから十分が過ぎている。カチリという金属音が静寂を破り、デリック・イエールの執務室の角にある戸棚の扉がゆっくりと開くと、中からタリア・ドラモンドが出てきた。戸棚の扉を閉めて、しばらく立ったまま部屋の中を眺め、考えにふける。ポケットから鍵を取り出して、廊下側のドアを解錠し、外に出てから再び鍵をかけた。

エレベーターは呼ばなかった。廊下の一番奥に、普段は管理人しか使わない、最上階の管理人室までの狭い階段がある。その階段を、タリアは降りていった。一階まで降りたところにドアがあり、建物の中庭へ出られる。そのドアの鍵も開けると、タリアはまもなく、家路を急ぐ会社員たちでごった返す夕刻の舗道へと姿を消した。

第二四章　一〇、〇〇〇ポンドの懸賞金

アソシエイテッド・マーチャンツ銀行は、いわゆる〝クリムゾン・サークル一味〟の首謀者の逮捕および起訴に繋がる情報に対し、一〇、〇〇〇ポンドの懸賞金を支払う権限を持つに至った。この懸賞金に加え〝クリムゾン・サークル〟の首謀者とされる男、または女の起訴に必要な情報を提供する同組織の構成員には、殺人の実行犯を除き、国務大臣より恩赦が与えられる。

広告板、郵便局の窓口、警察署の掲示板など、ありとあらゆるところに張り出された公告の赤い文字が、派手に人目を引いた。

事務所へ向かっていたデリック・イェールの目にも入り、しばし足を止めて読むと、また歩きだした。いま追いかけているクリムゾン・サークルの下級メンバーたちに、この呼びかけはどんな影響を与えるだろう、と考えていた。

二階建てバスの甲板にいたタリア・ドラモンドは、バスが客を乗せようと広告版のそばまで車を寄せたときに公告に気づいて読み、ほくそえんだ。だが、そのポスターの効果が最も顕著にあらわれたのは、ハーヴィー・フロイアントだった。頰を紅潮させ、目を輝かせた姿は、まるで若返ったかのようだ。彼もまた事務所へ向かう途中で公告を読んだのだが、慌てて自宅へとって返し、書斎の引き出

しから長いリストを取り出した。そこに並んでいたのは、クリムゾン・サークルに奪われた紙幣の番号の控えで、自らの手で苦労しながら、と同時に愛しみながら、書き留めておいたものだ。

昼近くまでかかって、フロイアントはすべての番号を書き写したリストをもう一通作った。作業が終わると手紙を書き、その新しいリストとともに封筒に入れて宛名を書くと、自ら投函した。その送り先は、紛失や盗難に遭った所有物の追跡を専門にする法律事務所だ。

〈ヘギット法律事務所〉は、それまでにもフロイアントの依頼に良い結果を出してきた実績があり、翌朝早速、事務所の代表を務めるシニア・パートナーのミスター・サミュエル・ヘギットが訪ねてきた。しわだらけの小柄なこの男には、しょっちゅう鼻をすする癖がある。

ヘギットという名は、人々の尊敬を集めたり、弁護士同士で親しみや好感を持って話題にのぼったりするものではない。それでいて、ロンドンではもっとも繁盛している法律事務所のひとつだ。依頼人のほとんどは、合法と非合法の境界線上にあるか、あるいはその境界線を踏み越えてしまっていたが、もちろん法を遵守する人の役にも立ってきた。たとえば、盗癖のある高貴な人物に高価な商品を盗まれ、どうにか取り戻してほしいと依頼を受けた一流法律事務所からも、たびたび相談を受けた。そんなとき、ヘギット法律事務所はどういうわけか、その品物の行方についての〝噂を聞いた〟という〝とある紳士〟を見つけ出し、ほとんどの場合、依頼の品を取り戻すことができた。

「手紙を受け取りましたよ、ミスター・フロイアント」小柄な弁護士が言った。「最初にお断りしておきますが、あの紙幣が通常の流通ルートに出てくる可能性は低いですな」口をつぐんで唇をなめ、ミスター・フロイアントの肩越しに遠くをみつめる。「まあ、盗まれた金の最大の〝売買人〟が姿をくらましている以上、事実を話しても彼の不利にはならんでしょう」

「誰のことだ?」

「ブラバゾンですよ」驚くべき答えに、フロイアントはぽかんと相手をみつめるばかりだ。

「まさか、ブラバゾン銀行のブラバゾンじゃあるまいな?」

「そのブラバゾンですとも」ヘギットがうなずく。「盗まれた金で、あれほど大きく商売をしていた人物は、ロンドン中探してもほかにいないでしょう。つまり、盗まれた金は誰にも知られることなく自分の銀行を通過させていたんですな。外国での取引が多かったから、輸出用にそういう金を外国通貨に両替しては、またポンドに戻す。そうやって、うまくやってきたわけですな。盗まれた金を売買していたのが誰だか、われわれは知っておりました。知っていたというより、少なくとも」彼は言いかえた「濃い疑念を抱いていたんですな。法の番人として、確証さえあれば、むろん当局に通報すべきだったのでしょうが。そんなわけですから、ご依頼の紙幣を追跡するのは非常に困難だということを直接ご説明しに、今朝うかがった次第です。盗まれた金というのは、大抵は競馬場で使われるものですが、けっこうな割合が海外でも発見されています。外国なら両替もしやすいし、非常に追跡されにくいんですな。犯人は、クリムゾン・サークルだとおっしゃいましたか?」

「やつらを知っているのか?」フロイアントが間髪入れずに尋ねる。

弁護士は首を振った。

「彼らとは、一切取り引きをしたこともありません。が、もちろん聞いたことぐらいはありますとも、非常に頭のいい連中らしいと。おそらく、ブラバゾンは事情を知ってか知らずか、彼らのために動いていたのでしょう。そうであれば、彼らは今頃、金の処理に困っているかもしれませんな。紙幣の〝売買人〟を見つけることが、最大の難点ですから。このリストの紙幣を一枚でも見つけ、それを使った人物を突きとめたら、どうしますか？」

「すぐにわしに知らせてくれ」フロイアントが言った。「ほかには誰にも漏らすな。わしの命がかかってるんだ。もし金を取り戻そうとしていることがクリムゾン・サークルに知れたら、どんな目にあわされることか」

弁護士は同意した。

明らかにクリムゾン・サークルに興味をもったらしく、ヘギットはまだ帰ろうとしない。情報を引き出していることをミスター・フロイアントに気づかれないように、巧みに質問を積み重ねていく。

「犯罪組織としては、新手ですな」彼は言った。「〝ブラックハンド〟が暗躍するイタリアでは、殺すと脅かして金を要求する手法は頻発していますが、わが国では難しいと思っていましたよ。最も驚くべきは、クリムゾン・サークルの結束の固さです。わたしが想像するに」彼は考えながら言った。「おそらく、中心にいるたったひとりの男が、互いには正体を知らない多数の者たちを配下に置き、各々に特定の任務を与えているのではないでしょうか。そうでなければ、とっくに誰かに裏切られていたことでしょう。彼に仕えている者たちが、彼の正体を知らないという点のみが、組織を存続させているのですな」

彼は帽子を手に取った。

「ところで、フィリックス・マールをご存じですか？　うちの依頼人のひとりが、彼の家で盗みを働いたと起訴されていましてな。ミスター・バーネットという男です。お聞きになったことはないでしょうが」

ミスター・フロイアントは〝フラッシュ〟バーネットの名は初耳だったが、マールのことは知っており、ヘギットがクリムゾン・サークルに興味を引かれたように、マールのことが気にかかった。

「マールのことなら知っていたよ。なぜそんなことを訊く?」

　弁護士が微笑む。

「実に変わった人物でした。いろんな意味で、ほかに類を見ない人物でしたな。彼はかつて、フランスの銀行相手に詐欺行為を繰り返すギャングのメンバーだったのです。それはご存じなかったでしょうな? 彼の弁護士が今日、わたしに会いに来まして。なんでも、ミセス・マールなるご婦人が現れて、遺産の権利を主張したらしく、彼の過去をすっかり話していったらしいのです。マールはライトマンという男と組んで、フランスでずいぶん荒稼ぎした挙句、捕らえられた。ギロチンで処刑されるはずだったマールは、一転して検察側の証人になったのですな。一方のライトマンは、ギロチン送りになったはずです」

「よほど魅力的な人間だったんだろうな、ミスター・マールは!」ミスター・フロイアントは皮肉たっぷりに言った。

　小柄な弁護士が微笑む。

「人生を全部さらけ出してみれば、誰だって魅力的な人間かもしれませんな!」それを聞いて、ミスター・フロイアントは暗に非難されている気がしてむっとした。自分の人生は本のようなもので、なんら隠したり恥じたりすることはないと、つねづね公言してきたからだ。実のところ、彼の人生は〝本《ブック》〟ではなく、〝銀行通帳《バンク・ブック》〟と言うほうがふさわしかったが。

　なるほど、ブラバゾンは盗まれた金の売買人で、マールは人殺しだったのか! 長い懲役刑を科せられただろうに、マールはどうやって免れたのだろう。ミスター・フロイアントは首をかしげながら、今は亡きマールとの数々の取り引きが、今以上に悲惨な結果に終わらなかったことを内心喜んだ。

ミスター・フロイアントは、会員になっているクラブへ夕食に出掛けようと着替えを済ませ、車でペルメル街にさしかかったとき、街灯に照らしだされた広告板を見てすっかり機嫌を損ねた。その朝ポスターを見て喜んだときに比べて、今は五万ポンド損したようなものじゃないか。

「なにが一万ポンドの懸賞金だ！」彼はつぶやいた。「ふん！　寝返って証言するやつなんかいると思うのかね？　あのブラバゾンでさえ、そんな真似はせんだろう」

だが、彼はブラバゾンという人間をまったくわかっていなかった。

第二五章　リバーハウスの住人

ミスター・ブラバゾンはリバーハウスの二階の部屋で、寒さに震えながら大きなパン切れとチーズをゆっくりとかじっていた。危険が迫っているとの警告を受けたときに着ていた夜会服はすっかり埃にまみれて、その洒落たいでたちはなんとも滑稽だ。白かったシャツは廃屋の煤で灰色に汚れ、襟もはずれていたが、なんと言ってもびっしりと生えた無精ひげが彼の消耗ぶりを決定づけていた。

食事を済ませ、用心深く窓を開けてパンくずを捨てると、上げ蓋を通ってはしごを降り、家の裏の大きな台所へ向かった。石鹼もタオルもないが、持って来ていた二枚のハンカチのうちの一枚を使って、どうにか体を拭いてみる。今身に着けているもの以外には、逃げる際に引っ摑んできたオーバーコートとフェルト帽しかなく、予期せぬ逃避行だけに準備などまったくしていない。

この隠れ家に着いた翌日の夜、謎の男が届けてくれた食料はすでに底をついていた（最初の二十四時間は何も食べずに過ごしたが、あまりに動揺していたせいで、バスケットいっぱいに食料を詰めた見知らぬ男が現れるまでは、その認識すらなかった）。気持ちのほうは、すっかり取り乱している。誰とも交流を絶ったまま廃屋で一週間を過ごし、警察が自分を追っていることや、捕まれば間違いなく長い刑務所生活が待っていることが、穏やかだった外見を徐々にむしばんでいった。孤独感に加え、誰かに見つかる恐怖も襲ってくる。

探偵が捜索に来たときは、屋根裏へつながる奥の部屋のドア陰にそっと隠れた。デリック・イェールに踏み込まれた記憶は、まさに悪夢だ。

今夜もここで眠ろうと、家の中で見つけた椅子にゆっくりと腰を下ろす。大急ぎでこの家へ逃げ込んで隠れろと警告をくれたあの男から、早くまた連絡がほしい。それに、食べ物の補給も。ブラバゾンがうとうとと眠りかけたとき、階下で錠に鍵を挿して回す音が聞こえ、驚いて跳び起きる。上げ蓋まで足音を忍ばせて持ち上げると、誰かの低い声がとどろいた。

「降りて来い」言われるままに、ブラバゾンは従った。

前は、家じゅうで一番暗そうな通路でその男と会った。ブラバゾンは暗闇に目を慣らしてから、落ちないように注意して、がたつくはしごを降りていく。

「そこで止まれ」声が言った。「食料と着替えを持ってきた。必要なものは、そこに揃っているはずだ。ひげを剃って、身なりを整えろ」

「どこかへ行くんですか?」ブラバゾンが訊いた。

「明日ヴィクトリア・ドックから出航するニュージーランド行き汽船の客室を予約しておいた。その旅行鞄の中に、パスポートの書類や乗船券が揃えてある。よく聞け。生え揃っていなくてもかまわないから、口ひげだけ残して、あとのひげと眉を剃り落とせ。おまえの顔の中で一番特徴的なのは、その眉だからな」

この男にいつ顔を見られたのだろう。ブラバゾンは首をかしげた。無意識に手で自分の濃い眉に触り、なるほど、この謎の来訪者の言う通りだと思った。

「金は入っていないぞ」声が続く。「おまえには、マールから盗んだ六万ポンドがあるからな——彼の口座を解約し、署名をまねて小切手を書いて、後はわたしが彼と片をつけると思ったのだろう——まあ、片はつけたがね」

「あなた、何者なんです?」ブラバゾンが尋ねる。

「わたしは、クリムゾン・サークルだ」それが答えだった。「なぜ訊く? 前にも会っただろう」

「ああ、そうだった」ブラバゾンがつぶやく。「この家のせいで、頭がどうにかなったのかもしれません。いつになったら、ここから出られるんです?」

「明日だ。日が暮れるまで待て。船はその次の朝の出航だが、明日の夜のうちに乗船できる」

「でも、船は見張られてるに決まってますよ」ブラバゾンが懇願した。「あまりにも危険でしょう?」

「おまえに危険はおよばない」声が答えた。「持ってきた金をよこせ」

「持ってきた金?」銀行家は息を呑み、顔から血の気が引いた。

「持ってきた金をよこせ」暗闇から聞こえる声は凶悪さを秘めており、ブラバゾンは震えながら従った。

紙幣の詰まった袋がふたつ、手袋をはめた訪問者の手に渡った。また声がする。

「これを持っていけ」

〝これ〟というのは、渡したものよりいくらか薄い札束で、銀行家の敏感な指先には、感触だけで新札だとわかった。

「国外に出てから両替するといい」

「今夜のうちにここを出ちゃいけませんか?」ブラバゾンの歯ががたがた音を立てる。「ここは薄気味悪くて」

クリムゾン・サークルは考え込んでいるらしく、次に口を開けるまでしばらく時間がかかった。

「おまえが望むなら」彼は言った。「だが、危険が伴うことは覚悟しろ。以上だ。上へ行け」

その命令には鋭く、有無を言わせない響きがあり、ブラバゾンはおとなしく従った。

ドアが閉まる音がして、ブラバゾンが砂埃で汚れた窓から覗くと、黒い人影が大股で小道を進み、暗闇の中へ姿を消す。やがて門のほうからガチャッという音が聞こえた。どうやら去ったらしい。

ブラバゾンは手探りで暗闇の中から男が残していった鞄を見つけ、台所へ運んだ。ここなら外から見られることなく灯りをつけることができる。家じゅうを探して見つけておいた使いかけのロウソクの一本に火をつける。

必要なものはすべて鞄に用意してあると言った男の言葉は、大げさではなかった。だが、真っ先にブラバゾンの頭に浮かんだのは、まず手の中の札束を確認することだ。さまざまな金額の紙幣が、連続しない番号で束ねてある。自分が渡したのは連番の新札の束だったが、こちらの紙幣も真新しい。新札の場合、番号をばらばらにして発行することはないはずなのだが。しばらく考えてそのわけを思いついた。クリムゾン・サークルは、ほかの誰かを脅迫し、連続しない番号での紙幣を要求したに違いない。彼は金をいったん置いて、着替えはじめた。

一時間後に警戒しながら門を出てきたブラバゾンは、洗練された身なりで旅行鞄をさげていた。眉を剃った効果は絶大で、自分を探しているはずの大がかりな捜索の中、夜十一時に警察官とすれ違っても見咎められることはなかった。

ユーストン駅のそばの小さなホテルに部屋をとり、すぐにベッドに入る。ぐっすりと眠るのは一週間以上ぶりだ。

あくる日の昼間は、太陽の下へ出かけるのを恐れてじっと部屋の中で過ごしたが、夜になると、部屋でひとりで食事をとってから外の空気を吸いに出かけた。だんだんと自信がつき、これなら船の厳しい警備もかいくぐれそうだと安心してきた。人の少ない道を選びながら大英博物館の近くを歩いていると、広告版に新しい貼り紙があるのを見つけ、立ち止まって読んだ。

読み進めるうちに、頭に浮かんだアイディアが徐々にはっきりしてきた。一万ポンドの報奨金に、赦免とは！　明朝になっても、無事に逃げられる保証はない。見つかる可能性のほうが高いし、見つからなかったところで、どんな人生が待ち受けているだろう？　獲物のように追われ続ける人生。有り金を全部使っても、足りるわけがない。一万ポンドもらって、しかも自由の身になれる！　おまけに、フィリックス・マールの土地を使ってだまし取った金のことは誰にも知られていない。朝になったらあの金を貸し金庫に入れて、クリムゾン・サークルの破滅につながるはずの情報を伝えに警察本部へ行こう。

「よし、そうしよう」声に出してそう言った。

「賢明だな」

すぐ背後で声がして、はっと振り向く。

ずんぐりとした小柄な男が、ゴム底の靴で音もなく後ろから近づいていたのだ。ブラバゾンのよく知る顔だ。

「パー警部」ブラバゾンが息を呑む。

「いかにも」警部が言う。「さて、ミスター・ブラバゾン、静かにご同行願えるかね、それともことを荒立てるかね？」

ふたりが警察署へ入っていくと、入れ替わりに女性が出てきた。青ざめた顔のブラバゾンには、それがかつて自分の銀行の行員だった娘だとは気づかなかった。鉄柵の中に立ち、これまで自分が犯してきた悪事の数々が、逮捕令状の冷たい法律用語となって読み上げられるのを聞いていた。

「面倒を省いてはどうかね、ミスター・ブラバゾン」パー警部が言う。「真実を話してくれればいいのだ。あんたがどこに泊まっているかはわかっている——ユーストン・ロードのブライト・ホテルだな。ゆうべ遅くそこに部屋をとり、明朝ヴィクトリア・ドックからニュージーランドへ出航する〈イティンガ号〉に、トムソンという偽名で乗船する手はずだ」

「なんと！」ブラバゾンはぎょっとした。「どうしてそれを？」

だが、パー警部はその質問には答えなかった。

ブラバゾンはもはや嘘をつこうとは思わなかった。知っていることは洗いざらい喋った。逃げろという忠告の電話がかかってきた瞬間から、逮捕されるまでをすべて。

「じゃ、これまでずっとあの家に潜んでいたというのか？」警部は考え込んだ。「ミスター・イエールが探しに行ったときは、どうやってやり過ごした？」

「ああ、あれはイェールでしたか？」ブラバゾンが言う。「あなたかと思いましたよ。奥に、もうひと部屋あったんです——かつてはちょっとした貯蔵庫として使われてたんじゃないかな——そのドアの裏に隠れたんです。彼はドアのすぐそばまで来ましたからね。恐怖のあまり死ぬかと思いましたよ」

「では、またイェールの言う通りだったわけか。あんたはあそこにいたんだな！」警部はなかば自分に言い聞かせるように言った。「さて、これからどうするつもりかね、ブラバゾン？」

「クリムゾン・サークルについて知っていることを、何もかもお話ししますよ。やつの逮捕につながるはずの情報です。ただし、警察がきちんと手を打てばの話ですがね」

本来の尊大さが戻ってきたようだな、とパーは思った。

「さっき話した通り、やつは持ってきた金とわたしの金を交換しました。番号を控えられているかもしれないと恐れたのでしょうが、実はわたしが渡したほうの札束は連番だったんです――すべて〈E一九〉で始まる番号です。一枚残らず番号がわかりますよ」彼は悠然と言った。「やつは誰かから脅し取った紙幣は、決して使わなかったはずです」

「きっとフロイアントから取った金だろうな」警部が言った。「なるほど、それで？」

「その金は使うわけにはいかなかったでしょうが、わたしが渡した金ならきっと使いますよ。それはあなたたちにとって、千載一遇のチャンスになるんじゃありませんか？」

警部はその説にはいくぶん懐疑的だった。それでもブラバゾンが房に収容されると、フロイアントに電話をかけて、必要な部分だけをかいつまんで伝えた。

「金を取り戻したんだな？」フロイアントが食いついた。「すぐにこっちへ来てくれ」

「喜んでお持ちしますがね」パーが答えた。「あらかじめ言っておくと、たとえあなたからクリムゾン・サークルに渡った紙幣ではあっても、この金はあなたのものではないのです」

その後パーは、ミスター・フロイアントに直接会って事情を説明した。どんな状況であれ金が見つかれば自分の所有権を主張できると思っていただけに、けちなフロイアントはその落胆ぶりを隠そうともしなかった。パーが彼をなんとかまともな精神状態に戻すのにしばらくかかった。ようやく心を落ち着けて話をしている最中で、フロイアントは急に尋ねた。

「ブラバゾンがやつに渡した番号は控えてあるのか?」

「すぐ覚えられる番号なのですよ」パーが言う。「先頭が同じ連番ですから」そう言って番号を教えると、ミスター・フロイアントはそれをデスクパッドにすばやく書き留めた。

第二六章　クロロホルムの瓶

タリア・ドラモンドが手紙を書いているところへ訪ねてきたのは、まったく予期していなかった客、ミリー・マクロイだった。すっかりしょげ返り、元気をなくして見えたのだが、使用人を帰した後でタリアが自ら小さな応接間へ案内すると、立ち尽くして部屋の優雅さに見とれるだけの好奇心は残っているようだった。

「まあ、ここはまるで宮殿じゃないの、あんた」さすがの彼女も、タリアのことを称賛せざるを得なかった。「ずいぶんうまくやってるんだね、かわいそうな〝フラッシュ〟とは大違いでさ」

「それで、気品あふれる〝フラッシュ〟は、今どうしてるの？」タリアが冷ややかに尋ねた。

とたんにミリー・マクロイの表情がかげる。

「よく聞きな」彼女はぶっきらぼうに言った。「〝フラッシュ〟のことをそんなふうに言うなんて、あたしが許さないよ、わかった？　彼は今、あんたが行くはずのところにいるんだ。あんたも同罪なんだから」

「ばかなこと言ってないで、帽子を脱いでお掛けなさい。まあ、あなたとまた会うなんて、なんだか懐かしいわね、マクロイ」

娘は聞こえないような低い声で何かつぶやいたが、招きには応じた。

「あんたに会いに来たのは、その〝フラッシュ〟のことなんだ。殺人の罪を着せられそうなの。でも、あの人が誰も殺しちゃいないことは、あんただってよく知ってるだろう?」

「わたしが知ってるですって? どうしてわたしが?」タリアが訊き返す。「朝になって新聞を読むまで、彼があの家にいたことすら知らなかったのよ――新聞社ってところは、いつも最新情報を摑んで、すごい早技よね」

ミリー・マクロイは新聞社の商売の秘策を話しにきたのではなかった。迷うことなく話の核心、つまりタリアの予想通り〝フラッシュ〟バーネットと、近々彼の身に降りかかる処遇について、切りだした。

「ドラモンド、あんたと言い争う気はないんだよ」

「それは良かったわ」タリアが言った。「そもそも、言い争うような話題も思いつかないんだけどね」

「それはどうかしら」ミス・マクロイが皮肉たっぷりに言う。「あたしが言いたいのは、あんたが〝フラッシュ〟のために、何をしてくれるのかってことよ。あんたはお偉いさんたちと交流があるし、いま勤めてるのは、あのイェールの豚野郎のところじゃないか」憎しみを込めて、歯を食いしばるように発音する。「マリスバーグ・プレイスの見張りにパーを連れ出したのは、あのイェールのやつなんだよ。パーには、そんなことを思いつくだけの脳みそがないからね。あんたもずっとイェールの片棒をかついでたのかい?」

「笑わせないでちょうだい」タリアが軽蔑したように言った。「確かにわたしは今イェールのところで働いているけど、代理で手紙を書いたり、デスクの整理をしたりするのが片棒をかつぐことなの? それに、お偉いさんって、なんのこと? わたしがどうやって〝フラッシュ〟の力になれるって言うの？」

「パー警部のところへ行って、使い古された言い訳を話してやればいいのよ。筋書きはもうすっかり考えてあるの。あんたに惚れてた〝フラッシュ〟が、あんたが邸に入って行くのを見て、後をつけて入ったまま出られなくなったんだって言えばさ」

「将来あるわたしの評判に傷をつける気？」タリアは冷たく言った。「だめよ、ミリー・マクロイ、もっとうまい話を考えなきゃ。でも、どのみち警察は彼を殺人罪で告訴するつもりはなさそうよ、今朝デリック・イェールがそう言ってたもの」

タリアは立ち上がり、両手を後ろで組んで部屋をゆっくりと横切った。

「第一、あなたの男と関わってわたしになんの得があるの？　どうして彼のために、わたしがわざわざ警察へ話をしに行かなきゃならないの？」

「そのわけを話してあげるよ」

ミス・マクロイは立ち上がって両手を腰に当て、タリアを睨みつけた。

「ブラバゾンの裁判じゃ、あたしは証言台ではっきり言ってやるつもりさ。秘書だったあんたが金をくすねて自分のものにしてたってね。ほら！　これにはドキッとしたでしょう！」

「ブラバゾンの裁判ですって！」タリアがゆっくりと言った。「どういうこと？　警察はブラバゾンを見つけたの？」

「今夜、捕まったらしいよ」ミリーが勝ち誇ったように答えた。「パーのお手柄ね。〝フラッシュ〟が残してくれたはずの現金のことを聞こうと思って警察署に行ったら、ちょうどブラバゾンが連行されて来るところだったんだよ」

「ブラバゾンが、囚われの身に」タリアがゆっくりと言った。「お気の毒さま、ブラブ！」

マクロイは目を細めて彼女をみつめていた。タリア・ドラモンドのことを好きだと思ったことは一度もなかったが、今は心から嫌いだ。と同時に、落ち着き払った顔の奥に秘めた邪悪さを感じて、彼女を恐れてもいた。やがて、タリアが口を開く。

「できる限り〝フラッシュ〟バーネットの力になってみるわ。あなたが証言台に立つのが怖いからじゃない――法廷の中で、一番あなたに似つかわしくない場所よ、マクロイ――ただ、あのくだらない悪党が殺人を犯していないからやるだけよ」

ミス・マクロイは、恋人をそんなふうに言われて、喉元に込み上げてくるものをぐっとこらえた。

「朝になったらイェールと話してみるわ。どれだけ役に立つかはわからないけど、とにかく機会をみて、イェールと腹を割って話してみるつもり」

「恩に着るわ」ミス・マクロイはいくぶん優しい口調で言うと、またアパートの内装を陳腐な言葉で称賛しだした。

タリアはほかの部屋も案内してみせた。

「この奥は何？」

「キッチンよ」タリアはそう言うだけで、ドアを開けようとしない。ミス・マクロイは彼女を疑わしそうに見た。

「誰か中にいるの？」そう言うなり、タリアが止める間もなくドアを開けて中に入った。

キッチンは狭く、誰もいなかった。電灯が明るく灯っているところを見ると、どうやら自分がノックをしたとき、タリアはここから出てきたらしい。

ミリー・マクロイが明らかにがっかりしているのを見て、タリアは思わず笑いそうになったが、マクロイが流しに近づいて瓶を手に取ると、おかしさがいっぺんに消えた。

「これはなんなの？」ミス・マクロイが瓶のラベルを読む。

無色の液体が半分ほど入っていたが、彼女は栓をはずそうとはしなかった。ラベルを見ただけで十分だ。

「クロロホルムとエーテル」彼女は読み上げて、タリアを見た。「なんだってクロロホルムなんか使ってたの？」

タリアがたじろいだのはほんの一瞬だけで、すぐに笑いだした。

「実を言うとねぇ、ミリー・マクロイ」彼女は語尾を引きずるように喋った。「ブリクストン刑務所にいるかわいそうな〝フラッシュ〟バーネットのことで頭がいっぱいでさ、何か嗅がずにはいられないんだよ」

マクロイは鼻を鳴らして瓶をテーブルに叩きつけた。

「あんたって、根っからの悪人だね、タリア・ドラモンド。いつか八時に起こされて、言い残すことはないかって聞かれる羽目になるよ」

「そのときはこう答えるわ」タリアが可愛らしい口調で言った。「悪名高かった〝フラッシュ〟バーネットの隣に埋葬してちょうだい、ってね」

ミス・ミリー・マクロイがようやく気の利いた切り返しの言葉を思いついたのは、メリルボーン・ロードに出た後だった。それと同時に、これだけタリアとやり合ったというのに、何ひとつ確約をもらえていないことに気づいて愕然とした。

第二七章　ミスター・パーの母親

ジャック・ビアードモアはブラバゾン逮捕の一報を聞いて、すぐにミスター・パーに会いに警察本部へ向かった。

だが、その優秀な紳士はすでに帰宅していると聞かされた。

「もし大事なご用でしたら、ミスター・ビアードモア」宿直の警察官が言う。「警部はスタンフォード・アヴェニューの自宅にいるはずです」

クリムゾン・サークルやそれに関わるものへの好奇心を抜きにすれば、ジャックは特にパーに会いたいとは思わなかったし、実は現時点で判明している情報は、すでにデリック・イェールから電話で聞いていた。

「パーは、ブラバゾンの逮捕で大きく局面が変わると思っているようだよ」デリックはそう言っていた。「いや、ぼくはまだブラバゾンと会ってはいないが、明朝パーが面会に行くときに同行する予定なんだ」

今夜はもうイェールとも連絡が取れないはずだ。彼はこの後、劇場でのパーティーに出るようなことを言っていたと思い出し、ジャックは家に帰ることにして歩きだした。徒歩でエネルギーを消費するつもりで、車はすでに帰してある。近道をしようと暗い公園を通り抜ける途中で、ふとパーのような人間はどんな暮らしぶりをしているのだろうと気になりだした。家族の話をしたことはなかったし、警察本部を離れたパーの実生活は、彼が解決しようと追いかけている事件と同じぐらいに謎めいている気がした。

スタンフォード・アヴェニューは、どの辺りだろう？　公園の中の人気《ひとけ》のない場所に来たところで、後ろから足音が聞こえた気がして振り返る。ジャックは決して神経質な人間ではなく、普段なら誰かが後ろを歩いていても、振り返るほど気にならなかったはずだ。後ろを見ると、ただシャクナゲの茂みを囲むように小道が伸びているだけで、人影はまったくない。ジャックは歩みを速めた。

足音はもう聞こえなくなったが、まわりに視線を配ると、小道の脇の芝生を歩く男の姿が見えた気がした。ジャックが立ち止まると、その男も止まる。どうすればいいのだろう。男を問いただすのは、気まずい結果になるおそれがあった。真っ当な市民が夜、公園の芝生を歩いていて悪いことはないし、ましてや、場所がどこであれ、十分な間隔を空けて人の後ろを歩くことにも非はないのだ。

すると、前方にゆっくりと歩く人影が見え、明らかに〝巡回中〟の警察官の耳慣れた足音が聞こえた。

自分でも驚くほど、ジャックは安堵に胸を撫でおろしていた。また振り返ると、後ろをついてきていた人影はなくなっている。どんな人物だったか思い出そうとしてみる。ついてきていたのが誰かはわからないが、とにかく小柄だったような気がする。初めに見たとき、少年じゃないかと思ったほどだ。公園の物乞いが、今夜の宿代をジャックにせびろうと声をかける勇気をふり絞っていたのかもしれない。公園を抜けて、街灯に明るく照らし出された通りに出ると、こんなことぐらいでほっとするのはばからしいと思いつつも、それが彼の本音だった。

彼は警察官に尋ねてみた。

「スタンフォード・アヴェニューへの行き方ですか？　あそこに止まっているバスに乗るか、タクシーなら十分もかからずに着きますよ」

ジャックはタクシーを止めるかどうか、長い間迷っていた。きっとミスター・パーは自宅のプライバシーに踏み込まれるのを嫌がるに違いないし、訪問するうまい口実も浮かんでこない。意を決してタクシーを呼び止めたものの、ほどなくパー警部の自宅メゾネット（各戸が二階にまたがって立体的に使用する集合住宅）のドアの前に降り立っても、先ほどと変わらず不安や疑念にとらわれたままだった。

ドアを開けたのは、パー本人だった。

相変わらず無表情のまま、遅い時間の訪問に対する驚きも不満も一切見せない。

「入りたまえ、ミスター・ビアードモア。わたしもちょうど帰ったばかりで、夜食を食べていたところだ。あんたはずいぶん前に夕食を済ませたんだろうね」

「ぼくにかまわず食事を続けてください、ミスター・パー、ぼくはただブラバゾンが捕まったと聞いて、ちょっと会いに来ただけですから」

警部はジャックをダイニングルームへ案内しようとして、急に立ち止まった。

「なんてことだ！」パーが言った。

ジャックは、パーが何に驚いたのかさっぱりわからなかった。

「ちょっとここで待っていてもらえるかね？」

ジャックはパーと知り合って以来、これほどまでに取り乱している姿は初めて見た。

「まずはうちに滞在している年老いた叔母に、あんたが来たことを伝えてくる。叔母は来客に慣れていなくてね。わたしがひとり身なもので、叔母が家事の一切を引き受けてくれているのだ」

パーがすばやくダイニングルームの中に消え、すかさずドアを閉めたことから、ジャックには彼のばつの悪さが伝わってきた。

一分経ち、二分が経った。部屋の中から何やら慌てているような音が聞こえていたが、やがてパーがドアを開けた。

「どうぞ、入ってくれ」彼の赤ら顔が、ますます赤く染まっている。「かけてくれ、待たせてすまなかったね」

通された部屋には立派な家具が揃い、趣味のよい内装が施されていた。ジャックは、何かしら別の光景を想像していた自分を恥じた。

ミスター・パーの叔母というのは、頭のぼんやりとした、しなびた印象の老婆で、ミスター・パーの大きな悩みの種になっているようだ。パーは部屋の中をうろうろする叔母からほとんど目を離さず、彼女が何か喋ろうとするたびに、礼儀正しく、だが断固として止めに入るのだ。

警部の夜食はトレーに載っていた。ジャックがノックしたときには、ほとんど食べ終わるところだったらしい。

「散らかっていてごめんなさいね、ミスター——ええと——」

「ビアードモアです」ジャックが言った。

「どうせまたすぐ忘れてしまうさ」警部がつぶやく。

「母さんのようには、きちんと片づけられなくてねぇ」彼女は言った。

「そりゃそうだ、無理もないよ、叔母さん」ミスター・パーがすばやく口をはさむ。「少し頭がぼんやりしているのだ」彼はつぶやいた。「さて、何が訊きたかったんだね、ミスター・ビアードモア？」

ジャックは笑いながら、訪問の非礼を詫びた。

「クリムゾン・サークルは非常に複雑な組織なので、新しいメンバーが見つかるたびに、それが首謀者なんじゃないかと疑ってしまうんですが」彼は言った。「ブラバゾンの逮捕が、解決につながると思いますか？」

「わからないな」パーがゆっくりと答える。「ブラバゾンが大いに役立つ可能性は、あるにはあるんだがね。ところで、ブラバゾンの見張りにはわたしの直属の部下を当たらせ、看守は決して彼の房に入らないように指示してきた」

「シブリーの件を考えてるんですね、あの毒殺された水夫のことを」

パーがうなずく。

「あれはクリムゾン・サークル関連の殺人事件の中でも、一番謎の深い一件だと思わないか、ミスター・ビアードモア？」

彼は大真面目な顔でそう訊いたが、その目がかすかに輝いているのをジャックは見逃さなかった。

「笑ってらっしゃいますね。なぜです？　あの一件は謎めいていると、ぼくも思いますよ。あなたは違うんですか？」

「むろん、そう思っているとも。それにシブリーの毒殺は、われらのブラバゾンの逮捕よりも、いずれクリムゾン・サークルのしっぽを摑むのに重要な要因になるんじゃないかと考えている」

「お願いだから、犯罪だの、犯人だのっていう話はよしておくれよ」パーの叔母が不機嫌そうに言う。「まったく、ジョンったら、頭にくるわねぇ。母さんだったら、きっと気にしないんでしょうけど――」

「ああ、その通りだね、叔母さん。わたしが悪かったよ」パーが早口で言った。彼女が部屋を出たとたん、ジャック・ビアードモアの思慮深さが、湧き上がる好奇心に負けた。

「〝母さん〟という方は、理想的な女性のようですね」彼は微笑みながらも、失礼なことを言ってしまっただろうかと心配になった。

だが、返ってきた笑い声に救われた。

「そうだな、理想的な女性かもしれないな。今はここにいないが」

「あなたのお母さまなんですか、ミスター・パー？」

「いや、わたしの祖母だ」ミスター・パーが言うと、ジャックは驚いたように彼をみつめた。

第二八章　夜中の銃声

　警部は五十歳近いはず。ということは、犯罪の話題に目を輝かせ、家をきちんと片づけるという彼の祖母は、いったいいくつになるんだ？　ジャックはすばやく計算してみた。

「素敵な老婦人なんでしょうね」彼は言った。「きっと、クリムゾン・サークルにも興味を持たれるのでは？」

「興味！」ミスター・パーは笑った。「母さんが今のわたしの権限を持ってあの一団を追及していたなら、今ごろ連中はキャノン・ストリート署に隔離されていることだろうよ。だが」間を置いて「現実はそうではない」

　ふたりで話している間も、ジャックの頭は混乱していた。整理の行き届いた部屋なのに、どこか片づいていない印象が残るのはなぜだろう？　だが、ミスター・パーがいつになくお喋りになっていたせいで、ジャックの考えはすぐにそれてしまった。パーは、警視総監から浴びせられた不快な発言までジャックに聞かせたほどだった。

「事件が続けざまに起きていることに、当然警察本部はすっかり慌てている」パーが言った。「こんな事件は、ここ五十年なかったことだ。連続殺人のお祭り騒ぎなど、おそらく〈切り裂きジャック〉以来だろうな。クリムゾン・サークルの正体が誰であれ、五十年ぶりに取り組む組織的な犯罪という点でも、あんたには興味深いんじゃないかね、ミスター・ビアードモア。そもそも犯罪組織というものはしっかりとした団体ではなく、それぞれのメンバーの身の安全は、泥棒ならみな持っているはずの誇りとやらにすべてかかっている。そんな誇りなど、ついぞお目にかかったことはないがな。だから、そう長くは存続できないものなのだ。ところがクリムゾン・サークルの場合、明らかに誰のことも信用していないひとりの男が中心になっている。誰も彼を裏切らない、なぜなら、そもそも裏切れる立場にないからだ。最も下層のメンバー同士でさえお互いを裏切ることはない。わたしの見たところ、ほかのメンバーの名前や姿をまったく知らないようだからな」

彼はさらにこれまで関わってきたさまざまな興味深い事件に話を移し、ジャックが再び詫びを言って席を立つ頃には十一時半に近かった。

「玄関まで見送ろう。車を待たせてあるのだろう?」

「いいえ」ジャックが言った。「タクシーに乗ってきたので」

「ふむ」警部が言う。「ドアの前に車が止まっているのを見たような気がしたのだが。この辺りは誰も自動車を持っていないのでね。きっと、往診に来た医者の車だな」

パーがドアを開けると、その言葉通り、外の縁石に黒い自動車が止まっている。

「あの車には、見覚えがあるな」警部はそう言って外へ一歩踏み出した。その瞬間、暗い車内から細長い炎が飛び出した。耳をつんざくような銃声が響き、パー警部がジャックの腕の中に倒れ込んでから、地面へ崩れ落ちる。その直後、車はスピードを上げて走りだした。ライトもつけないまま、近くの家々のドアから住人たちが心配そうに顔を出す頃には、角を曲がって見えなくなっていた。

ジャックは、舗道を走ってきた警察官とともに警部を抱えてダイニングルームへ運び入れた。パーの叔母は幸いな事にベッドで寝ているらしく、物音に気付いた様子はない。

パー警部は、目を開けて瞬きをした。

「今のはひどかったな」苦痛に顔を歪めながら言った。おそるおそるベストに手を入れて取り出したのは、平らに変形した鉛の塊だ。「あいつが使ったのが自動拳銃じゃなくて、助かったよ」そう言うと、ぽかんと狐につままれたような顔のジャックを見て苦笑した。

「クリムゾン・サークルの首謀者は、常に防弾チョッキを着けている三人の人間のうちのひとりだ」彼は言った。「ふたり目がわたし自身。そして——」そこで間を空ける「三人目は、タリア・ドラモンドだ。たまたま知ったんだがな」

彼はしばらく黙っていたが、やがてジャックに言った。

「デリック・イェールに電話をかけてくれないか？　このことを知ったら、きっと仰天するだろうな」

実際には、そんな言葉ではすまなかった。

銃撃から三十分もせずに到着したデリック・イェールは、慌てるあまり、パジャマの上に服を着込んできたような身なりをしていた。彼はパーの説明を聞き終わってから言った。

「失礼なことを言うつもりはないがね、警部」彼は笑った。「連中が誰かを銃撃するとしても、まさかきみだけは狙わないだろうと思っていたんだよ」

「ありがとう」パーは言いながら、ぎこちない手つきで胸の打撲痕にリント布《ふ》を当てて処置をしていた。

「きみを軽視してるわけじゃないんだ。ただ、彼らの次の手として、真っ向から警察に挑んでくるとは思えなかったという意味だ」イェールは眉間に深い皺を寄せた。「どうも腑に落ちないな」独り言のように言う。「どうして彼女は知りたがったんだろう。いや、タリア・ドラモンドのことだ。今朝、きみの住所を訊かれたんだよ。一般の電話帳にも、地域の人名簿にも、きみの名前は載っていないらしいね」

「それで、あんたはなんと答えた?」

「曖昧な答えをしておいたんだが、今思い出したよ。彼女はぼくの住所録がどこにあるか知っていて、ぼくに尋ねなくてもきみの住所を調べることができたはずだ。どうしてわざわざ訊いたんだろう」

ジャックは疲れたようにため息をついた。

「勘弁してくださいよ、ミスター・イェール、まさかミス・ドラモンドがあの銃を撃ったと思ってるんじゃないでしょうね。もしそうなら、あまりにばかげてる。ああ、言いたいことはわかってますよ。彼女は悪人で、いくつもの軽罪を犯しているんでしょう。でもね、だからと言って、殺人犯だと決めつけないでくださいよ」

「きみの言う通りだね」少し間を置いてからイェールが答えた。「ぼくはあの娘に公平じゃない。あの子にもう一度チャンスを与えたいと言いながら、公平に見守っているようには見えないだろうね。ところで、パー、ぼくも今夜きみに会いたいと思っていたところだったんだ」彼はポケットからカードを取り出して、警部の前のテーブルに置いた。「どうだい、大胆だと思わないか?」

「いつ届いた?」

「いつのまにか郵便受けに入っていたらしい。面白いことに、ここへ来るタクシーをつかまえに出て、初めて気づいたんだよ。見事なものだろう?」

カードには、ふたりにはもう馴染みになったシンボルマークが付いていたが、ジャックはその真紅の輪《クリムゾン・サークル》を見ただけで、悪寒が走った。輪の中に、次のように書いてある。

おまえは負け組に加担している。われわれの味方になるなら、十倍の報酬を支払おう。今の仕事を続ければ、来月の四日におまえは死ぬ。

「あと十日ほどじゃないか」パーは深刻な顔で言った。撃たれた痛みのせいか、興奮のためか、急に顔から血の気が引いた。「十日か」彼はつぶやく。

「もちろん、ぼくはそんな脅迫はなんとも思っちゃいない」デリック・イェールは陽気に言った。「正直に言うと、事務所での不快な一件を体験してみて、彼らの超人的な才能を賛美すらしているよ」

「十日か」警部はまた繰り返した。「何か予定はあったのか？　来月の四日はどこにいるはずだった？」

「そう言われてみれば、ディールへ魚釣りに行く計画を立てていたんだ。友人がモーター・ランチを貸してくれるというので、イギリス海峡に船を浮かべて夜明かししようかと。実は、まさにその日に出発するつもりだったんだよ」

「好きなように計画を立ててくれてかまわないが、ひとりでは行かせないぞ」パーがきっぱりと言った。「さて、もうみんな帰ってくれ。星に感謝を捧げねばな、叔母さんが目を覚まさなかったことと、母さんがここにいなかったことを！」

最後のはジャックに向けた言葉で、ジャックは訳知り顔でにんまり笑った。

第二九章　〝レッド・サークル〟

誰のことも心から信用したことがない、というのがハーヴィー・フロイアントの公言だった。顧問弁護士のヘギットしかり、ある程度までは信用しているものの、いかがわしい連中との交際が広く知られている点だけでも、むやみに彼を信じきれない。

パー警部が銃撃された二日後の夜、フロイアントを訪ねてきた小柄な弁護士は、すっかり興奮して落ち着きがなかった。ブラバゾンからクリムゾン・サークルへ渡ったはずの紙幣が一枚見つかったからだ。

「これでかなりの道筋がわかりましたよ、ミスター・フロイアント、このまま追跡を続ければ、最初に紙幣を使った人物までたどり着けるはずです」

だが、ミスター・フロイアントは慎重だった。この男ひとりの手にすべてを委ねるのは不安で、到底任せられない。ここまでは追跡能力に定評のあるヘギット事務所に調べさせたが、この先は別のところにやらせよう。彼は単刀直入にそれを伝えた。

「調査を続行させてもらえないとは、実に残念ですな」落胆したヘギットが言う。「この件はわたし自身が担当していますから、今回見つけた男からあと数人さかのぼるだけで、最初の人物へたどり着けると保証できるのですが」

ハーヴィー・フロイアントも、そのことはヘギット同様に承知していた。

ジャック・ビアードモアがかつて、このけちな男は失った金を取り戻すまで決してあきらめないだろうと言った言葉は、まさに真実そのものだ。フロイアントはあれ以来なにかに駆りたてられるようにじりじりと毎日を過ごしており、奪われた金のことを思うと夜も眠れず、真っ黒な失望を抱えて朝を迎える日々だった。

ある程度の目処《めど》がたった今なら、調査を自分の手で進めるだけの準備もある。彼の財産は、世界中の土地を売り買いすることで稼いだものだ。一文無しから始めて、自らの身を仕事に投じることで何百万ポンドもの資産を築いてきた。決してオフィスにふんぞり返って、部下にすべて任せて得たものではない。世界のどこへでも赴き、休みなく調査を続け、交渉相手の個人的な事情まで容赦なく詮索した賜物だ。フロイアントは知らないが、それはかつてのジェームズ・ビアードモアのやり口とよく似ていた。

イエールにもパーにも計画を知らせずに、フロイアントはすぐに調査に取り掛かった。

ヘギットの言う通り、紙幣の出どころをたどる作業は、少なくとも三人分さかのぼるまでは比較的簡単だった。調べていくうちに、ストランド街の両替屋へ、そこから旅行会社へ、そして最後には、とある大手銀行まで行き着いた。幸運なことに、そこはフロイアントと取り引きのある銀行の支店だった。

それから三日間、彼はあれこれ詮索したり、質問したり、帳簿を調べたり——それも彼には見る権限のない帳簿だ——そうして探っていくうちに、じわじわと、だが確実に、ある結論にたどり着いた。もはや、最初に紙幣を使った男を特定するだけで終わらせるつもりはない。個人顧客の口座情報を部外者に見せたことで、のちに上司から懲戒を受けることになる支店長ですら、フロイアントの真の目的や調査の対象人物について、まったく見当もつかなかった。

その翌日、フロイアントは大急ぎでフランスへ渡った。パリに二時間とどまっただけで、夜にはさらに南へ向かった。翌朝九時には、トゥールーズの地を踏んでいた。ここでもまた幸運に恵まれ、何年か前に取り引きをしたときの代理人が、この市の重要な高官になっていることがわかった。

ムシュー・ブラッサールは来客を大歓迎した。だがそれはかつての代理人として、新しい投資話と手数料を期待しているからだろうと、フロイアントは無視した。事実、今回の訪問の目的を説明したとたん、ブラッサールの熱意が消えたところを見ると、図星だったらしい。

「このようなことには煩わされたくありませんね」ブラッサールは首を振った。「確かにわたしも弁護士ではありますがね、ミスター・フロイアント、刑事事件は専門外なんですよ」彼は思案げに長い顎ひげを撫でた。「マールのことなら、よく覚えていますとも――マールと、もうひとりの男――たしかイギリス人じゃなかったかな」

「ライトマンという男かね？」

「そうそう、そんな名前でした。驚きましたね、おっしゃる通りです！」彼は嫌悪感もあらわに顔をしかめる。「もちろん、誰もが知っている話ですがね。悪党どもですよ、あいつらは。ひとりはニーム銀行の出納係と警備員を射殺したし、ここトゥールーズではあと二件、彼らが関連した殺人事件が起きています。ふたりの名前はよく覚えていますよ――あのおぞましい出来事もね！」彼は首を振った。

「なんだ、そのおぞましい出来事というのは？」ミスター・フロイアントが興味深そうに尋ねた。

「ライトマンが処刑場に連れ出されたときのことですよ。死刑執行人が酒に酔っていたのか、ギロチンがうまく動かなかったのです。二度、三度と刃が落ちたにもかかわらず、わずかに首に触れる程度。恐怖に耐えきれなくなった観衆が押し寄せて——われわれフランス人が感情的なのはご存じでしょう——囚人を刑務所に連れ戻さなければ、暴動が起きるところでしたよ。こうして〈赤い輪《レッド・サークル》〉はギロチンを免れたのです」

コーヒーを飲もうしていたミスター・フロイアントは、驚いて立ち上がり、カップをひっくり返してコーヒーをこぼした。

「今、なんと？」彼は大声を出した。

ムシュー・ブラッサールはあんぐりと口を開けて彼をみつめた。

「なんです、どうかしましたか、ムシュー？」コーヒーのこぼれた絨毯にも目をやりながら尋ねる。

「レッド・サークルだと！　どういうことだ？」フロイアントは興奮のあまり、がたがた震えながら答えを求めた。

「ライトマンのことですよ」これほど大きな反応が返ってくるとは思わなかったブラッサールがうなずいた。「彼の公称だったんです。が、詳しくはうちの事務員のほうがよく知っているでしょう。彼はこの事件に興味を持っていましたからね、わたしとは違って」

呼び鈴を鳴らすと、年配のフランス人男性が部屋に入ってきた。

「レッド・サークルのことを覚えているかね、ジュール？」

年老いたジュールがうなずく。

「よく覚えていますとも、ムシュー。わしは処刑場にいたんですから。その恐ろしいことと言ったら！」彼は両手を上げて身ぶりであらわした。

「その男は、どうしてレッド・サークルと呼ばれていたんだね？」フロイアントが強く尋ねた。

「〝しるし〟ですよ」彼は長い指で首のまわりをなぞった。「首をぐるりと一周するように、赤い輪があったんです、ムシュー。肌の色が元から赤いのです。処刑場の一件の前ですら、あいつの首は切り落とせるわけがないという噂が広まっていましたよ。そういうしるしには、魔力が宿ると言われていますからね。わしは単なる痣じゃないかと思うのですが、あのときわしと一緒に処刑場へ向かっていた人たちはみな、彼は死刑にできない存在だと信じていましたよ——友人のチェップもそんなひとりでしたね。執行人と弟子たちが酔っぱらっていたことさえわかっていれば」ジュールがつけ加える「そしてその朝、ギロチンの刃が落ちなかったのは、酔っていた彼らが設置に失敗したせいだとわかっていれば、みんなもっと冷静に頭を働かせたのでしょうが」

ミスター・フロイアントの呼吸が速くなっていた。

少しずつ、真実が明らかになっていく。今の彼には、全体像が見えていた。

「レッド・サークルはその後どうなったんだ？」

「わかりません」ジュールが肩をすくめる。「彼はどこか植民地の離島へ送られ、一方のマールは検察側の証人になった見返りに釈放されました。ずいぶん前にライトマンが逃げたという噂を聞きましたが、本当かどうかまではわかりません」

ライトマンが逃げた。フロイアントの予想通りだ。彼はその日のうちに検察官を訪ねて取り憑かれたように書類を読みあさり、刑務所長のところへも行って、十二時間じっくりと写真を調べ続けた。

ミスター・ハーヴィー・フロイアントはその夜、〈ホテル・アングレイズ〉のベッドに横になりながら、心から満足していたと言っても過言ではなかった。どれほど優秀な警察にも成し得なかったことに、自分は成功したのだという喜びもある。クリムゾン・サークルの秘密は、もはや秘密ではなくなったのだ。

第三〇章　フロイアントの口封じ

ハーヴィー・フロイアントがフランスへ行った話はすぐに広まり、デリック・イエールとパー警部にも伝わった。さらには、タリア・ドラモンドからの電報を受け取ったとすれば、クリムゾン・サークルにも。

興味深いことに、ちょうどミスター・フロイアントがフランスから意気揚々と戻ってきた夜に、デリック・イエールは、タリアがクリムゾン・サークルへ電報や伝言を送っている件で警察本部を訪れていた。

パーが本部へ戻ってみると、自分のデスクにイエールが座っていて、少数ながら選り抜きの警察官たちを前に、例の不思議な能力を披露している。

彼の力は驚くべきものだった。刑事のひとりが差し出した指輪を受け取ると、呆然と聞いているその持ち主について、誰もが知っている経歴だけでなく、本人が困惑するような秘密の過去までも語るのだ。

パーが入っていくと、部下から未開封の封筒を渡された。タイプライターで打った宛先をちらりと見て、パーはイエールが伸ばしていた手にその封筒を載せた。

「誰が送ったか、わかるか?」彼が訊くと、イエールが笑った。

「妙な黄色い顎ひげを生やした、かなり小柄な男だ。鼻にかかった声で喋り、店を経営している」

パーの顔に、ゆっくりと笑みが広がっていく。

イェールがさらに続ける。

「だが、これはサイコメトリーじゃない。ミルドレッド・ストリートのミスター・ジョンソンからだと知ってたんだよ」

警部のきょとんとした顔を見て、イェールはおかしそうに笑い、ふたりだけになった後で種明かしをした。

「きみはクリムゾン・サークルに宛てた伝言がどこへ送られているか、突き止めたんだろう？　実はね、ぼくはかなり前からその住所を知っていて、クリムゾン・サークル宛ての伝言は残らず読ませてもらっていたんだ。ミスター・ジョンソンからきみが調べに来たと聞いたので、詳しい事情を手紙で説明してきみに送るように頼んだんだよ。きみが置いていった、あの返信用の封筒に入れてね」

「じゃ、あんたはずっと知っていたのか？」パーがゆっくりと尋ねた。

デリック・イェールがうなずく。

「クリムゾン・サークル宛てのメッセージがすべて、その小さな雑貨店宛てに送られていることは知っていたよ。それを毎日、午後と夜にひとりの少年が受け取りに来ることもね。恥ずかしながら、少年のポケットから伝言を抜いている人物については、ぼくもまだたどれずにいるんだが」

「ポケットから抜く？」そう訊き返すパーがさっぱりわからないでいるさまを、イェールは楽しんでいた。

「その少年は、手紙をポケットに突っ込んで、ただハイ・ストリートの人混みを歩くようにとだけ指示されてる。歩いているうちに、いつのまにか誰かがポケットから抜いていくらしいんだ」

イェールが立った椅子に、パーは座り込んで顎を撫でた。

「大した男だよ、あんたは。ほかに何かわかったことはあるのか？」

「かねてから疑っていた通り、タリア・ドラモンドはクリムゾン・サークルと連絡を取っている。どんな些細な情報も、集められる限りすべて知らせているんだ」

パーは首を振った。

「それで、どうするつもりだ？」

「ぼくはずっと前から、きっと彼女がクリムゾン・サークルへ導いてくれるはずだと言ってきただろう？」イェールが静かに言う。「遅かれ早かれ、その通りになるよ。小さな雑貨店を営むわれらの友人を説得して、ジョンソン宛ての手紙はすべて先に目を通すようになって二ヵ月になる。あの雑貨店主はばか正直で律気な性格だから、ちょっとした説得は必要だったがね。ぼく自身、そしてたぶんきみも経験から知っているように、こちらが司法を背負う立場だとほんの少し匂わせるだけで、案外あっさりと相手を寝返らせることができるものだ。勝手ながら、彼にはぼくが本物の警察官だと匂わせておいたよ。断言は避けたがね。かまわないだろう？」

「いっそ本物の警察官になればいいのにと思うことがあるよ」パーが言った。「つまり、タリア・ドラモンドはクリムゾン・サークルと連絡を取っているんだな？」

「当然ながら、彼女には今まで通り、ぼくのところで働いてもらうつもりだよ」イェールが言う。「ぼくの近くに置いておけば、それだけ危険性が減るからね」

「どうしてフロイアントは外国へなど行ったのだろう？」パーが尋ねた。

イェールは肩をすくめた。

「海外にもたくさん取り引き相手がいるから、おそらく仕事の話があったんじゃないか。シャンパーニュ地方のブドウ畑の約三分の一は彼のものらしい。きみもすでに知っているだろうけどね」

警部はうなずいた。するとどういうわけかふたりの間に沈黙が流れた。それぞれの頭の中を、それぞれの思いが駆け巡る。ミスター・パーのほうは、フロイアントがなぜトゥールーズへ行ったのかと思案しているところだった。

「どうして彼がトゥールーズへ行ったことがわかったんだ？」デリック・イェールが尋ねた。

その思いがけない質問が、まさに自分の考えとつながっていて、パーは跳び上がった。

「驚いたな！　あんたは、ひとの頭の中まで読めるのか？」

「時々ね」イェールはにこりともせずに言った。「行き先はパリだと思ったんだが」

「トゥールーズだ」警部はそれだけ答えて、どうして行き先がわかったかは説明しなかった。

それまでデリック・イェールが行なってきたことすべて、数々の能力の披露のどれをとっても、初めて目の当たりにするテレパシーほど警部を動揺させたものはなかった。危機感がつのり、恐怖すら覚える。まだ気が動転しているところへ、ハーヴィー・フロイアントから電話がかかってきた。

「あんたかね、パー？　うちまで来てくれ。イェールも一緒にな。非常に重要な情報があるんだ」

パー警部はゆっくりと受話器を置いた。

「はて、いったいどんな情報を手に入れてきたのだろう？」彼は独り言のように言ったが、先ほどからじっと警部の顔をみつめていたデリック・イェールの鋭い目が、きらりと奇妙な輝きを放った。

＊　＊　＊　＊

タリア・ドラモンドは簡単な夕食を済ませ、ストッキングを繕うというきわめて日常的な課題に没頭していた。だが、重要だったのは非日常的な課題、つまりジャック・ビアードモアを頭から追い払うことだった。彼のことを考えると、たびたび鋭い痛みが胸を貫いた。今夜みたいにひとりきりで静かに過ごしていたら、ますます考えてしまうわ。そう思った彼女が、気分を変えようとストッキングを置いたとたん、ドアの呼び鈴が鳴った。

郵便配達人が、長靴の箱ほどの小包を手に持っていた。

自分の名前を記したペン書きの活字体を見て、その送り主に気づき、鼓動が速まった。

部屋に戻って紐を切り、箱を開ける。一番上に置かれた手紙を読んだ。クリムゾン・サークルからだ。

フロイアントの家に入る方法は知っているはずだ。書斎の下の防空壕へ通じる入り口が庭にある。この箱の中身を持って、その入り口から入れ。地下室で、次の指示を待て。

彼女は箱の中身を取り出した。ひとつは大きな長手袋の片方だ。彼女の肘まですっぽり入ってしまうほどの男性用の左手の手袋だった。箱に残っているのは、先の鋭い、長いナイフだけで、柄の部分にカップ型の鍔《つば》がついている。彼女は注意深く手に取って、刃に触れてみた。剃刀のように鋭い。タリアは長い間その武器と手袋を眺めていたが、やがて立ち上がって電話まで行き、交換手に相手先の電話番号を伝えた。ずいぶん待ったが、誰も電話に出ませんと交換手が告げた。

約束は九時。

彼女は時計を見た。すでに八時を回っている。すぐに出かけなくては。手袋とナイフを大きな革のハンドバッグに入れ、マントを体にきつく巻きつけると、家を飛び出す。

その三十分後、デリック・イェールとミスター・パーはフロイアント邸の入り口の階段を上り、使用人に中へ通された。まずデリック・イェールが気づいたのは、廊下が煌々と照らされていることだ。玄関ホールはすべての電灯がついていて、二階の踊り場のランプにまで大きな炎が燃えている。倹約にうるさいミスター・フロイアントの性格を思えば、これは異常な事態だ。普段なら、玄関ホールにはかすかな灯りをたったひとつつけるだけで十分だとフロイアントに言われて、使っていない部屋はどこも暗闇に包まれているところだ。

書斎は、玄関ホールからすぐ直結している。ドアは開いたままで、ふたりの訪問客からは書斎の中もホール同様にまぶしいほど照らされているのが見えた。

ハーヴィー・フロイアントはデスクに座り、疲れた顔に笑みを浮かべていたが、その疲労感をかき消すほど、動作や声の調子の一つひとつに満足感がにじみ出ている。

「おお、諸君」陽気な声だ。「きっとあんたたちを仰天させるような、そして喜んでもらえるような報告があるんだ」そう言って、くっくっと笑い、両手をこすり合わせる。「ちょうど今、警視総監からの電話を待ってるところだよ、パー」ずんぐりとした警部をじっと見上げながら言った。「こんな事件だからな、安全策を講じねばならん。この家を出た後であんたたちの身に何かあるかもしれんし、かと言って秘密を知る者をそうそう増やしたくもない。コートを脱いでくれ。この話は長くなりそうだ」

ちょうどそのとき、電話のベルが鳴り響き、ふたりはフロイアントが受話器を取るのを見守った。

「ああ、そうなんだよ、大佐」彼は言った。「非常に大事な話があるんだ。一、二分後にこちらからかけ直してもかまわないかね？　まだそこにいるんだね？　わかった」フロイアントが受話器を下ろした。どうしようかと迷うように眉を寄せるのをふたりは見ていたが、やがてフロイアントが口を開いた。

「まずは大佐に話をしよう、悪いがしばらく別の部屋で待っていてくれんかね。ドアは閉めて行ってくれ。せっかくあんたたちを驚かせてやるつもりが、台無しになってしまうからな」

「もちろん」パーはそう言って部屋を出て行った。

デリック・イエールは躊躇していた。

「総監に伝えようとしているのは、クリムゾン・サークルにまつわる情報ですか？」

「後であんたたちにも話すと言っただろう」ミスター・フロイアントが言った。「五分だけ待ってくれ、すぐにぞくぞくするような興奮を味わわせてやるから」

デリック・イエールは笑い、先に廊下へ出ていたパーが同情するように微笑む。

「ぼくはめったにぞくぞくしませんけどね」デリックが言った。

イエールも続いて部屋を出て、ドアの端に手をかけたまま立っている。

「後でぼくからも、我らの若き友、ドラモンド嬢についてお話があるんです」彼は言った。「ええ、興味がないとおっしゃるでしょうが、きっとあなたが話してくださるという情報と同じぐらい興味深いと思いますよ」

パーはデリックの笑顔を見て、おそらくフロイアントがタリア・ドラモンドのことを口汚く罵ったのだろうと推測した。

デリック・イェールはそっとドアを閉めた。

「驚くべき情報というのは、なんだろうな、パー」彼は頭をひねった。「第一、どうして総監に話をしなければならないのだろう？」

ふたりは玄関に近い応接間に入ったが、そこも同じように明るかった。

「いつもとまるきり違うね、スティア」執事と顔見知りのデリックが言った。

「はい」風格のある執事が答える。「普段のミスター・フロイアントは、電気を無駄遣いされる方ではありません。が、今夜はすべての灯りをつけるように、どんな小さな危険もおかしたくないのだと、意味はよくわかりませんが、そうおっしゃいました。こんなことをなさるのは、初めてでございます。ポケットには、実弾をこめた拳銃を二丁も入れてらっしゃるのです――そこが理解に苦しむところでして。ミスター・フロイアントは日頃から、銃を嫌っておいでですから」

「どうして拳銃を持っていることを知ってるんだ？」パーが鋭く尋ねる。

「わたしが弾を込めたからです」執事が答えた。「かつて義勇兵団におりましたので、武器の扱いは心得ております。一丁はわたしの拳銃です」

デリックは口笛を吹いて警部を見た。

「どうやら、彼はクリムゾン・サークルの正体を知っているだけでなく、やつがここへ来ると考えているようだね。ところで、部下は連れてきているのか？」

パーがうなずく。

「表の通りに刑事がふたりいる。なにかあったら呼ぶから、外で待機するように指示してある」

建物の構造がしっかりしていたため、厚い壁に阻まれて、フロイアントが電話で話す声はふたりにはまったく聞こえてこない。

三十分が過ぎたころ、イェールがそわそわしだした。

「ぼくたちはまだ待っていたほうがいいのか、聞いてきてくれないか、スティア?」彼は言ったが、執事が首を振る。

「わたしが邪魔をするわけにはいきません。おふたりのどちらかがお入りになってはいかがでしょう。わたしどもは呼び鈴で呼ばれない限り、お部屋には入れないことになっております」

パーが応接間を飛び出して、書斎のドアを勢いよく開ける。まばゆいばかりの灯りに照らされ、椅子にぐったりともたれかかる人影をひと目見ただけで、何が起きたかすぐにわかった。ハーヴィー・フロイアントは死んでいた。左胸からナイフの柄が突き出ている。鉄製のカップ型の鍔がついたナイフだ。細長いデスクの上には、血に染まった革の長手袋があった。

驚いたパーの叫び声を聞きつけて、デリック・イェールも書斎に飛び込んできた。椅子にもたれた哀れな人物をみつめるパーの顔は死人のように白く、ふたりで押し黙る。

やがて、パーが口を開いた。

「部下を呼んできてくれ。誰もこの家から出すな。執事に使用人をキッチンに集めさせて、そこから動かないように言ってくれ」

彼は部屋をくまなく調べた。家の裏庭に面した大きな窓は、重厚なベルベットのカーテンが閉じている。パーはカーテンを引いた。その奥には鎧戸が閉まっており、きっちりロックされていた。

ハーヴィー・フロイアントはどうやって殺されたのだろう？　暖炉の向かい側に細長いジャコビアンデスクがあった。その幅の狭さゆえにあまり人気のない代物だったが、この亡くなったばかりの投資家にとってはお気に入りだった。

犯人は、どの方向から彼に近づいたのだろう？　後ろからか？　ナイフは下向きに刺さっているから、彼を襲った人物が気づかれないように忍び寄ったという推論は少なくとも成り立つ。だが、それならなぜ手袋を使ったのか？　おそるおそる手袋を手に取ってみる。その革製の長手袋は、自動車の運転手が使うようなもので、かなり使い古されていた。

パーは次に警視総監に電話をかけたが、予想通り、総監はずっとハーヴィー・フロイアントからの電話を待っていた。

「では、彼から折り返しかかってこなかったんですね？」

「電話はなかったぞ。そっちで何があったんだ？」

パーは手短に報告し、電話線の向こう側で総監が支離滅裂にわめく声を無反応に聞き流していた。やがて受話器を置いて玄関へ戻ると、すでに部下の刑事が持ち場についていた。

「この家の部屋を全部調べてくる」パーが言った。

三十分後、彼はデリック・イェールのところへ戻ってきた。

「どうだった？」イェールが勢い込んで尋ねる。

パーは首を振った。

「何もないな。関係者以外は、誰も見つからなかった。犯人はどうやって部屋に入ったのだろう？　玄関ホールには常に誰かいたはずだ、スティアが応接間に来たときを除いて」

「床に仕掛け扉があるんじゃないかな？」イェールが提案した。

「ウェストエンド中を探しても、応接間の床に仕掛け扉のある家などあるものか」パーが噛みついたが、さらなる調査で驚くべき発見があった。

絨毯の一角をめくり上げたところ、小さな仕掛け扉が見つかったのだ。執事に聞くと、先の大戦で毎晩のように空襲があった頃、ミスター・フロイアントが地下のワインセラーにコンクリートで防空壕を造らせたのだと言う。出入り用に、彼の書斎から地下に降りる階段があるとのことだ。

パーが火を灯したロウソクを持って階段を下りると、何もない小さな四角い部屋があった。鍵のかかったドアがあり、マスターキーがハーヴィー・フロイアントの遺体から見つかった。最初のドアの奥に、さらに鋼鉄製のドアがあり、それを開けると外へ出られた。

そこは、同じ通りに並ぶ他の家と共有する芝生と植え込みの中だった。

「庭の端の門からここまで入ってくることはできそうだね」イェールが言う。「そうだ、犯人は間違いなくここから入ったはずだ」

彼は懐中電灯で地面を照らした。突然、地面に両手をついて目を凝らす。

「真新しい足跡があるぞ」彼は言った。「女性のものだ」

パーが肩越しに覗き込む。

「間違いない、最近のものだな」

そう言って突然、後ずさった。

「信じられん！」驚きのあまり、パーの声がかすれる。「なんと恐ろしい陰謀だ！」

彼にははっきりとわかったのだ。その足跡が、タリア・ドラモンドのものだと。

第三一章　タリア、質問に答える

デリック・イェールは両手で頭を抱えながら新聞を読んでいた。一紙読んでは脇へ投げ捨てて別の新聞を開き、すでに十二紙も読み終わっている。

「警察官の目前で」見出しを読み上げる。「警察本部の無能ぶり」彼は首を振った。「今朝の新聞はこぞって哀れなパーを叩いているようだね」そう言いながら新聞を横へ放り投げる。「だが、彼にはあの犯罪を食い止めることなどできなかったんだ、ぼくやきみ同様にね、ミス・ドラモンド」

タリア・ドラモンドはその朝、いつもより少しやつれて見えた。目の下に黒いくまがあり、いつもの元気な明るさに比べて、どことなく物憂げな空気が漂っている。

「警察官なら、槍玉にあげられるのはしかたないでしょう?」彼女は冷ややかに言った。「なんでも警察の思う通りにはならないわ」

イェールは興味深そうに彼女をみつめた。

「警察のやり口はお気に召さないようだね、ミス・ドラモンド?」

「大好きではないわね」イェールの目の前に手紙の束を置きながら答えた。「まさかわたしが警察本部の能力を褒めると思ったわけじゃないでしょう?」

彼は声を立てずに笑った。

「きみは変わった子だよ。生まれつき、思いやりというものが欠けてるんじゃないかと疑いたくなることがある。きみはフロイアントの秘書だったね？」

「そうよ」彼女は短く答えた。

「あの家に住み込んでもいたんだろう？」

彼女はすぐには答えなかったが、グレイの目でしっかりイェールの目をみつめ返す。

「一時は住んでいたこともあるわ」彼女は認めた。「なぜ訊くの？」

「どこかに、地下室のようなものがあるのを知らないかと思ってね」デリック・イェールがさりげなく言った。

「もちろん、地下室なら知ってるわ。かわいそうなミスター・フロイアントは、自分の頭の良さをひけらかしていたもの。どれほど費用がかかったか、十回以上も聞かされたわよ」彼女はかすかに微笑みながらつけ加えた。

イェールはしばし考え込んだ。

「防空壕の鍵は、普段はどこに保管されていた？」

「ミスター・フロイアントのデスクよ。わたしがその鍵を使ったとか、ゆうべの殺人に関わったとか、そう言いたいの？」

彼は笑った。

「何も言ってないよ、ただ訊いてみただけだ。現在あそこに住んでいる一部の者たちに比べたら、きみのほうが建物の構造に詳しいんだ、訊きたくなるのも無理ないじゃないか。どうだろう、あの隠し扉は音を立てずに押し開けることができると思うかい？」

「できると思うわ。扉には平衡おもりがついているから。この手紙には返信なさらないの?」

彼は手紙の束を脇へ押しやった。

「昨日の夜は、何をしていた、ミス・ドラモンド?」

今度は、もっと直接的な訊き方だった。

「ゆうべは自宅で過ごしたわ」彼女は言った。両手を後ろに回し、イェールが先ほど感じた妙な硬さで表情がこわばっている。

「ひと晩中、家にいたのかい?」

彼女は答えなかった。

「八時半頃、小さな荷物を持って出かけたというのが、事実じゃないのか?」

彼女はまた黙っていた。

「ぼくの部下が偶然きみを見かけてね」デリック・イェールがさりげなく言う。「その後、見失ったらしいんだ。夜はどこにいた? ――部屋には、午後十一時頃まで戻らなかったらしいじゃないか」

「散歩に行っていたのよ」タリア・ドラモンドが冷ややかに言った。「ロンドンの地図をくだされば、足跡をたどってみるわ」

「きみの足跡なら、すでにいくつか見つけたと言ったら?」

彼女は目を細くした。

「もしそうなら」彼女は静かな声で言う。「どこを歩いていたかお話しする手間が省けたというものだわ」

「よく聞いてくれ、ミス・ドラモンド」彼はテーブルに身を乗り出した。「ぼくは信じているんだよ。

きみは、本当のきみは、決して殺し屋ではないはずだと。顔をしかめたくなるような、嫌な言葉だな。だが、昨夜のきみの行動には、ぼくがパーにさえ知らせていない疑わしい部分がいくつもあるんだ」

「疑われることには慣れっこなの。第一、もうそこまでご存じなら、あらためてお話しすることもないわ」

イェールは彼女をじっとみつめたが、相手も物怖じせずにみつめ返してくる。やがて彼は肩をすくめた。

「実のところ、きみがどこにいたかは、大したことじゃない」

「それはわたしも、まったく同感ですわ」彼女は冗談めかした口調で言うと、隣の待合室に戻ってタイプライターのある席に着いた。

「驚くべき人物だな」デリック・イェールは思った。

日ごろ女性に興味を惹かれることはほとんどなかったが、タリア・ドラモンドは並外れ、桁外れの存在だ。見た目の美貌には、いささかも魅力を感じない。確かに彼女が美しいということはわかる。ただそれは、事務所のドアのペンキは茶色いとか、一ペンス切手は赤いとか、そういう認識となんら変わりない。

彼はまた新聞を手に取って、警察本部の不手際に対する批判をいくつか読み返していたが、予測していた通り、まもなくパーが勢いよく入ってきて、どすんと椅子に腰を下ろした。

「警視総監に、辞表を出せと言われたよ」イェールが驚くことに、そう言うパーの声は陽気ですらあった。「心配は無用だ。三年前、兄が遺産を遺してくれたのを機会に、いずれ退職するつもりだったのだ」

パー警部は比較的裕福なのかもしれないと、イェールは初めて知った。

「これからどうするつもりだ？」イェールが尋ねると、パーはにやりと笑った。

「どうするって、公務員は辞表を出せと言われたら出すしかあるまい」皮肉っぽく言う。「だが辞表が効力をもつのは来月の末日からだ。それまでは、あんたの身の上をゆっくり見守らせてもらうよ」

「ぼくの身の上？」デリックは驚いた。「ああ、今月の四日に殺すという脅迫状のことか？　となると、ぼくの命はあと二日か三日しか残っていないわけだね」彼はカレンダーを見ながら、皮肉まじりに笑った。「ゆっくり見守ってもらうだけの時間はなさそうだよ。いや、冗談はさておき、辞表を出す必要なんてあるのか？　ぼくが警視総監に会って――」

「あんたが何を言おうと、言葉を喋る豆ほどにも取り合ってくれないだろう」ミスター・パーは言った。「実は、辞表が有効になるまでは、この事件の担当を続けることになった。あんたのおかげでな」

「ぼくのおかげ？」

ずんぐりとした警部は静かに笑っていた。

「あんたの命はこの国にとってかけがえのないものだから、殺害予告の期日を無事に乗り越えるには、わたしが職にとどまるべきだと警視総監を説得したのだ」。

そのとき、タリア・ドラモンドが新しい手紙の束を持って入ってきた。

「おはよう、ミス・ドラモンド」

警部は視線を上げて娘を見た。

「朝からあなたの記事を読んだわ」タリアが冷たく言った。「すっかり有名人ですわね、ミスター・パー」

「宣伝のためなら、なんでもやるさ」警部は悪びれもせずにつぶやいた。「あんたの名前はずいぶん新聞で見かけないじゃないか、ミス・ドラモンド」

以前、刑事法廷に立たされた件を指しているのだと知って、タリアは楽しそうな顔をした。

「いずれわたしも紙面を賑わせることになるかもしれないわよ。クリムゾン・サークルについて、新しい情報でもあるの?」

「新しい情報と言えば」ミスター・パーがゆっくりと言った。「ミルドレッド・ストリートへ送られていたクリムゾン・サークル宛ての伝言は、今後送り先を変更せざるを得なくなるようだ」

彼女の顔色がさっと変わるのをパーは見逃さなかった。ほんの一瞬にすぎなかったが、その結果にパーは満足していた。

「へえ、クリムゾン・サークルは、市内にいくつも事務所を開いてるの?」タリアは大急ぎで気持ちを立て直した。「でも不思議じゃないわ。あれだけやりたい放題やってるんですものね、いっそエレベーターやネオンサインのある立派な建物に住めばいいのよ――いえ、待って、ネオンサインはだめね、いくらぼんくらな警察でも見つかってしまうから!」

「若い娘が皮肉とはな」ミスター・パーが厳しく責めた。「不似合いどころか、無礼きわまりない!」

イェールはふたりのやりとりを楽しそうに微笑んで聞いていた。娘の言うことにも驚かされたが、それ以上にパー警部の言葉にはぎょっとする瞬間もあった。普段は口が重いくせに、言いたいときには切り返しも鮮やかに意地悪を連発するんだな。

「それで、ゆうべはどこにいたのかね、ミス・ドラモンド?」床に視線を落としたパーが尋ねた。

「ベッドで夢の世界にいたわ」

「ではきっと夢遊病なんだろうな、夜九時半頃フロイアントの家の裏をうろついていたのは」警部がほのめかす。

「なるほど、それが言いたかったのね？　庭でわたしのかわいい足跡でも見つけたの？　ミスター・イェールもそれらしいことを言ってたけど。違うわ、警部、わたしはただ夜の散歩に行っただけ。ひとりで歩くうちに元気が出るのよ」

パーは相変わらず絨毯をじっとみつめたままだ。

「そうかね、では次に公園を散歩するときには、お嬢さん、ジャック・ビアードモアから離れて歩くことだな。あんたが最後に後をつけ回していた夜、彼は恐怖におののいていたぞ」

今度は図星を突いたようだ。タリアの顔は真っ赤に染まり、繊細な眉を寄せて、しかめっ面になった。

「ミスター・ビアードモアは恐怖におののく人じゃないわ」彼女は言った。「それに――それに――」

タリアは身を翻したかと思うと、部屋を飛び出した。パーがイェールと少し話した後で隣の待合室へ出てくると、タリアが彼を睨み上げた。

「時々、あなたを心から憎む瞬間があるわ！」怒りもあらわに言う。

「そいつは驚きだな」パー警部が言った。

第三二章　田舎への旅

警察本部は試練を迎えていた。新聞各社はクリムゾン・サークルの名のつく最新の悲劇に大きく紙面を割き、ついに国会でも質問に上がることになった事件の数々の疑問点を伝えている。警察本部では極秘会議が重ねられていたし、これまで一緒に事件に取り組んできた同僚が妙によそよそしくなっている。これらの悪い兆候を、パー警部は見逃さなかった。

どの新聞もクリムゾン・サークルによる凶悪事件をすべて一覧表にし、一連の活動が始まった当初から全事件を担当してきたのがパー警部だという揺るぎない事実を指摘していた。

パーは、捜査のためにフランスへの出張を申請し、許可された。彼のいない数日の間に、上層部は彼の後任者を手配した。警察本部でパーの味方をする者はひとりしかいなかったが、興味深いことに、そしてなんとも奇妙なことに、それはパーの所属する課の責任者でもある警視総監、モートン大佐その人だった。

モートンは反論を重ねたが、初めから無理な戦いだとわかっていた。彼の力になってくれたのが、デリック・イエールだ。イエールはすぐに警察本部を訪れて、捜査パートナーの潔白を証明するために、詳細にわたって釈明した。

「ぼく自身も殺人現場にいたこと、フロイアントから守ってくれと依頼されていたのがぼく個人だということをとっても、パーが負わされている責任はかなり軽くなるはずでしょう」彼は力説した。

警視総監が椅子にもたれ、腕を組む。

「きみの気持ちを傷つけたくはないがね、ミスター・イェール」彼はそっけなく言った。「公的には、きみはなんの権限も持たないのだ。きみが何を言おうと、ミスター・パーの助けにはならない。彼にはこれまでいくらでもチャンスがあった――事実、いくつもの絶好の機会を得ながら、どれも活かすことができなかったのだ」

イェールが帰りかけたところへ、警視総監が待ってくれと声をかけた。

「ひとつ、力を貸してもらいたいことがあるのだ、ミスター・イェール。ジェームズ・ビアードモアの銃撃犯が殺された事件についてだ。水夫のシブリーは覚えているかね?」

イェールはうなずいて、もう一度席に腰をおろした。

「彼の証言を聞いていたとき、房には誰がいた?」

「ぼくと、ミスター・パー、それから公式の速記記録者です」

「それは男か、女か?」警視総監が訊いた。

「男でした。たぶん、あなたの部下だったと思いますよ。それだけです。看守が一度か二度、入ってきましたが。そうだ、たしかぼくたちがいる間にも入ってきて、水を置いて行きましたよ。あとで毒物が見つかった、あの水です」

警視総監はフォルダーを開いて、分厚い資料の中から一枚の紙を選び出した。

「その看守の証言だ」彼は言った。「前置きは省くが、こう言っている」警視総監が眼鏡をかけて読み上げる。

囚人はベッドに腰かけていた。ミスター・パーは彼と向き合うように座り、ミスター・イェールは入り口のドアに背を向けるように立っていた。ドアは、わたしが入室するときには開いていた。わたしはまず定められた飲料用水の蛇口からブリキのマグカップに半分ほど水を入れて持っていった。別の房の呼び出しベルが鳴ったので、そちらに対応するためにカップをいったん置いたのを記憶している。わたしの知る限りでは、そのときに誰かがカップに仕掛けをすることは不可能だが、たしか庭へ通じるドアも開いていた。シブリーの房へ入っていくと、ミスター・パーがわたしの手からカップを受け取ってドアのそばの棚に載せ、尋問の邪魔をしないようにと言った

「速記記録者について、一切記述がないことに気づいただろう。地元で雇われた人物だと思うかね？」

「てっきりあなたの部下だとばかり思っていましたよ」

「パーに確認してみよう」警視総監が言った。

ミスター・パー（すでにフランスから帰っていた）に電話で尋ねると、確かにその速記者は、パー自身が地元の小さな町で聞いて回った上で雇った民間人だった。その後シブリーが遺体で発見された混乱の中で、速記者の身元を確認することは思いつかなかったとの話だ。

シブリーの供述書は、タイプライターで打ち直したものを受け取り、その謝礼として金を払ったことはぼんやりと覚えているらしい。が、パーからそれ以上の記憶は引き出せず、この件について総監の情報が大きく増えることはなかった。

デリック・イェールは、ふたりが電話で話す間その場で待っていたが、電話を切った総監のがっかりした表情から、パーから有力な証言を得られなかったことがわかった。

「きみは、その男について何か覚えてないのか？」

イェールが首を振る。

「ずっとぼくに背を向けていましたからね。パーの陰に座っていましたし」

総監は、不注意にもほどがある、とかなんとかつぶやいていたが、やがて言った。

「その速記記録者が、クリムゾン・サークルの差し向けた刺客だったとしても驚かんよ。身元確認の取れない男にこんな重大な仕事を任せるとは、懲罰ものの職務怠慢だ。そう、パーはしくじったのだ」彼はため息をついた。「残念だよ、いろいろな意味で。パーのことは好きだ。確かに、きみたちのように頭の切れる外部の人間が煙たがる昔かたぎの警官だし、飛び抜けて秀でた才能があるわけでもないが、若い頃には、それはいい警察官だった。だが、潮時だ。やめてもらう、もう決まったことだ。きみにこんな話をするのは、すでにパー本人にも通告してあるからだ。本当に残念でたまらんよ」

それはイェールも、すでに覚悟していたことだ。警察本部の一番若い警察官にとっても、驚くような知らせではなかった。

だが、その決定に誰よりも無頓着だったのは、ほかでもない、パー警部本人だった。自分の立場に大きな変化が訪れることなど気にもかけずに、いつも通りに仕事をこなし、後任となる刑事が、じきに使う予定のオフィスを下見に来たときですら、愛想良く接した。

ある午後、パーが公園で偶然ジャック・ビアードモアに会ったとき、ジャックはずんぐりとした小柄な男の、あまりの上機嫌ぶりに衝撃を受けた。

「ところで警部、出口は見えてきたんですか?」

パーがうなずく。

「ああ、出口は近いよ。わたしのキャリアの出口がね」

ジャックにとって、それはパーが退職するという事実を、初めてはっきりと耳にした瞬間だった。

「もちろん、辞める気じゃないでしょうね? 手がかりはすべてあなたの手の中にあるじゃないですか、ミスター・パー。この大事な時期にあなたを手放すなんてばかなことを、彼らがするはずないでしょう、あの悪党を捕まえることを投げ出してしまったのでなければ」

〝彼ら〟なら、とっくの昔に投げ出してしまっているのだよ、とミスター・パーは心の中で思いながら、もう警察本部の姿勢についてどうこう言うつもりはなかった。

ジャックはこれから田舎の屋敷に行くところだった。父親が亡くなって以来、一度も行っていなかった。が、ロンドンでは手続きができない農場の賃貸借契約の更新が何件か迫っているのに加え、彼自身の手で片づけなければならない地元の案件もいくつかあったため、父の悲劇と、それに匹敵するほどつらい経験のあったあの場所で、ひと晩泊まることにしたのだった。

「あの家へ行くのか?」ミスター・パーが考えながら言う。「ひとりかね?」

「そうです」ジャックはそう言ってから、相手の考えがわかって、熱心に誘った。「ぼくの招待客として来ていただくわけにはいきませんか、ミスター・パー? ご一緒いただけたら嬉しい限りです。でも、きっとクリムゾン・サークルの捜査でロンドンを離れられないのでしょうね」

「わたしがいなくても、捜査は何ひとつ困らないだろうな」ミスター・パーが険しい顔で言う。「よろしい、ご一緒しよう。お父上が亡くなられてからあの家には行っていないし、もう一度調べ直してみたいのだ」

パーは、さらに二日間の出張を申請したが、警察本部としては、このまま永久に出張してくれてもかまわないほどだったので、喜んで許可がおりた。

ジャックはその夜のうちに出発する予定だったので、警部は家に帰って小ぶりの旅行用鞄に荷物を詰め、駅で待ち合わせることになった。

天候も道路状況も、自動車での長距離移動には向いておらず、大体において汽車での移動のほうが楽だとパーは思った。

出発にあたって、デリック・イェールに行き先を知らせる短いメモを残してきたが、最後にこうつけ加えた。


ロンドンでわたしが必要になる状況が起きるかもしれない。その際には遠慮せず、すぐに呼び戻してくれ。

この追伸を念頭におけば、ミスター・パーのその後の行動には、実に首をかしげたくなるのだった。

第三三章　ポスター

ジャックにとって、パーは旅の楽しい道連れではなかった。警部は新聞をどっさりと持ち込み、クリムゾン・サークル事件に関する批判記事をすみからすみまで熱心に読んでいく。ジャックはパーが読んでいる文面を見て、いくら無感情な男とは言え、新聞を埋め尽くす自分への攻撃的な記事を楽しんでいることに、少なからず衝撃を受けた。パーにもその通りを伝えた。

警部は新聞を膝に下ろし、スチール枠の鼻眼鏡を外した。

「どうだろうな。批判だけでは人は傷つかない。何かを書かれて腹を立てるのは、自分が間違っているとわかっている人だけだ。わたしは自分が正しいという確信を持っている、だから何を言われようと気にならないのだよ」

「本当にご自分が正しいと思ってるんですか？　どういう意味で？」ジャックは好奇心から尋ねたが、パーは何も答えなかった。

ふたりは目的地の小さな駅に降り立ち、そこから五キロほど離れた邸へ自動車で向かった。かつてはジェームズ・ビアードモアのお気に入りだったものの、今はすっかり寂しくなった広い家だ。

先回りして、ジャックのために準備を整えてくれていた執事が、家に足を踏み入れたばかりのパー警部に電報を手渡した。

パーは封筒の表をちらりと見て、ひっくり返して裏を確かめた。

「これが届いたのは、いつだ?」

「五分ほど前です。村から自転車に乗った配達人が届けに来ました」執事が言った。

警部が封筒を開けて、電報を取り出す。送信者は〝デリック・イェール〟となっている。


至急ロンドンに戻れ。重要な展開あり。


ひと言も言わずに、パーは電報をジャックに渡した。

「もちろん、戻られるんですよね。でも、困ったな、次の列車は九時まで来ないんです」ジャックは、話し相手を失うことにがっかりしているようだ。

「戻るつもりはない」パーが落ち着いて言う。「今夜のうちにまた列車で移動するなど、ごめんこうむる。明日まで待つとしよう」

呼び出しに対するパーの態度は、彼の性格とかけ離れているようにジャックには思えた。口にこそ出さないが、パーに失望していた。もちろん、そこかしこに亡霊のいそうな家での初めての夜を、ひとりきりで過ごさなくてすむのは嬉しいのだが。

パーが電報を読み返した。

「この電報は、わたしたちがロンドンを出て三十分以内に打った計算だ。たしか、この家には電話があったな?」

ジャックがうなずき、パーは交換手に長距離電話を申し込んだ。十五分経った頃ベルが鳴って、相手先とつながった。

ジャックはホールから漏れてくる電話の話し声を聞いていたが、やがてパーが部屋に戻ってきた。

「思った通り。やはり電報は偽物だった。今、イェールと話をしたよ」

「あれが偽物だと推理したんですか？」

ミスター・パーがうなずく。

「わたしもだんだんイェールに似て、言い当てるのがうまくなってきたな」警部は愉快そうに言った。

その夜〈ピケ〉の達人であるパーは、その奥深い世界へと若者をいざなった。ピケほど魅力的な二人用トランプゲームはない。夢中になっているうちに夜が更けていき、時計を見たジャックは真夜中になっていることに驚いた。

パーが案内された寝室は、ジェームズ・ビアードモアが生前使っていた部屋だ。天井が高く、ゆったりとしている。背の高い窓が三つあり、夜にはアセチレンランプに火が灯った。家のほかの灯りもすべて、ジェームズ・ビアードモアが取りつけさせたアセチレンガスの自家発生装置でまかなっている。

「ところで、きみはどの部屋で寝るんだ？」寝室の入り口で立ち止まり、就寝の挨拶をしてからパーが尋ねる。

「すぐ隣の部屋にいますよ」ジャックが言うと、パーはうなずいてドアを閉じ、鍵をかけた。

ジャックの部屋のドアが閉まる音が聞こえ、パーは着ていた服の一部を脱いだ。完全に着替えるつもりはなく、使い込んだスーツケースから古いシルクのガウンを取り出して、体に巻きつける。灯りを消し、窓辺へ行ってブラインドを三つとも開けた。

明るい夜だ。薄明かりの中をベッドまで戻り、アイダーダウンの布団を掛けて横になった。ほとんど知られていないが、重度の不眠症患者が眠るためのとっておきの方法がある。それは、暗闇の中で目をじっと開けていることだ。

ミスター・パーは横を向き、隙間を開けておいた手前の窓から外を眺めているうちに眠りに落ちた。

夜明け前、パーはむっくりと起き上がると、足音を忍ばせて手前の窓へ近づいた。かすかなうなり音、たとえば静かな自動車のモーターのような音が聞こえたのだが、今は止んで完全な静寂に戻っている。洗面台へ行き、冷たい水を手に取って顔をこすると、ゆっくりと拭いた。それから窓へ戻って椅子を引き寄せ、家の正面へとつながる道ができるだけ見下ろせるような位置に腰を下ろした。

三十分近くじっと待っているうちに、ようやく黒い人影が木陰からゆっくりと歩いて出てきたが、すぐ暗い影の中に入って見えなくなった。またちらっと見えたかと思う間もなく、今度は家の影の中へ消えた。

警部は静かに部屋を出て階段へ向かい、一階へ急いだ。表の玄関には閂《かんぬき》と鍵がかかっていて、ドアを開けるのに手間取った。ようやく夜の闇へ踏み出した頃には、誰も見えなかった。身をひそめながら家の前の道を走ったが、侵入者は発見できず、もう一度玄関へ戻ってきたとき、遠ざかるモーター音が聞こえた——真夜中の訪問者は去ったらしい。

パーはドアを閉めて閂をかけ、自分の部屋へ戻った。訪問者の目的はなんだったのだろう？　正体が誰であれ、向こうからは見えなかったはずだし、わたしが見ていたことにも気づかなかっただろう。家の外まで来て、またすぐに立ち去ったに違いない。

朝になって食事に降りて行ったとき、ようやくその訪問者の謎が解けた。

ジャックは暖炉の火の前に立って、何かを読んでいた。貼ってあったものをはがしてきたらしく、その紙は破れてくしゃくしゃになっている。小型のポスターの大きさで、文字は手書きだ。中身を読まなくても、パーにはそれがクリムゾン・サークルからのメッセージだとわかった。

「これをどう思います?」入ってきた警部のほうを振り向いて、ジャックが尋ねた。「朝起きてみたら、これと同じようなものが六枚、車道のあちこちの木に画鋲や糊で貼ってあったんですが、これはわたしの部屋の窓の下にねじ込まれていたんですよ!」

警部はその紙を読んだ。

おまえの父親に要求した支払いは、まだ済んでいない。おまえの友人のデリック・イェールとパーの活動をやめさせることができたら、未払いのままでかまわない。

その下に少し小さめの文字で、明らかに後からつけ足したような文が続く。

われわれは今後、私的な個人に対して新たな要求はしない。

「なるほど、ポスターを貼っていたわけか」パーが考えながら言う。「どうして来て早々に帰ったのかと不思議だったのだが」

「やつを見たんですか?」ジャックが驚いて訊いた。

「一瞬だけだ。実を言うと、来ることは予想していたのだ。ただ、もっと衝撃的な行動に出ると予測していたのだが」

朝食の間、ジャックの質問にほんのひと言ふた言、短く答える以外、パーはずっと黙り込んでいた。その後ふたりで野原を歩いているときに、ようやくパーが切り出す。

「きみがタリア・ドラモンドに好意を抱いていることを、やつは知っているのだろうか？」

ジャックの顔は真っ赤になった。

「どうしてそんなことを？」ジャックは少し心配そうに尋ねた。「まさか、やつらが腹いせにタリアを攻撃するとお考えですか？」

「目的のためなら、タリア・ドラモンドなど一瞬のうちに消すだろうよ」そう言ってパーは指をパチンと鳴らした。

パーが急に立ち止まり、歩いてきた方向を振り返ったところで、その話題は唐突に終わった。

「ここでいい」パーが言った。

「駅側の門まで行くおつもりだったのでは？――あの朝、マールが家に来たときの道をさかのぼって」

パーが首を振る。

「いや、彼が家に近づいてきたところを再現したかったのだ。マールが発作に襲われたという位置は覚えているかね？」

「もちろんです」ジャックはすぐに答えたものの、どういう意味があるのだろうかと思った。「もっと家に近いところでした。実を言うと、正確な地点もわかりますよ。よろけたマールの足が小道からはみ出て、ちょうどバラの若木を踏みつけてしまったから、記憶に残っているんです。あれがそのバラの木――正確には、庭師が新しく植え換えたバラの木ですが」

ジャックが指さすと、パーは大きな頭で何度もうなずいた。

「これは非常に大事だ」踏み荒らされたというバラの木に向かって歩いていく。「嘘だということはわかっていたのだ」なかば独り言のように言った。

「ここからだと、テラスはまったく見えない。マールは発作を起こした瞬間、テラスに立つお父上をここから見たと言っていた。だから初めは、お父上の姿が恐怖を引き起こしたと思ったのだ」

パーは、生前のフィリックス・マールと交わした会話を、ジャックに話して聞かせた。

「ぼくがいれば、すぐに否定できたのに」ジャックが言った。「父はあの朝ずっと書斎にいたし、ぼくたちがテラスの階段を上がって行くまで家から出てきませんでしたから」

手帳を手にしたパーは、スケッチを始めた。左手手前には、どっしりとしたセッジウッドハウス。目の前には広い庭が広がり、マールが通ったはずの門を除いて、迷い込んだ牛が花壇を荒さないための鉄柵でぐるりと囲われている。右手には、低木がちらほらと固まって生え、その真ん中に派手なガーデンパラソルの先が見えている。

「この植え込みは父の自慢でした」ジャックが説明した。「暖かい日でさえ強風が吹きつけることがあるので、植え込みが風を遮ってくれるんです。生前の父は、あそこに何時間でも座って本を読んでいたなぁ」

パーはゆっくりと向きを変え、目に入るものを何もかもじっくり観察していった。やがてうなずく。

「見るべきものは、すべて見たな」

家に向かって歩きながら、パーは話題を真夜中のポスター男に戻し、ジャックの驚くようなことを言いだした。

「あれはこれまでで唯一、クリムゾン・サークルが犯した過ちだ。たぶん、後から思いついたのだろう。本来の目的とは違うはずだ」

彼はテラスの階段に腰を下ろして、風景を眺めた。ジャックはその姿を見ながら、ミスター・パーほど人を惹きつける魅力の欠落した男には会ったことがないと考えていた。背の低さ、でっぷりとした体格、無表情な大きな顔、そのどれをとっても、ジャックの思い描く辣腕の犯罪捜査官像とはかけ離れている。

「わかったぞ」ようやくパーが口を開いた。「やはり最初の考えが正しかったのだ。やつは、お父上が支払わなかった金をあんたに要求しに来たのだ。だが、来る途中で新しいアイディアを思いついた、つけ足したメッセージにほのめかしたようにな。つまり、もっと大きな獲物を見つけたということだろう、わたしやイェールへの警告をそのまま残したということは。本気でわたしたちに手を引かせたいのだな。もっとも、その願い通りになる可能性は限りなく低いことは、少し考えればわかるはずだが。もう一度ポスターを見せてくれ」

ジャックが持ってくると、警部はテラスの床にポスターを広げた。

「やはりな。これは急いで書いたものだ。おそらく車の中で書いて、用意していたポスターを変えたのだろう」いらいらと顎をこする。「さて、新しい陰謀というのがなんなのか？」

その答えはすぐ知るところとなった。執事が駆けてきて、ジャックの書斎の電話がもう五分も鳴り続けていると告げた。

「あなた宛てですよ」ジャックが受話器を警部に手渡した。

ミスター・パーは受話器を受け取ると、電話の向こうの声がモートン大佐だとすぐにわかった。

「今すぐロンドンへ戻りたまえ、パー。今日の午後、閣僚会議に出席しろとのことだ」

受話器を下ろしたミスター・パーの顔に、満面の笑みが広がっていく。

「どうしたんです？」ジャックが尋ねる。

「大臣にでもしてくれるのかもしれん」そう言って大笑いするパーを見て、こんなに笑う姿は初めてだとジャックは驚いた。

第三四章　政府を脅迫

ふたりがロンドンへ戻ってくる頃には、夕刊紙がこぞって新しい話題を書き立てていた。クリムゾン・サークルが、まぎれもなく巨大な獲物に狙いを定めたのだ。報道陣に発表された公式声明を要約すると、次のようになる。

その朝、閣僚の全員にタイプ打ちの資料が届いた。住所や差出人の手がかりは一切ない。ただし、すべてのページに押された、真紅の輪《クリムゾン・サークル》のスタンプを除いては。資料の内容は次の通りだ。

警察の公的および私的な捜査、ミスター・デリック・イェールの優れた才能、さらにパー警部の執拗な詮索にもかかわらず、われわれの活動はいまだ止められずにいる。われわれが成し遂げた犯行の中には、まだ明るみに出ていないものもある。いくつかの人命を排除しなければならなかったのは遺憾だが、それは報復のためではなく、他者への警告が目的だ。今朝も、不本意ながらミスター・サミュエル・ヘギットの命を奪う結果となった。故ハーヴィー・フロイアントが依頼した調査の途上で、われわれの正体に不都合なまでに近づいたためだ。

ヘギット事務所の者たちにとって幸いなことに、彼はその調査のすべてをひとりで担っていた。遺体はブリクストン駅とマーズデン駅の間の線路脇で見つかるはずだ。

警察にわれわれを止める能力がなく、われわれが現在の社会において最も危険な脅威であることが公《おおやけ》となったため、われわれはこれ以上の活動を放棄することにした。ただし条件として、合計百万ポンドをこちらの希望通りに支払うことを要求する。金の受け渡し方法の詳細については後日指示する。その金に加え、無条件の赦免状も要求する。いずれ必要となる状況が起きたり、今後われわれの正体が暴かれたりした場合に備えるためだ。

これらの条件が受け入れられなければ、不幸な結果をもたらすだろう。以下に十二名の優秀なる国会議員の名を挙げるが、要求が受け入れられるまでの人質とするものだ。今週末までに内閣がわれわれの条件に応じなければ、この紳士のうちのひとりが命を失うことになる。

ホワイトホールに到着したパーを最初に出迎えたのはデリック・イェールだったが、このときばかりは著名な私立探偵も不安を隠せないようだった。

「こういう展開になることを恐れていたんだ」イェールが言う。「タイミングが悪いよ、あと少しで首謀者に手が届くかと思ったとたんに、こんなことになるとは」

彼はパーの手を取り、陰鬱な廊下を並んで歩いた。

「これでせっかくの釣りの予定が台無しだ」イェールが言うのを聞いて、パー警部は思い出した。

「そうか、今日はあんたが死ぬ日だったな！　だが、クリムゾン・サークルは今回の件で、結果的にきみの刑の執行を猶予したようだ」パーはそっけなく言って、イェールを笑わせた。

「会議に入ってしまう前に言っておきたいんだが、ぼくはきみの指揮下に入るつもりだ、無条件にね」イェールが静かに言う。「聞いてくれ、パー、内閣が今望んでいるのは、ぼくを公的な職務につけて、この捜査の全権を任せることなんだ。その打診を受けて、ぼくはすぐさま拒否したよ。ぼくは、きみこそがこの任務に最適の人物であると確信しているし、ほかの者の下に従うつもりはない」

「ありがたい限りだ」パーが短く言った。「内閣も考え直してくれるといいがね」

閣僚会議は国務大臣室で行なわれた。クリムゾン・サークルの書簡を受け取った者は全員初めから出席していたが、外部の者が呼ばれたのはずいぶん経ってからだった。

最初にイェールが呼び出され、十五分後に使いが警部を呼びに来た。

パー警部はひと目見ただけで、その華々しい集まりの出席者が誰だかほとんどわかったが、政治信念としては野党を支持していたため、特に尊敬している人物はその場にいなかった。その広い会議室に入った瞬間から、自分に向けられる敵意をひしひしと感じ、お辞儀をしたパーに、白ひげの首相が返した冷ややかな会釈からも、その予感が裏づけられた。

「ミスター・パー」首相が冷たい声で言った。「われわれは今、クリムゾン・サークルに関する件を議論している。きみも承知のように、これはわが国全体にかかわる事件へと発展した。その罪深き組織の危険な性質については、多くの閣僚に宛てられた書簡に強調されている通りだが、きみもすでに新聞で読んで知っていることだろう」

「はい」警部が言った。

「これまできみが担当した捜査の成り行きに対し、われわれがたいへんな不満を募らせていることを隠すつもりはない。きみは装備も権限も十分に与えられていたはずだ、例えば——」首相が目の前の資料を読み上げようとするのを、パーが遮る。

「わたしにどのような権限が与えられているかについては、この会議で公表していただきたくありません、首相」彼は断固として言った。「また、大臣によって認められた特権についてもです」

首相は面食らったようだ。

「よろしい。では、きみが特別な権限や機会を得ており、さらに残虐事件の場に自身が居合わせていたにもかかわらず、その犯罪人を司法の場に引き出すことに失敗したとつけ加えておこう」

警部がうなずく。

「われわれはかねてより、この一連の捜査をミスター・デリック・イェールに任せたいと考えていた。主犯格こそ捕らえていないものの、殺人犯を二人も突き止めることができたのは、ミスター・イェールのお手柄だった。しかし当のミスター・イェールから、きみが事件の捜査を指揮するのでなければ委任を承諾できないと断られた。ありがたいことに、きみの下であれば働きたいとの申し出だったので、われわれも合意した。すでにきみは辞表を警視総監に提出し、正式に受理されているそうだな。辞表の受理は、暫定的に保留とする。覚えておいてくれたまえ、ミスター・パー」首相が身を乗り出して、力強く、きっぱりと言い放つ。「われわれがクリムゾン・サークルの要求に応じることは、断じて容認できない。それはすなわち、すべての法の否定と、あらゆる権限の放棄にあたる。脅迫されている閣僚の、市民の当然の権利として、彼らの身の安全を守ること、それがきみに課せられた任務なのだ。きみのキャリアがかかっていると思いたまえ」

退席を許され、警部はゆっくりと立ち上がった。

「クリムゾン・サークルが約束を守るならば」パーが言う。「ロンドンにいる閣僚の誰ひとりとして、髪の毛一本傷つくことがないと保証いたします。ただし、クリムゾン・サークルと名乗っている男の身柄を確保できるかどうかは、やってみなければわかりません」

「それで」首相が言った。「ヘギットという、その不幸な男が殺されたというのは、間違いないのだな」

答えたのはデリック・イェールだ。

「間違いありません。今朝早く、遺体が発見されました。マーズデン在住のミスター・ヘギットは、昨夜ロンドンを汽車で発ち、車内で襲われたものと見られます」

「嘆かわしい、じつに嘆かわしい」首相が首を振る。「なんともむごい殺人と犯罪行為の連続だな。しかも、まだ終わりそうにないとは」

ホワイトホールへ出ていくと、イェールとパーは群衆が詰めかけていることに気づいた。政府に降りかかった新しい異常事態の対処法を話し合うために会議が行なわれていると、どこからか情報が漏れたようだ。

イェールに気づいた群衆は声援を送ったが、パー警部は誰に止められることもなく人混みを通り抜けることができた――パーは、心底ほっとした。

いまやクリムゾン・サークルは、まぎれもなく時の一大ニュースだ。夕刊紙のいくつかは、クリムゾン・サークルの悪名高いシンボルを模して広告に紅い輪を施し、人々の口には、政府が要求をのむかどうかが話題にのぼった。

タリア・ドラモンドは、イェールが入ってきたことに気づいて顔を上げた。組み合わせた両手に顎を載せて、目の前に広げた夕刊紙をひと言漏らさずじっくりと読んでいるところだった。

デリックは、そのあまりの集中ぶりが気になり、慌てたタリアが新聞をたたんで片づける前に一瞬見せた困惑の表情を観察していた。

「それで、ミス・ドラモンド、やつらの最新の動きをどう思う？」

「壮大な計画ね。ある意味、称賛に値するわ」

彼は険しい目でじっと彼女をみつめた。

「ぼくに言わせれば、称賛に値するものなどほとんどないね。きみは物事をねじ曲げて受けとめるんだな」

「そうかしら？」彼女が冷ややかに言う。「忘れないでちょうだい、ミスター・イェール、そもそもわたしの頭の中がねじ曲がっているのよ」

執務室へ続くドアで立ち止まったパーはふり向いて、彼女を鋭い目つきで長い間みつめていたが、タリアもまた、まぶたをぴくりともさせずに彼をみつめ返した。

「ミルドレッド・ストリートのミスター・ジョンソンが、今後きみからの興味深い伝言は受け取りを拒否するそうだ、ありがたく思いたまえ」イェールの言葉に、タリアは何も言わなかった。

イェールがまたすぐに執務室から出てきた。

「たぶん警察本部内に、ぼくの仕事の拠点を移すことになると思う。とは言え、あそこはきみには伸び伸びと活動できるような環境ではないだろうから、ここに残って通常業務を続けてもらいたい」

「クリムゾン・サークル逮捕の陣頭指揮を引き受けることにしたの？」動揺ひとつ見せずに、タリアは尋ねた。

イェールが首を振る。

「責任者はパー警部だ」彼は言った。「だが、ぼくも彼を手伝うつもりだよ」

それきり新しい任務については話さず、イェールは午前中を普段通りの仕事に費やした。昼食に出かける際、その日はもう事務所に戻らないと宣言して、不在の間に出してほしい手紙の指示を残した。

イェールが事務所を出た直後に電話が鳴り、相手の声を聞いた瞬間、タリアは受話器を落としそうになった。

「ええ、わたしです」彼女が答えた。「おはようございます、ミスター・ビアードモア」

「イェールはそちらにいるかい?」ジャックが尋ねた。

「たった今出かけたところだわ。今日はもう戻らないの。何か大事な伝言があるのなら、探しますけど」声が震えないように必死で抑えながら話す。

「大事かどうかはわからないんだが。今朝、父の書類を調べていたんだ、気は進まなかったけどね。そうしたら、マールに関する資料がたくさん出てきて」

「マール?」彼女はゆっくりと言った。

「そう、どうやら父はマールのことを、ぼくたちの想像以上に詳しく知っていたらしい。刑務所にも入っていたそうなんだ。知ってたかい?」

「そう聞いても驚かないわ」タリアが言った。

「父は仕事をする前に、必ず相手のことを調査していたんだよ」ジャックは続けた。「マールの前半生について、フランスの探偵に集めさせた情報がたくさんあるんだ。どうやら、マールはかなりの悪党だったらしく、父が彼と関わりをもっていたこと自体、不思議なぐらいだ。中でも気になるのが〈死刑執行の写真〉と書かれた封筒だ。フランスの探偵が封をしたまま、どうやら父は開けもしなかったようだ。ああいうグロテスクなものは嫌いだったからね」

「あなた、開けちゃったの?」タリアが勢い込んで尋ねる。

「いや」驚いたような声が返ってきた。「どうしてそんなに慌ててるんだい？」

「お願いを聞いてもらえるかしら、ジャック」

彼を下の名前で呼んだのは初めてで、電話の向こうで顔を真っ赤にしているに違いない彼の姿がタリアには想像できた。

「そ——それは、もちろんだよ、タリア。なんでも言ってくれ」ジャックが熱っぽく言う。

「絶対にその封筒を開けないで」彼女は強い調子で言った。「マールに関する書類は全部、安全な場所にしまってちょうだい。約束してくれる？」

「約束するよ」彼は言った。「ずいぶん変わったお願いだね！」

「このことを、ほかにも誰かに話した？」

「パー警部には、メモを送ったよ」

彼女が不満そうな声を上げるのが電話の向こうで聞こえた。

「これ以上は誰にも話さないと約束して。特に、その写真のことは絶対に」

「もちろんだよ、タリア。もしよかったら、きみ宛てに送ろうか？」

「だめだめ、そんなことはしないで」彼女はそれだけ言って、唐突に電話を切った。

タリアは荒い息をしながらそのまましばらく椅子に座っていたが、やがて立ち上がって帽子をかぶり、事務所を閉めて昼食にでかけた。

第三五章　タリア、大臣と昼食

予告されていた四日の日が過ぎても、デリック・イェールは生きていた。パー警部と共有することになったオフィスに入ってくるなり、イェール自身がそう宣言した。

「ちなみに、釣りの予定はなくなったがね」

パーがうなった。

「釣りの予定がなくなるぐらい、あんたがいなくなるのに比べたらずっといいさ。もしあんたが予定通り出かけていたら、二度と帰って来なかったと確信している」

イェールは笑った。

「きみはクリムゾン・サークルのことをずいぶんと信用しているんだな、やつらが約束を必ず守ると」

「信用しているとも、ある程度までは」警部は書きかけの手紙から顔を上げずに答えた。

「ブラバゾンが供述をしたらしいね」しばらくしてからイェールが言った。

「そうだ。大して役に立つものではないが、それでも情報には違いない。クリムゾン・サークルが被害者から巻き上げた金を、そうとは知らないまま長い間両替えしていたことを認めたよ。自分もメンバーになってからは、もちろん承知の上で続けていたわけだが。クリムゾン・サークルに加入した経緯についても、詳細に証言した」

「マール殺害の件でも、彼を起訴するのか？」

パー警部は首を振った。

「その一件については、証拠不十分だ」そう言って、書き上げた書面を吸い取り紙で押さえ、畳んで封筒に入れた。

「フランスでは、何か新しくわかったのか？　きみの出張の成果については聞く機会がなかったが」イェールが尋ねる。

パーは椅子に深くもたれ、パイプを見つけて火をつけてからようやく答えた。

「哀れなフロイアントが探り出したのと同じようなことだな。実を言えば、フロイアントがたどったのとほぼ同じ道筋を、わたしも調査してきた。主に、と言うより、ほとんどはマールの犯罪歴についてだ。マールはフランスでギャングのメンバーだったが、相棒のライトマン――たしか、そんな名前だった――その男とともに死刑判決を受けたのだ。ライトマンは死ぬはずだったところを、死刑執行人がしくじったために、〈悪魔島〉だか、カイエンヌだか、南アメリカにあるフランスの植民地へ流刑になって、そこで死んだことになっている」

「彼は、逃げたんだね」イェールが静かに言う。

「ああ、逃げたとも」ミスター・パーは彼を見上げた。「個人的には、ライトマンよりマールに興味があったんだがね」

「きみはフランス語は話せるのか、パー？」イェールが唐突に尋ねた。

「流暢にな」そう答え、警部は視線を上げた。「なぜ訊く？」

「いや、ただ、どうやって調べて回ったのかと気になっただけだ」

「フランス語は――不自由なく話せる」パーは話題を変えたがっているようだった。

「そうか、ライトマンは逃げたのか」イェールが穏やかに言った。「それなら、今はどこにいるのだろう」

「わたしもずっとそのことを考えているのだ」パーの声には苛立ちが感じられた。

「マールに興味を引かれたのはきみだけじゃないらしいよ。デスクにジャック・ビアードモアからきみ宛てのメモがあった、フィリックスに関する書類を見つけたとかってね。彼の父親も、マールのことを調査していたようだ。ジェームズ・ビアードモアなら当然だろう。慎重な男だったからね」

イェールが警視総監と昼食の約束をしていると知っても、ミスター・パーは自分が呼ばれていないことを悲観しなかった。ただでさえ、全閣僚の警護体制を組む人選作業に忙殺されていて、退屈に違いない会食に時間を取られている場合ではないのだ。

実は、パーが同席しては都合が悪かった。パーに聞かせたくない情報を警視総監に話すつもりだったからだ。昼食の終わりにさしかかったところで、イェールが唐突に爆弾発言をすると、驚きのあまり警視総監は椅子にもたれて息を呑んだ。

「警視庁本部内の人間だと」彼は、信じられないとばかりに言った。「まさか、あり得んよ、ミスター・イェール」

デリック・イェールは首を振った。

「あり得ないと言いきれることなど、もはや何もないんですよ、警視総監。状況証拠を積み重ねると、そういう結論に導かれると思いませんか？　クリムゾン・サークルを破滅させようとするこちらの動きは、すべて予測されている。シブリーの房に出入りできる人間がいて、彼は殺された。警察本部の権限のない人間にできますか？　例えば、フロイアントの件もそうです。あの家の周りは大勢の警察官が警備していました。それにもかかわらず、入った人間も、出た人間もいないのです」

警視総監は、いくらか落ち着きを取り戻していた。

「ひとつはっきりさせておこう、ミスター・イェール」彼は言った。「きみは、パーが犯人だと言っているのか？」

デリック・イェールは笑いながら首を振った。

「そんなはずがないでしょう。パーに、犯罪を犯そうとする気持ちなんていささかもあるとは思えませんよ。ただ、すべてをじっくり考えてみると」イェールがテーブルに身を乗り出して、声を落とす。「クリムゾン・サークルが犯したすべての犯罪について詳細に調べ直すと、ひとつの事実に行き着くのです。つまり、常に背後に見え隠れするのは、大きな権限を持つひとりの人物だと」

「パーだな？」警視総監が尋ねた。

デリック・イェールは言葉を選ぶように、下唇を噛んだ。

「パーが悪いとは思いません。ただ、彼が信頼を寄せる部下に利用されたのではないかと。誤解がないように言っておきますが」早口で続ける「ぼくの見つけた証拠がはっきりとパーを指さすような状況になったら、ぼくは躊躇することなく彼を告発しますよ。総監ご自身を疑うような事実が出てくれば、たとえ相手があなたであれ、ぼくは見逃したりしませんせん」

警視総監は、居心地の悪そうな顔をした。

「わたしはクリムゾン・サークルのことなど、何も知らないと断言する」総監は不機嫌そうに言った後で、その主張のばかばかしさに気づいて笑った。

「あそこにいる娘は誰だ?」大きなレストランの片隅で食事をとっている男女を見つけて、総監が尋ねた。「さっきからずっときみのことをちらちら見ているぞ」

「あの娘ですか」ミスター・デリックが警戒しながら言う。「名前はタリア・ドラモンド、同席しているのは、ぼくの間違いでなければ、ラファエル・ウィリングズ閣下、クリムゾン・サークルに命を狙われている閣僚のひとりですよ」

「タリア・ドラモンドだと?」警視総監は思わず口笛を吹いた。「少し前に重大な犯罪に巻き込まれた娘じゃないのか? たしか、フロイアントの秘書だったのでは?」

イェールはうなずいた。

「ぼくにとっても、どうにも理解に苦しむ娘です」彼は首を振りながら言った。「一番の謎は、あの神経の図太さですよ。ちょうどこの時間は、彼女にぼくの事務所の留守を任せ、電話の対応や郵便物の処理を命じたはずなのですから」

「では、きみが雇っているのか?」警視総監が驚いたように尋ね、やがて小さく微笑んでつけ加えた。「なるほど、大した神経の持ち主だとは思うが、そんな娘がどうやってミスター・ウィリングズと親しくなったのだろう?」

その疑問に、デリック・イェールは答えようがなかった。

イェールがまだ警視総監と話しているうちに、タリアが立ち上がり、食事の相手を後ろに従えてゆっくりと歩いてくるのが見えた。ちょうど自分たちのテーブルの横を通り過ぎざまに、イェールがわけを問うような視線を投げかけるのに対して、タリアはにっこり微笑んで会釈を返し、後ろからついてくる中年男性に向かって肩越しに何やら話した。

「大した神経でしょう?」デリックが訊いた。

「後で厳しく言って聞かせることだな」警視総監はそう言うにとどめた。

デリック・イェールは、型にはまった言動はしない主義だったが、この苦悩に満ちた状況にあっては、今回ばかりは昔ながらの説教しかなさそうだった。

タリアはイェールよりほんの数分早く事務所に戻って来たらしく、彼が入って行くと、ちょうど帽子を脱いでいるところだった。

「ちょっと待ちたまえ、ミス・ドラモンド」彼は言った。「きみが仕事を始める前に、言っておきたいことがあるんだ。どうして昼食時間にここを離れた? ここに残って仕事をしてくれと、はっきりと頼んで行っただろう?」

「その後で、ミスター・ウィリングズから昼食につき合ってくれって、はっきりと頼まれたんだもの」タリアは無邪気な笑顔を浮かべた。「ミスター・ウィリングズは大臣だから、お断りしないほうがあなたのためだと思ったのよ」

「どうやってミスター・ウィリングズと知り合った?」

彼女はいつもの、人を小ばかにしたような冷たい目つきでイェールをじろじろと眺めた。

「女が男と知り合いになる方法は、いくつもあるわ。結婚相手募集欄に広告記事を出すとか、偶然ばったり公園で出会うとか、誰かに紹介してもらうとか。ミスター・ウィリングズには、紹介されたの」

「いつ?」

「今朝よ。午前二時頃だったかしら。わたし、ときどき〈メロス・クラブ〉へ踊りに行くの」彼女は説明した。「若いからこその息抜きね。そこで彼と知り合ったの」

イェールはポケットから金を取り出して、デスクの上に広げた。

「今週分の給金だ、ミス・ドラモンド」感情を押し殺したまま言う。「今日の午後を限りに、もう来てもらわなくて結構だ」

タリアは目を丸くした。

「わたしを改心させてくれるんじゃないの?」真剣に問う声に、イェールのほうがたじろいだ。やがて笑いだす。

「きみを改心させるなんて無理だよ。ぼくはね、大抵のことには目をつぶれたと思う。例えば、不自然なほど小銭が減っていたとしても、何も言わなかっただろう。だが、事務所に残っているようにと念を押して任せて出たのに、勝手に留守にされるのは許しがたい」

彼女は金を手に取って数えた。

「お約束の額、ぴったりね」冗談めかして言う。「スコットランド人なのかしら、ミスター・イェール?」

「きみを改心させる方法は、ひとつだけある、タリア・ドラモンド」イェールは気持ちが昂り、言葉を選ぶのに苦労しているようだった。

「それが何か、ぜひ教えていただきたいわ」

「男と結婚することだ。試しに、ぼく自身が名乗りをあげたい気すらするよ」

彼女はデスクの端に腰かけ、前後に体を揺らしながら、声を出さずに笑った。

「面白い方ね」ようやく喋れるようになったタリアが口を開く。「そこまでして他人を改心させようとするご立派な志はよくわかったわ」彼女は真剣な顔になった。「白状なさって、ミスター・イェール。あなたはわたしを実験台としてしか見ていない、わたしに寄せる好意など、わたしのあの壁を這っているハエに対する愛情ほどしかないのだと」

「きみを愛していないよ。それが聞きたいのか？」

「ええ、それが聞きたかったの」彼女は言った。「もう結構よ、結論として解雇処分を受け入れて、今週分のお給金をいただいていくわ。こんな頭脳明断な天才とお会いして、あなたの元で働く機会をくださったことに、感謝しています」

彼は仕事上の提案を断られたかのような返事で会話を締めくくり、次の職を探すにあたって推薦人として自分の名前を出してくれてかまわないと言って切り上げた。自分の執務室に入っても、彼女の目の前でドアを思いきり閉めることさえしなかった。

だが実際には、タリアにとってこの解雇は、深刻な問題を意味していた。可能性はふたつ。デリック・イェールが本気でわたしを疑っている場合――こちらの可能性が濃いと思うわ――あるいは、これはあくまでも見せかけで、わたしのやっていることを暴きだすための深い策略の一部である場合。

タリアは自宅へ向かいながら、イェールはわたしがミルドレッド・ストリートのジョンソンの名を出していたことを思い出した。イェールがクリムゾン・サークルと繋がっているのを知っていたことになるが、なにか裏があって、わざと知っているのだと明かしたのかもしれない。

タリアがアパートに戻ると、前の夜と同じように手紙が届いていた。クリムゾン・サークルの首謀者は、ずいぶんと筆まめなようね。寝室でひとりになってから、タリアは封を破って開けた。

よくやった［と手紙に書いてあった］手紙の指示通りに、うまく遂行してくれた。わたしが約束したように、ウィリングズへの紹介は手はずどおり、問題なく進んだはずだ。この男の懐に深く入り込んで弱点を突きとめろ。特に、わたしの提案に対する彼個人の考えと、内閣の反応が知りたい。おまえが昼食に着て行ったドレスでは、まだ品に欠ける。着るものに出費を惜しむな。午後にはデリック・イェールに解雇されるだろうが、心配は無用だ。これ以上彼の事務所に出入りしても得られるものはない。今夜、おまえはウィリングズと夕食をすることになる。やつは女らしい魅力に弱い。できることなら、自宅へ誘わせるように仕向けろ。自慢の古い刀剣のコレクションがあるはずだ。自宅へ入り込み、間取りを探ってこい。

彼女は封筒の中をのぞいた。百ポンドの新札が二枚入っている。それを小さなハンドバッグへしまうタリアの顔つきは厳しかった。

第三六章　サークルの集会

ミスター・ラファエル・ウィリングズは、時代の申し子だった。まだ四十代前半ではあったが、その強引な性格だけを武器に、ついには閣僚の立場にまで押し進んだのだった。誰からも好かれる大臣と呼ぶのは、あまりにも誇張が過ぎるだろう。同僚からも、国民からも不人気だった。国民は、彼を強大な権力の持ち主だと認識し、議会における最強の雄弁家だと称賛はしたが、不信感は拭えなかった。それまで幾度となくその不誠実さをさらしてきたにもかかわらず、現在の地位にまで登れたのは驚きでしかない。

だが、彼には強力な支持グループがついていた。どこまでも忠実で、彼がひと言発するだけで確実に票を投じてくれる人たちだ。与野党の議席数の差が小さい議会においては、内閣はウィリングズの持つ組織票を失うわけにはいかなかったのだ。

同僚の中でも評判の悪い男だった。彼の悪評を生み出している事情を詳細に述べる必要はないだろうが、不謹慎な行為の果てに離婚裁判に引き出されそうになったのを、すんでのところで免れたことは周知の事実だった。誰からも嫌われている証拠に、常連客として通っていた〈メロス・クラブ〉ともう一軒の流行の会員制ナイトクラブが、なんとかこの浮ついた政治家のしっぽをつかもうと狙う警察に、二度も手入れに踏み込まれていた。抜き打ち捜査を企てたのは別の閣僚の妻だったが、それを知ったウィリングズは、自分の所有する新聞社に彼女の気の毒な夫を槍玉に上げさせ、巧みな言葉や筋書きで狙い撃ちにしたため、その閣僚は政治の第一線から退く結果となった。

やや脂肪のついた筋肉質の体に、薄くなりかけた頭髪という外見でさえも、その魅力を打ち消せなかった。彼は、タリア・ドラモンドと知り合ったのは、自分が紹介者をうまく誘導した成果だと信じていた。だが実はタリアを紹介してくれた女性が、ふたりを引き会わせるようにとの指令をその朝クリムゾン・サークルから受けていたと知ったら、さぞ縮み上がったことだろう。クリムゾン・サークルは、あらゆる暮らしぶりの、あらゆる階級の人間に幅広くメンバーを広げている。書店の店主が数人、駅長が少なくともひとり、医者がひとり、レストランの料理長が三人。彼らはみな、クリムゾン・サークルの呼びかけに従う百人ものメンバーの一部だ。高額な報酬と引き替えに要求される仕事は、さほど面倒ではない。ときには今回の女性のように、クリムゾン・サークルが引き会わせたいと企む二人の間を取り持つだけで済むこともある。ただし、どの命令もまったく同じ形式で届いた。

この強力な組織は、稀有なまでに完璧に構成されていた。クリムゾン・サークルの首謀者は、なんらかの超人的な方法で、窮乏と災難が降りかかった人物を嗅ぎつける。それも、そのふたつが迫っていることに本人ですら気づく前に。ひとり、またひとりと、組織に吸収されていきながら、ほかのメンバーについては何も知らず、まして や、自分たちの主人が誰であるかさえまったく知る由もなかった。思いがけない場所や状況で、突然誘い込まれるのだ。メンバーにはそれぞれ特別の任務が与えられ、とくに下位の者が遂行する命令は、ばかばかしいまでに単純で些細なものだった。

すっかりうろたえたメンバーの何人かが警察本部に事情を打ち明けたおかげで、謎の主犯格が出した指示のいくつかが、いかに単純なものかが明るみに出てきた。

従わなかった場合に待ち受ける悲惨な末路を恐れて、クリムゾン・サークルの大多数は見も知らぬ主人に忠実であり続けたが、クリムゾン・サークルが初めて全員集合の命令を出したとき、忠誠心に揺らぎのある者、造反を考えている者には知らせが来なかったのは、まるで彼らの考えが手に取るようにわかってしまう、彼の見事な監視能力を証明するものだった。デリック・イェールが警視総監と昼食をとった同じ日に、クリムゾン・サークルは全員に招集をかけた。その指令書の中に、何を着て来るべきか、お互いの正体を明かさずに集まるための方法について、詳細にわたる指示が一人ひとりに与えられた。

タリア・ドラモンドにとって、その集会こそ、クリムゾン・サークルに関わってきた中で一番鮮やかで強烈な記憶となった。

ロンドン市内には古い教会がたくさん残っているが、パウダー・ヒルの聖アグネス教会ほど古いものはない。運よくロンドン大火の災禍を免れたことで、皮肉にも次々に建設される新しい建物に囲まれ、都会の喧騒に埋もれてしまう結果となった。背の高い倉庫群に封じ込められるように、低い尖塔の屋根は街のシルエットに届かない。両手で数えられるほどしかいない信者は、毎週欠かさず説法する司教を支えるために、金をもらって集まっているようなものだった。かつては教会の建物を取り囲む庭と墓地があり、敬虔な信者の遺骨を教会のそばに埋葬したものだが、無駄に空いた土地に目をつけた強欲な市の法令により、遺骨はより環境の良い場所へ移され、家族の地下納骨所のあった場所はオフィスビルで埋め尽くされた。

教会の入り口へは、裏道から伸びる細い路地を通らなければならない。街灯のない道をこそこそと進むいくつもの人影は、まるで透明なドアを通り抜けるように、さらに暗い闇の中へと融け込んでいった。

まさにこの聖アグネス教会の中で、クリムゾン・サークルのしもべたちを集めた、最初で最後の会合が開かれようとしているのだ。

いつもにたがわず、ここでも彼の計画は抜かりないものだった。メンバーはそれぞれ明確な指示を受け、入り口でほかの者とかち合わないように、分単位まで細かく到着時刻を指定されていた。どうやって教会の鍵を入手できたのかしら。警察が教会の前の通りを定期的に巡回する合間を縫うように集合と解散時間を合わせるには、どれほど綿密な計画が必要だっただろう。タリア・ドラモンドは気が遠くなりそうだった。

時間通りに裏道に入ったタリアが、教会の階段を二段上って入り口に近づいた瞬間にドアが開き、ロビーに入るなりすかさず閉まった。ステンドグラスの窓から差し込むかすかな星明かりを除いて、照明のたぐいは一切なかった。

「まっすぐ進め」囁く声が聞こえた。「右側二列目、右端の席だ」

教会の中にはすでにほかのメンバーも来ている。輪郭がうっすらと見分けられる程度の暗がりの中、どうやらベンチ席にはふたりずつ、静かな幽霊のような会衆が、互いにひと言も口をきくことなく座っているようだ。やがて入り口で出迎えていた男が入ってきて、祭壇の前の手すりへ進む。彼が口を開いた瞬間、クリムゾン・サークルのしもべたちが今まさに、その主人の元に集っているのだと、タリアは悟った。

男の声は低く、くぐもって虚ろに響いた。きっと初めて会った夜と同じように、頭からすっぽりヴェールをかぶっているんだわ。タリアが推測した。

「わが友よ」男の言葉に、タリアは耳を傾ける。「この組織を解散するときが来た。わたしの提案は公表され、すでに読んで知っていることだろう。諸君の一番の関心ごとについて、まず言っておく。内閣から受け取る金の、少なくとも二十パーセントは、わたしに従った者たちに分け与えるつもりだ。今この集会が発覚するのではないかと不安に思う者がいるなら、あと十五分は警察の巡回が来ないこと、わたしの声が教会の外まで決して聞こえないことを保証しよう」

次に口を開いたとき、少し声を張り上げるとともに、口調が厳しくなった。

「また、わたしを裏切ろうと秘かにもくろみ、このような大きな集会を呼びかけたことでわたしが捕まるのではないかと考えている者たちに言っておく。今夜わたしが捕まることは、決してない。紳士、淑女の諸君、われわれが今、大きな危機に瀕していることは認めよう。事実、二度にわたり、わたしの正体を示す証拠が警察に暴かれそうになった。まぎれもなく不安の種であるデリック・イェールがわたしを追っているし、パー警部についても」――そこで間を空けた――「甘く見てはいけない。終焉を迎えるこの瞬間に、わたしは諸君に、今こそ一人ひとりの格別の協力を求める。明日、諸君はそれぞれ指令書を受け取る。綿密に練った計画に基づく明確な指示であるから、わたしが求めているものは間違いようがないはずだ。心にとめておけ、諸君もわたしと同じく危険にさらされていることを」そこで声をやわらげる。「そしてその分、諸君への報酬は大きくなることを。さて、これからひとりずつ教会を出てもらう。三十秒ずつ間隔を空け、右の一列目のふたりから、次に左の一列目のふたりと順々に続くのだ。さあ、行け！」

間隔を空けて、黒い人影が滑るように通路を通り、説教壇の左のドアから消えて行く。

祭壇の手すりに立っていた男は、最後のひとりがいなくなるまで待ってから、彼自身もドアを通って入り口ホールへ進み、外の路地へ出た。

教会の入り口のドアに鍵をかけ、ポケットに鍵を滑り込ませる。教会の時計が三十分の鐘を鳴らす頃にはタクシーを止めて、西に向かって走りだしていた。

彼より十五分早く教会を出たタリアもまた、同じ方角へ向かうタクシーに乗ったが、降りるときにはその外見が劇的に変わっていた。喉元まですっぽり覆っていた古くて黒いレインコートは脱ぎ捨てた。その下には、上品な薄いシルクのクロークをまとい、目の肥えた謎のボスをも満足させるようなイブニングドレスを着ていた。

帽子をとって髪をできるだけ整えてから〈メロス・クラブ〉のまばゆい入り口へ降り立ち、お辞儀で迎える案内係にアタッシェケースを渡したタリアは、絵に描いたように美しく光り輝いていた。

ジャック・ビアードモアもそう思った。夜遊びを嫌う彼は、友人たちに連れ出されて気乗りしないまま飲みにきていた。が、タリアが入ってくるのを見たとたん、彼女をエスコートする愛想のいい男性への激しい嫉妬に顔をしかめた。

「あの男は誰だ?」

ジャックの友人は面倒くさそうにちらりと見やった。

「女が誰かは知らないが、男のほうは、ラファエル・ウィリングズだ。大物の閣僚さ」

タリア・ドラモンドは、ジャックより先に彼に気づき、内心で困惑していた。連れの男の話は半分も耳に入らない。頭の中は、完全に別の考えに支配されていたが、ある言葉が耳に届いたとたん、ようやく大臣に注意を向けた。

「古い刀剣ですって?」タリアが驚いたように言った。「素晴らしいコレクションをお持ちだそうですわね、ミスター・ウィリングズ」

「きみ、興味があるのかい？」彼が微笑む。

「ちょっと。いえ、その、かなり」彼女はつっかえたが、返事に困るなど、まったくタリアらしくなかった。

「そのうちお茶に招待してもいいかな、是非コレクションを見てもらいたいね」ラファエルが言った。

「ああいうものに興味を持ってくれるご婦人には、めったにお目にかかれなくてね。そうだな、明日はどうだろう？」

「明日はだめ」タリアが早口で言う。「明後日はいかが？」

彼はその場で約束をし、自分の袖口の布に目立つようにメモをした。

ジャックがこちらを振り向きもせずにクラブを出ていくのが目に入り、タリアはひどく惨めな気分に陥っていた。彼と話がしたくてたまらず、どうかこのテーブルへ来てくれますようにと心の中で祈っていたのに。

ミスター・ウィリングズが、自分の車で送っていくと言い張り、タリアはようやく車を降りてほっとした。ミスター・ウィリングズのほうは、まだ別れを言う気分ではないようだった。

タリアのアパートには小さな前庭があり、その前の通りで彼女は求愛者（そういうつもりだということを彼は隠そうともしなかった）を追い返した。通りから、建物にふたつある入り口までは十歩ほどの距離があったが、ウィリングズを追い返す前から、前庭の暗がりで自分を待ち伏せしている男がタリアの目に入っていた。ウィリングズの車が走り去るのを舗道で確認してから、待ち受けている男のところまでゆっくりと歩いていく。男はほとんど囁きにすぎないほどの声で話しかけ、彼女も同じような小声で返事をした。

ふたりの会話は、ほんの短いものだった。やがて男は別れの仕草や挨拶もなしにいきなり向きを変え、早足でその場を去ると、タリアもアパートに入った。

男はそれらしい反応は何も示さなかったものの、尾行されていることに気づいていた。前庭で十分ほど待っているうちに、アパートから通りをはさんだ閉店後の店の影に、誰かが身を潜めているのを見つけたのだ。だが、後ろからつけている男が、今にも力ずくで自分の顔を確かめるつもりだということは、まったく気にならないようだった。街灯が少ない上に間隔が空いている大通りへ曲がったところで、男が歩をゆるめる。やがて尾行していた人物は、街灯の光が届く場所を選んで男に追いつき、摑みかかった。顔を覗き込もうと首を傾けた瞬間、相手がいきなり飛びかかってきた。尾行してきた男は不意をつかれた。叫び声を上げようとしたが、喉をきつく締めつけられ、あっという間に石畳の道に投げ飛ばされていた。すると、魔法のようにどこからともなく三人の男が現れ、追跡者に飛びかかったかと思うと、引っぱり上げて立たせた。

捕まった男は動揺して呆然となりながら、怒りのこもった視線をあちこちに投げかけているうちに、どうしても見たかった男の顔が目に入った。

「なんてことだ!」息を吞む「あんたか!」

相手の男がにんまり笑って言う
「おまえが誰かに知らせることは、もうできないがな」

第三七章　〝また会いましょう――まだ生きていたら〟

帰宅したジャック・ビアードモアは、何もかもが嫌になり、すっかり荒れていた。タリア・ドラモンドに心奪われながらも、彼女が悪人だと信じるだけの理由も十分にある。ぼくはばかだ、どこまでも大ばかだ。ポケットに両手を突っ込んで書斎を行ったり来たりする彼のハンサムな顔は、暗い絶望に曇っていた。今すぐタリアを傷つけてやりたい、無意識にぼくを苦しめたお返しに、彼女にも苦痛を与えたい、そんな衝動に駆られる。どさりと椅子に座り込み、両手で頭を抱えたまま一時間ほど考え込んでいた。無理に理詰めで自分を納得させようと、これまで何度も頭の中で繰り返し、すっかりくたびれてしまった考えばかりだ。

気分が悪いままふらふらと立ち上がり、金庫を開けて書類の束を取り出すと、テーブルに全部放りだした。例の封をしたままの父親宛ての封筒に興味を引かれる。ただタリアを困らせてやりたいがために開けてみようかという、幼稚な欲求が湧き上がる。

どうしてタリアは中の写真を見るなと、あれほど真剣に止めたのだろう？　そんなにマールに興味があるのか？　マールが謎の死を遂げた夜、タリアがしばらく彼とふたりきりで過ごしていたことを苦々しく思い出す。また立ち上がり、書類をひとまとめにすると、自分の寝室へ持って上がった。処刑の写真にまつわる謎を調べてみようという気持ちも残っていないほどに、疲れ果てていた。おぞましい中身を想像すると背筋が震えてくる。顔を歪めて書類を鏡台に放りだし、ゆっくりと服を脱ぎ始めた。

きっと眠れぬ夜になるだろう。昂る気持ちや不安定な精神状態から、この惨めな一日の終わりをそう予測した。が、若さというものは、苦悩に満ちてもいるが、自然の本能には逆らえないものだ。ジャックは頭が枕に触れるや否や、眠りに落ちていった。すると、夢を見た。タリア・ドラモンドの夢だ。夢の中で、タリアは鬼に捕らわれていて、その鬼の顔が、パー警部にひどく似ている。マールも出てきた。恐ろしい奇怪な姿が、なぜだかパー警部の祖母と重なる――パーがあれほど畏れる〝母さん〟に。

なにかが鏡台の鏡に反射して光り、目が覚めた。ベッドに起き上がったときにはもう消えていたが、寝ぼけまなこにも何かが光っていたのは間違いない――雷の季節でもないのだが。

「誰かいるのか？」彼は声をかけ、ランプに手を伸ばす。だが、あるはずのランプがない。誰かが動かしたのだ。そう気づき、ジャックはベッドから跳び起きた。

ドアへ向かう音が聞こえて、ジャックも走りだす。伸ばした手が誰かを摑んで捕らえた。その人物は身をよじって抵抗していたが、やがてジャックは驚いて手を放した。女だ――直感で、それがタリア・ドラモンドだと気づいた。

ゆっくりと手を伸ばして電灯のスイッチを探りあてると、一瞬で部屋じゅうに光が溢れた。

やはりタリアだった――タリアは死人のように真っ白な顔で震えている。背中に何かを隠したタリアは、苦悩に満ちたジャックのまなざしを、痛々しいまでに虚勢を張って睨み返している。

「タリア！」ジャックはうめいて、座り込んだ。

タリアがぼくの部屋に！　いったい何をしていたんだ？

「どうしてここへ？」そう尋ねるジャックの声に動揺があらわれていた。「それに、何を隠してるんだ？」

「どうしてあの書類を部屋に持って来たりしたの？」タリアが激しい口調で訊いた。「あのまま金庫に入れておけば――ああ、どうして入れておかなかったの？」

そういう彼女が背中に隠しているのが、あの処刑写真を入れた封筒だとジャックは気づいた。

「でも――でも、タリア」彼は口ごもる。「なんのことか、全然わからないよ。何も言ってくれなかっ――」

「あの写真を見ないでって言ったでしょう。まさか部屋に持ってくるなんて思わなかったのよ。やつらは今夜ここへ、この写真を探しにやってきたのよ」

息を切らしたタリアは目に涙をためていたが、それは怒りのせいだけではなかった。

「今夜ここへ来た？」ジャックがゆっくりと言う。「誰が？」

「クリムゾン・サークルよ。あなたが写真を持ってると知って、ここの書斎に押し入ったの。やつらが来たとき、わたしも家の中にいて、祈っていたの――祈って」――両手を組んだ彼女の顔が苦痛に歪むのをジャックは見ていた。「やつらが写真を見つけてくれるように祈ったのに。これできっとあなたが写真を見たと誤解されてしまうわ。ああ、どうしてこんなことをしたの？」

ジャックは、自分がちゃんと服を着ていないことに気づいてガウンに手を伸ばした。ガウンのぬくもりに包まれたおかげで、少し安心してきた。

「きみが何を言っているのか、まださっぱりわからないよ。はっきりしたのは、ぼくの家に誰かが押し入ったことだ。一緒に来てくれるかい？」

タリアは彼の後について階段を降り、書斎へ行った。彼女の言う通りだ。金庫の扉は、ちょうつがいでゆらゆらと揺れている。刃物で穴をあけたらしく、鎧戸がこじ開けられていた。床一面に金庫の中身がぶちまけられている。デスクの引き出しは開けっぱなしで、デスクの上の書類を探して荒らしたような形跡があった。ごみ箱までひっくり返して、中を探したようだ。

「ぼくにはわけがわからないよ」ジャックがつぶやく。窓へ行って重いカーテンを閉めた。

「今にわかるわ、と言っても、全部はわかってほしくないけど」彼女は険しい顔で言った。「さあ、新しい紙を出して、わたしが言う通りに書いてちょうだい」

「誰に書くんだい？」ジャックは驚いて尋ねた。

「パー警部によ。こう書いて。〈親愛なる警部殿――亡くなる前日に父宛てに届いた写真を送ります。わたしは中を開けて見ていませんが、たぶんあなたにとって興味のあるものだと思います〉」

ジャックはおとなしく、命じられるままに手紙を書いて署名をした。それをタリアが写真と一緒に大きな封筒に入れる。

「次は宛名よ」彼女が言う。「それから、左上の角に〈ジャック・ビアードモアより〉と書いて、〈写真在中、大至急〉と入れるの」

書き上がった封筒を手に、タリアはドアへ向かった。

「また明日お目にかかるわ、ミスター・ビアードモア、そのときまで生きていらしたら」

ジャックは笑おうとしたが、彼女のひきつった顔に浮かんだもの、震える唇が伝えようとするメッセージを感じて、彼の顔から笑顔が消えた。

第三八章　タリアの逮捕

閣僚会議から七日目になり、出された要求にはとても従えないと判断した内閣は、クリムゾン・サークルの首謀者とも使者とも、一切の取り引きを拒否することを明確に公言した。

その午後、ミスター・ラファエル・ウィリングズは来客を迎える準備をしていた。オンスロー・ガーデンズの彼の家は、イギリス随一の邸宅だ。古い鎧や刀剣のコレクション、高価な沈み彫り《インタリオ》の美術品や希少な版画は、どれも世界に二つとない。だが、準備を進めるウィリングズには、来客が骨董品に興味をもっているかどうかはどうでもよかった。タリア・ドラモンドの本性を包み隠さず明らかにした秘密書類を入手したときも、気持ちをそがれるどころか、かえって刺激を感じた。

彼女が泥棒だとはな――まあ、武器コレクションの刀剣なり、壁の版画なり、ショーケースのインタリオなり、どれでも好きなものを持っていくといい、おれを気分良く、楽しませてくれるのなら。

ウィリングズの邸に着いたタリアは、外国人らしい下男が取り次ぐのを見て、たしかこの家の使用人は全員イタリア人だったと思い出した。

彼女は通された部屋を用心深く観察した。両側の壁の窓が開いている――これは予想外だわ。差し向かいで座るような小さなティーテーブルを予想していたのに。だが、テーブルはなく、彼のコレクションの中でも、特に選りすぐりの品々が集められているのがひと目でわかった。

少し遅れてウィリングズが部屋に入ってきて、彼女を温かく歓迎した。

「〝食え、飲め、楽しめ、明日は死ぬのだから〟と言うが、それは案外、今日かもしれないな」彼は芝居がかった口調で言った。「最新の情報は聞いたかい？」

彼女は首を振った。

「どうやらクリムゾン・サークルの次の被害者は、わたしらしいのだ」彼はつとめて陽気に言う。「かの有名な組織については、きみも新聞で読んで知ってるだろう。そうなんだよ」彼は笑いながら続けた。「〝他の提督たちの士気を鼓舞するには《プーロンクラジェ・レ・ゾートレ》〟（ヴォルテールの『カンディード』より）、大勢の閣僚の中で、わたしが次の犠牲者として選ばれたのだ」

どうしてラファエル・ウィリングズはこの状況にありながら、こうも落ち着いた表情でいられるのだろう。タリアは不思議でしかたがなかった。

「悲劇は今日の午後、この邸のどこかで起きることになっている」彼は話を続けた。「そこで、頼みがあるのだが――」

ドアに軽いノックがあり、使用人がひとり入ってきてイタリア語で何か話したが、タリアにはわからなかった。

ラファエルがうなずく。

「車を玄関に回してある。きみさえよければ、わたしの小さな別荘でお茶に付き合ってもらえないだろうか。三十分で着けるはずだ」

タリアにとっては予測していなかった展開だ。

「その小さな別荘というのは、どこにあるの？」彼女は訊いた。

　ウィリングズは、バーネットとハットフィールドの間だと説明し、ハートフォードシャーの美しい景色について語りだした。

「お茶なら、ここでいただきたいわ」そう言うタリアに、彼は首を振った。

「ここは言うことを聞いたほうがいい、わたしの若きレディー」彼が熱っぽく言う。「クリムゾン・サークルの脅迫など、わたしはなんとも思っちゃいない。こんな素敵なお客さんを迎えて、まさにオンスロー・ガーデンズ〝とて天国のゆたかさ〟（ウマル・ハイヤームの『ルバイヤート』より）と言いたいところだが、今日警察が来て、わたしの予定はすべて変更させられたのだ。友人がお茶に来ると言ったら、公衆の場に変えるようにと言われてね。だが結局、あの別荘でというわたしの提案に警察も同意してくれたよ。さて、ミス・ドラモンド、楽しくなるはずの午後をぶち壊しにしたくはないだろう？　こんなことになって何千回だって詫びなきゃならないが、きみに断られたら大いにがっかりするね。使用人をふたり、先に行かせて準備もしてあるのだよ。ロンドンから百六十キロ圏内で最高に素敵な別荘のひとつを、是非きみに見てもらいたいな」

　彼女はうなずいた。

「わかったわ」タリアはウィリングズが部屋を出ると、興味があるような顔をして飾ってある骨董品を鑑賞しながらゆっくりと部屋の中を歩いた。

　ロングコートを着たウィリングズが戻ってくると、タリアはちょうど壁一面に飾られた東洋の芸術的な刀剣の数々を見ていた。

「素晴らしいだろう？　一つひとつ紹介できなくて申し訳ないね」そう言った後、ウィリングズの口調が一変した。「アッシリアの短剣を取ったのは、誰だ？」

壁には、明らかにその短剣が飾ってあったと思われる空間がぽっかり空いており、その下の小さなラベルを見ただけでも短剣がなくなっていることがすぐわかった。

「わたしも、おかしいなと思っていたところだったの」タリアが言った。

ミスター・ウィリングズが顔をしかめる。

「使用人の誰かが外したのかもしれないな。わたしが特に指定しない限り、絶対に刀剣の手入れをするなと厳しく言ってあるのだが」彼は少しためらっていた。が、「帰ってから調べるとしよう」と言って、外のリムジンへ彼女を連れ出した。

大事なご自慢の宝がなくなって、かなり心が乱れているらしく、先ほどまでの生き生きとした活力が弱まっていることにタリアは気づいた。

「どういうことだろう」バーネットを通り過ぎる頃、ウィリングズが言った。「あの短剣、昨日は間違いなくあったはずだ、サー・トーマス・サマーズに見せたのだから。東洋の鉄器に非常に興味のある人でね。使用人は誰も触れるはずがないんだが」

「誰か、ほかにあの部屋に入った人がいたんじゃなくて？」

彼は首を振った。

「来たのは、警察本部の担当者だけだ。それに、彼らが取って行くはずがない。まあいい、今はその小さな謎にとらわれるのはよそう」

それから先のウィリングズは、タリアに対して親切で礼儀正しく、できるだけ楽しませるように接した。目的地に着くまでの間、育ちの良い紳士が大切な客人をもてなそうとしている以外の感情を匂わせることは、一度たりともなかった。

ハットフィールド・ロードにある、彼の言う〝小さな別荘〟の魅力に嘘はなかった。それは、主要道路から五キロほど奥まった、起伏のある林の中に小ぢんまりと建っていた。

「さあ、着いた」彼は羽目板張りのホールを通って、上品な内装の小さな客間へと彼女を案内した。

お茶が用意されていたが、使用人の姿はどこにもない。

「さて、さて」ウィリングズが言った。「これでふたりきりになれた、ようやくな」

声音も、態度もまるっきり変わり、予測していた重大な局面が迫っているとタリアは覚悟した。それでも、湯気をたてる熱湯をやかんからティーポットに移す彼女の手は震えることもなく、彼の言葉など意に介さないそぶりを見せた。紅茶をそそぎ、彼のカップをセットしていると、なんの前ぶれもなくウィリングズが覆いかぶさるようにしてキスをしてきた。と思った次の瞬間には、抱きしめられていた。

タリアは抵抗しなかったが、いかめしい目つきで彼の目をみつめ、静かな声で言う。

「あなたに言いたいことがあるの」

「なんでも言ってくれ、ダーリン」

すっかりその気になっているウィリングズは彼女をきつく抱きしめ、怖じけることのない彼女の目を見ながら言った。

しかし、彼女がまた何か言う前に、口を彼の唇でふさがれてしまった。タリアは押しつけられた体の隙間に腕を差し込んで、学校で習った護衛術を試そうとしたが、彼のほうにもその心得があるようだ。客間に入ってきたときに、部屋の奥にカーテンで仕切られた一角があることにタリアは気づいていたが、今ウィリングズは彼女をそちらに向かって、なかば抱え上げるように連れ込もうとしている。

タリアは悲鳴を上げることもなく、むしろウィリングズにとっては予想以上におとなしかった。彼女は二度、何かを言おうとして、二度とも彼に止められた。もがきながらも、だんだんと厚いカーテンに近づいていく……

ふたりのイタリア人の使用人がいるキッチンは、客間からいくらか離れていたものの、そこまで悲鳴が届いた。ふたりは顔を見合わせ、同時に廊下へ飛び出す。客間のドアには鍵がかかっていなかった。ふたりは勢いよくドアを開けた。カーテンのそばに、ラファエル・ウィリングズがうつ伏せに倒れており、アッシリアの短剣が八センチほど肩に刺さっている。彼を見下ろすように、すぐそばに青ざめた顔の娘が立ち尽くしている。

使用人のひとりが主人の後ろから短剣を引き抜き、うめき声をあげるウィリングズをソファに寝かせているうちに、もうひとりが電話へ駆け寄った。傷から溢れる血をなんとか止めようとしていた使用人が動揺のあまり、タリアに向かってわけのわからないことを早口でまくしたてたが、彼女の耳には入らず、そもそも言葉が通じるはずもなかった。

まるで夢の中にいるように、タリアはゆっくりと部屋から出てホールを抜け、外へ出た。ラファエル・ウィリングズの車が玄関から少し離れたところに停めてあり、運転手は乗っていなかった。

辺りを見回す。誰もいない。それまで眠っていたすべての力が目覚めたかのように運転席に飛び乗ると、スターターのプラグを押した。うなり音と破裂音を立ててエンジンがかかり、車が勢いよく走りだした――が、すぐに障害物に出くわす。入り口の鉄柵が閉まっているのだ。来たときには運転手が車から降りて手で鍵を開けていたことを思い出す。ぐずぐずしている暇はないわ。彼女は車を少しバックさせたかと思うと、鉄柵に向かって猛スピードで突っ込んだ。ガラスが割れ、柵が壊れる音が響いた次の瞬間、車は外の道路を走っていた。ラジエーターは壊れ、ヘッドランプは原形をとどめないほどに歪んで、泥よけの破片がぶら下がっている。それでも車が止まることはなく、タリアはロンドンの方角へ全速力で飛ばした。

自分のアパートへ帰ってきても、入り口の警備員に誰だかわからないほどタリアは取り乱し、形相が変わっていた。

「お加減が悪いのでは、ミス？」エレベーターで上の階へ案内しながら、彼は尋ねた。

タリアは首を振った。

部屋のドアを閉めると、すぐに電話に飛びつき、交換手に番号を伝える。相手が電話に出たとたんに、堰を切ったように支離滅裂な話を声を荒げてまくしたてたが、合間にすすり泣きを差し挟むせいで、電話の相手は事情を正確に飲み込むのに苦労していた。

「おしまいだわ、わたしはこれでもうおしまいよ」彼女はあえぎながら言った。「これ以上何もできない！　もうなんにもしないわ！　怖かった、本当にひどかったんだから！」

タリアは受話器を置き、よろよろと寝室へ向かう。気をしっかりもたないと今にも失神してしまいそうだわ。数時間かかって、ようやく平常心を取り戻した。

デリック・イェールが訪ねてきたのは、そんなときだった――いつもの落ち着いた、生意気なタリアがそこにいた。

「お目にかかれるなんて、思いがけない栄誉だわ」彼女が冷ややかに言う。「そちらのお友だちはどなたかしら？」

タリアはイェールの後ろの男に目をやった。

「タリア・ドラモンド」イェールが厳しい口調で言った。「きみに逮捕令状が出ている」

「また？」彼女は目を丸くした。「いつも警察に縛られてる気分よ。容疑は何？」

「殺人未遂だ」イェールが言う。「ミスター・ラファエル・ウィリングズに対する殺人未遂の容疑だ。警告しておくが、これからきみの言うことは記録され、きみに不利な証拠として用いられる可能性がある」

後ろにいた男が進み出て、彼女の腕を摑む。

タリア・ドラモンドはその日、メリルボーン警察署内の拘置所で一夜を過ごした。

第三九章　刑務所の食事

「何があったのかは、これから調べないとわからない」デリック・イェールは、黙ったまま熱心に聞いているパー警部に向かって言った。「ぼくがオンスロー・ガーデンズに着いたのは、ちょうどウィリングズがタリアを車で連れ出した直後だったんだ。家に残っていた使用人たちは、ふたりの行き先をなかなか言いたがらなかったが、ようやくウィリングズの別荘へ向かったのだとわかった。彼女が誘惑したのか、彼が誘い出したのかは、これからわかるだろう。彼のほうは、タリアの意に反して連れ出したものと思っているらしいがね。これまでもぼくは、タリア・ドラモンドがクリムゾン・サークルの単なるしもべ以上の存在じゃないかと疑ってきた。それで、どうにも気になってハットフィールドへ急いだのだが、着いてみたらタリアが逃げた直後だ。ウィリングズの車を盗み、逃げる途中で別荘の門を破壊して。ひと言で言えば――大した娘だよ」

「ウィリングズの具合は？」

「命に別条はない。傷は浅いが、何より、計画的犯行だという証拠が残っているんだ。ウィリングズを刺した短剣は今日の午後、彼がオーバーコートを取りに行く間、彼女を武器コレクションの前にひとり残して行った直後になくなったものだ。ウィリングズの推理では、彼女がマフ（両端から手を入れることのできる主に毛皮製の円筒形の防寒具）に隠し持っていったんじゃないかと。むろん、その可能性は高いと思う。刺される直前については、彼からもなかなか詳しい経緯を話してもらえていないが」

「ふむ」パー警部が言った。「どんな部屋だった？　つまり、事件が起き――そうになった部屋だ」

「小ぢんまりとした客間で、ウィリングズが〈トルコの間〉と呼んでいる部屋とつながっている。東洋建築の素晴らしい内装を復元したものだが、おそらくそこでは多少なりともいかがわしい行為が繰り返されていたんじゃないかな――ウィリングズの評判はよろしくないのでね。客間とはカーテン一枚で仕切られているだけで、彼が発見されたのもそのカーテンのそばだった」

ミスター・パーはじっと何かを考え込み、ひょっとして眠ってしまったのかとイェールが心配するほどだった。だが、警部は眠ってなどいなかった。はっきりと目覚めていた。またしても、クリムゾン・サークルの犯罪に真っ先に対処した手柄をイェールにさらわれた事実に愕然となりながらも、その名誉をねたましく思う気持ちはまったく湧いてこない。

なんの前ぶれもなく、パーは今までの話題とは脈絡のない感想を口に出した。

「どれほど偉大な悪党も、些細な判断ミスから悲惨な結末を迎えるものだ」まるで予言のように宣告した。

イェールはにっこり微笑んだ。

「この件において、その些細な判断ミスというのは、われらがウィリングズを殺さなかったことだね――善人ではないし、数いる閣僚の中でも、一番替えの効く男だ。だが個人的には、やつらが彼を殺さなかったことに感謝しているよ」

「ミスター・ウィリングズのことではない」パー警部はゆっくりと立ち上がる。「抜け目のないはずの男が、うっかりついてしまった小さな嘘のことを言っているのだ」

まるで暗号のような言葉を残して、ミスター・パーはジャック・ビアードモアに今回の件を知らせに行った。

タリア・ドラモンドが逮捕されたと聞いて、真っ先に思い浮かべたのがジャックのことだとは、いかにもパーらしかった。パーは、ジャック自身が想像もつかないほど、彼を気に入っているのだ。そしてタリア・ドラモンドの犯罪が、彼女を愛する男にどれほどの重荷を科すことになるか、誰よりも、あのイェールよりも、パーが一番よくわかっていた。

ジャックはすでにその衝撃的な知らせを受けていた。タリアの逮捕は新聞の最新版の追加記事として報道されており、パーが訪ねてみると、ジャックは惨めを絵に描いたような状態だった。

「金で雇える最高の弁護士を彼女につけてやらなきゃ」彼が静かに言う。「あなたとは話をしないほうがいいのかもしれませんね、ミスター・パー、当然あなたは検察側に立つのでしょうから」

「当然な。だが、実はわたしもタリア・ドラモンドには秘かに敬意を表しているのだよ」

「あなたがですか?」驚愕したようにジャックが言う。「そんな、てっきり――」

「わたしも人間だ。わたしにとって、犯罪者は犯罪者、それ以上でもそれ以下でもない。逮捕した人間に、個人的な恨みはない。かつてわたしが絞首台へ送ったトルーマンという毒殺犯は、これまでに会った中でも最高に素晴らしい人間だった。顔を合わせるうちに、どんどん彼が大好きになったよ」

ジャックが肩をすくめる。

「毒殺犯とタリア・ドラモンドを並べて話さないでくださいよ」彼はいらいらと言った。「あなたは本心から、彼女がクリムゾン・サークルの首謀者だと信じているんですか?」

ミスター・パーは分厚い唇をぎゅっと結んだ。

「たとえ大司教がクリムゾン・サークルのリーダーだと言う人がいても、わたしは驚かんよ、ミスター・ビアードモア。クリムゾン・サークルの一件が解決する頃には、誰もが驚愕することになるだろう。わたしはこの捜査を始めたときから、クリムゾン・サークルの正体が誰であってもおかしくないという心づもりでいる――たとえば、あんたやマールでも、警視総監やデリック・イェールでも、タリア・ドラモンドでも――どこの誰でもおかしくないとな」

「今もその考えは変わらないと?」ジャックは笑みを浮かべようとした。「そういう理屈なら、ミスター・パー、あなた自身だって、クリムゾン・サークルその人かもしれないじゃないですか」

ミスター・パーは、その可能性を否定しなかった。

「母さんの意見では――」彼が言いかけると、ジャックは今度は本当に笑った。

「お祖母《ばあ》さまは大した方ですね、クリムゾン・サークルの謎まで追ってらっしゃるんですか?」

警部が大きくうなずく。

「ずっと追っているさ、一件目の殺人からな。母さんは真相をずばり言い当てたのだ、ミスター・ビアードモア。でもそれはよくあることだ。これまでもわたしは母さんから素晴らしいひらめきを、たびたび授かってきたのだから。事実、すべての――」彼は言いかけてやめた。

ジャックは感心しつつ、パーに同情していた。警察の仕事にはあまりにも不向きな容姿を神から与えられたこの哀れな男は、おそらくは独創性のない、ただしつこいだけの頑固さで今の地位まで登りつめたのではないだろうか。どの仕事の世界でも、頂点の近辺までなら、人は歳を重ねるだけで登れるものだ。だがこの時期に、悪党どもの異常集団を捕らえようと最高の頭脳が知恵を結集しているこの瞬間に、このずんぐりとした男は自分の祖母の助言を大真面目な顔で語るのか!

「またお邪魔して、叔母さまとお会いしたいですね」ジャックが言った。

「叔母は田舎へ行っている。今は、わたしひとりだ。掃除を頼んでいる女性が毎朝来てくれるが、夜は誰もいない――もはや、我が家という気がせんよ」

ミスター・パーの家庭の話をするのは、ジャックにはありがたかった。疲れ果てた頭には、さして重要でない話題は一服の清涼剤になる。警部の博識な祖母と楽しい夕べを過ごせたら、いつもの自分に戻れるんじゃないかという気になった。

だがパーのほうは、話題をより厳しいものへと戻した。

「ドラモンドは明日、予備審問にかけられて再拘留されるだろう」

「ぼくが保釈金を出せば、出られるでしょうか？」

パーは首を振った。

「だめだ。きっとホロウェイに入れられるだろうが、それは大したことじゃない」パーの言葉は冷たい、とジャックは思った。「あそこは我が国でも一番いい刑務所だ、彼女もかえってゆっくり休めて幸せかもしれん」

「どうしてイェールが逮捕したんです？　てっきりあなたの仕事かと」

「わたしがそう指示した。イェールは今、正式な警察官の身分を与えられているし、一連の事件に初めから関わっていたから、最後まで彼にやらせようと思ったのだ」

警部が予告したとおり、翌日の警察署内法廷では、逮捕にいたる証拠の提示のみでタリア・ドラモンドの再拘留が決定した。

法廷内が満員だった上に、衝撃的な罪状に惹きつけられたと見え、裁判所へ向かう道も人で溢れ返っていた。

ミスター・ウィリングズはまだ出廷できるほど回復していなかったが、辞職願いを書いて内閣に提出することはできた。それは首相の提案に従ってのことだったが、彼に届いた首相からの手紙は辛辣で――そうでなくとも首相の言葉使いは悪評高かったというのに――いかに厚顔なウィリングズと言えども、さすがにこたえたようだ。

実際に何が起きたにしろ、もはや傷ついた名誉は回復のしようがない。どんなときにも後押ししてくれた支援者たちも、彼がこれから証言しなければならない話を聞けば背を向けるだろう。ウィリングズは若い女性を――それもほとんど見ず知らずの娘を、別荘へ連れ出し、力ずくで関係を迫ったすえに刺されたのだ。そのいきさつはあまりに不快きわまりなく、恋愛を動機にした筋書きに書きかえることすらできない。彼は自分自身の愚かさを、心底なじった。

刑務所のタリアを、パーは一度だけ訪ねた。彼女は自分の房で会うことを拒否し、女性看守の同席を要求した。刑務所の広い待合室でパーとテーブルをはさんで向かい合うと、彼女はその理由を説明した。

「わたしのお部屋にお通ししなくてごめんなさいね、ミスター・パー。ただ、まだ若く将来あるクリムゾン・サークルの使者たちが、自分の房で警察官と面会した後に突然命を落とすことが何度もあったものだから」

「わたしの知る限り」パーが無反応に返す。「シブリー、一件だけだがな」

「無分別の象徴だった人ね」

彼女はまっすぐ並んだ白い歯を見せて微笑む。

「さて、わたしに何を訊きたいの？」

「オンスロー・ガーデンズへ行ったとき、何があったか話してくれ」

彼女は、真実に忠実に、あの午後の訪問の一部始終を話した。

「短剣がなくなっていることには、いつ気づいた？」

「ウィリングズがコートを取りに行っている間に、部屋のあちこちを眺めていたときよ。女たらしさんはどんな具合？」

「彼なら大丈夫だ。残念ながら治るらしい――いや、つまり」彼は急いでつけ加えた。「じきに回復するそうでよかった。ウィリングズはそのとき初めて、短剣がなくなっていることに気づいたのだな？」

彼女はうなずく。

「あんたは、マフを持っていたのか？」

「ええ。そこに凶器を隠し持ってたことになってるわけ？」

「ハットフィールドの家の中にまで、マフを手に持って入ったのか？」

彼女はしばらく考えていた。

「持っていたわ」彼女はうなずく。

パー警部は立ち上がった。

「食事は十分にとれているのかね？」

「ええ、刑務所の食事をね」彼女は強調するように言った。「ここのお食事は、わたしの口に合うみたいなの、ご心配にはおよばないわ。誰かが余計な親切心を起こして、外からごちそうなんか差し入れてほしくないわね。拘留されているうちは、許可されているらしいけど」
パーは顎を掻いた。
「賢明だな」彼は言った。

第四〇章　逃亡

ラファエル・ウィリングズに対する犯行は、内閣にある種のパニックを引き起こしていた。

警察本部に戻ったパーは、その不安の深さを知った。首相が心配するのも無理はない。クリムゾン・サークルが、次にいつ、誰を狙うつもりか表明していないからだ。

警部はダウニング・ストリートの首相官邸に呼ばれ、二時間も首相と密室に閉じ込められた。首相が個人的に助言を求めるのは初めてで、次いで有力な閣僚たちとも会合し、そのことはすぐに新聞にも報道された。

公式発表はないまま、どうやら次は首相自身の命が脅かされているようだと新聞が書いたが、それについては否定も肯定もされなかった。

その夜自宅のアパートに戻ってきたデリック・イェールは、ドアのそばでパー警部が待っているのに気づいた。

「どうかしたのか?」イェールはすぐに訊いた。

「あんたの力を借りたいんだ」パーはそう言ったきり、イェールの自宅の居間にある暖炉の前で、座り心地の良い椅子に腰を落ち着けるまで口を開かなかった。

「なあ、イェール、わたしはいずれ辞めなければならないが、首相はそれを早めようと考えているようだ。内閣が委員会を立ち上げ、警察本部の対応について調べるそうだ。わたしも明日の晩、首相官邸で開かれる非公式会合に出席するよう、警視総監から言われている」

「どういうことだ？」イェールが尋ねる。

「わたしに講義をしろと言うのだ」パーは憂鬱そうに言った。「閣僚の前で、わたしがクリムゾン・サークルに対して取ってきた手段について説明しろと。あんたも承知の通り、わたしはかなりの特権を与えられていて、知っていることすべてを内閣へ報告する義務はない。だが、金曜日の夜には全部話そうと思うのだ。そこで、あんたの力を借りたい」

「もちろんだ、言われるまでもなく協力させてもらうよ」イェールが優しく言うと、パーは続けた。

「まだクリムゾン・サークルの事件で、わたしにもわからない点はたくさんあるが、だんだんと見えてきた。今の段階では、どうやら警察本部内にやつの手先がいると睨んでいる」

「ぼくもそう思っていたんだ」イェールが早口で言った。「どうしてそんなことを？」

「では」ゆっくりとした口調のままでパーが続ける。「具体的な例を挙げよう。ジャック・ビアードモアは父親の書類にまぎれていた写真を見つけ、わたしに送ってきた。しっかりと封がされていたにも関わらず、わたしが開けてみると、入っていたのは白紙のカードだ。ジャックは封筒をタリア・ドラモンドに手渡して、代わりに投函してもらったらしい。ジャックは自宅の戸口に立って、彼女が通りの向かいの郵便ポストに間違いなく入れるところを見ていたそうだ。もしその通りなら、警察本部に届いた後で、誰かが封筒に細工をしたことになる」

「どんな写真が入ってたんだ？」イェールが興味深そうに尋ねた。

「たぶん、処刑現場の写真か、死刑囚のライトマンの写真か、どちらにしてもライトマンの処刑が失敗に終わったときのものだと思う。写真はビアードモアの父親が殺される前日に届いた――クリムゾン・サークルの被害者が殺される前日には、さまざまなことが起きるようだ――そして、写真を見つけた息子のジャックは、さっき言ったように――」

「タリア・ドラモンドに託した！」イェールが意味ありげに言う。「ぼくに言わせれば、警察本部内の疑いは排除していいよ。あの娘のクリムゾン・サークルとの関わりは想像以上に深いものだった。今夜、彼女の家を捜索したのだが――実は、ちょうど行ってきたところだ――そうしたら、こんなものを見つけた」

イェールが廊下へ出て、茶色い包装紙の小包を持って戻って来るのを、パーはじっとみつめていた。イェールが紐を切って包装紙を開けると、長手袋が片方と、輝く長い刃のナイフが出てきた。

「これはフロイアントの書斎にあった手袋の、もう片方だと思うんだ。ナイフも、あそこで見つかったのとそっくり同じものだね」

パーは長手袋を手に取って観察した。

「本当だ、これは左手用で、フロイアントのデスクにあったのは右手用だった」彼は同意した。「使い古された、運転用の手袋だな。誰のものだろう？　あんたのサイコメトリー能力で探ってみてくれ、イェール」

「もうやってみたんだ」イェールは首を振った。「でも、何人もの手を渡ってきたらしく、イメージがひどく混乱しているんだ。どちらにしろ、これを見つけたことでタリア・ドラモンドはクリムゾン・サークルの活動に相当深く関わっていることが証明されたんだ。さっき頼まれた件については」

彼はナイフと手袋を慎重に包装紙に包み直しながら言う「喜んで力になるよ」

「あんたに頼みたいのは、わたしにわからないところを埋めてほしいってことだ」パーが首を振る。

「母さんさえいてくれたら」彼は残念そうに言った。

「母さん？」驚いたイェールが言った。

「わたしの祖母だ」ミスター・パーは真面目な顔で言った。「イギリス随一の名探偵だ——あんたとわたしを除いてな」

パーにユーモアのセンスがあるかもしれないとデリック・イェールが思ったのは、後にも先にもこの一度きりだった。

＊　＊　＊　＊

大混乱のさなか、誰もがクリムゾン・サークルの名前を話題にしており、衝撃の後にはさらなる衝撃が続くのはもはや当たり前になっていた。それでもなお、次の事件が与えた驚愕はいまだかつてないものだった。翌朝デリック・イェールがベッドの中で紅茶をゆっくり飲みながら新聞を広げると、速報を載せた大見出しが目に飛び込んできた！

タリア・ドラモンド、逃亡！

脱獄というのは、小説の中の出来事だ。かつてはあの恐ろしいダートムーア刑務所から一時的に逃げ出した者がいたのは知られていたが、ホロウェイから女の囚人が逃亡したことなど、これまでの刑務所運営の歴史が始まって以来だ。だが、その朝看守がタリア・ドラモンドの房を解錠してみると、もぬけの空になっていた。

デリック・イェールはめったなことでは驚かない男だったが、この記事を読んだ瞬間、麻痺したように凍りついた。逃亡の詳細について、ひと言ずつたどるように記事を読み進めたが、終わりまで読んでも、何がなんだかわからなかった。

だがそこには、政府が異例の速さで認め、早朝に報道陣向けに発表した事実がはっきりと掲載されていた。

非常に重要な囚人であることと、容疑の特異性に鑑みて、彼女の警備には通常以上の配慮がなされていた。彼女の房のある区域の巡回は二倍に増やし、通常なら一時間おきのところを三十分ごとに見回っていた。巡回の際にはすべての房の中を目視する決まりはないものの、午前三時に担当看守――ミセス・ハーディー――が監視穴から覗いたときには、囚人は房の中にいた。だが、午前六時にドアを開けてみると、ドラモンドの姿はなかった。窓の鉄格子はしっかりはまっており、ドアにも細工の痕跡はない。

刑務所の敷地に彼女の足跡は残っておらず、塀を乗り越えて逃げたとは考えにくい。また、通常の出入り口から抜け出るのも同様に不可能に近い。というのも、六ヵ所のドアを通らなければならないが、どのドアもこじ開けられた形跡はなく、また門番小屋には終夜当直がいたため、そこを通った可能性もない。

クリムゾン・サークルの全能ぶり、想像を絶する力をあらためて証明するこの事件は、同組織によって閣僚の生命が脅迫されている状況下にあって、さらに不安を煽っている。

イェールは部屋の時計をちらりと見た。十一時半か。新聞に目を戻すと、使用人が持ってきたのが夕刊紙の早版だとわかった。彼は朝食が運ばれてくるのも待たずにベッドから飛び出した。警察本部に着くと、この状況の割に、やけに上機嫌なパー警部を見つけた。

「信じられないよ、パー、こんなことは不可能だ！　刑務所内に仲間がいるに違いない！」

「まったく同感だ」パーが言った。「わたしも警視総監にそっくり同じことを言ったのだ、刑務所内には、彼女の仲間がいるはずだと。そうでなければ」彼は間を空けた。「いったいどうやって出られたというのだ？」

イェールは疑わしそうにパーをみつめた。ふざけたことを言うような時でも状況でもないというのに、パーの口調はふざけているとしか思えなかった。

第四一章　クリムゾン・サークルの正体は?

新聞で読んだ以上にはなんの情報も得られなかったイェールは、二日ぶりに市内の事務所へタクシーで向かった。

タリア・ドラモンドの逃亡は、パーが考える以上に深刻な事態だ。さっきのパーはなんだ！　デリック・イェールの頭を恐ろしい考えがよぎった。ジョン・パーか！　あの無反応な、一見間抜けそうな男が――いや、ありえない！　彼は首を振ったものの、必死に頭の中でパーが見つけだした断片を一つひとつつなぎ合わせてみた。その結論とは。

「ありえない！」彼はまたつぶやきながら、エレベーター係の案内を断って、事務所へ向かう階段をゆっくり上っていった。

ドアの鍵を開けたとたんに気づいたのは、郵便受けが空っぽになっていることだ。大きな郵便受けには特許取得済の蓋がついていて、外から郵便物を抜き取ることができない仕組みになっていた。ワイヤー製の受けかごが床と同じ高さまで伸びており、ドアの差し込み口から入った郵便物は回転式のアルミの羽の隙間から下まで落ちるため、外にいる泥棒には盗むのが困難なのだ。なのに、郵便受けには何も入っていない！　御用聞きのチラシの一枚すらない。

イェールはそっとドアを閉めて、自分の執務室へ向かう。部屋に一歩入っただけで、すぐに立ち止まった。デスクの引き出しが全部開いている。羽目板で隠してあった暖炉脇の鋼鉄製の小さな金庫も鍵が開けられ、扉が開きっぱなしだ。デスクの下を覗いてみる。よほど注意しなければ見つけられないはずの小さなキャビネットに、デリック・イェールはクリムゾン・サークル事件に関する極秘書類を保管していたのだ。

そこには割れた側板と、キャビネットを剝ぎ取ったときにつけたのみの傷跡しかなかった。

イェールはしばらくデスクの椅子に座ったまま、窓から外を眺めていた。誰がこんなことを、などと考えるまでもない。犯人はわかっている。それでも一応何人かに尋ねてみると、エレベーター係の少年が必要な情報を提供してくれた。

「はい、事務所の秘書の方が今朝いらっしゃいました、きれいな若い女性の。始業時間からまもない頃に来られましたが、一時間ほどですぐに帰りましたよ」

「鞄を持っていたかい？」

「はい。小さなバッグを」少年が言った。

「ありがとう」デリック・イェールは警察本部へ戻り、事務所のデスクが荒らされて書類を盗まれた話を、無感情なパーの耳に一気に浴びせかけた。

「そこで、パー、今まで誰にも話さなかったことをきみに打ち明けよう。これは警視総監にも言っていないことだがね。われわれはクリムゾン・サークルを率いているのが男だと推測してきた。彼女が正体不明の男と会って、このなにやら謎めいた組織に誘い込まれたことは知っている。だが、自動車に乗っていたその謎の男もまたボスとは程遠く、ほかのメンバー同様に真の首謀者からの命令を全うしていただけなのだ――そう、タリア・ドラモンドから！」

「なんてことだ！」警部が言った。

「どうしてぼくが彼女を事務所に雇ったと思う？　いずれ彼女がクリムゾン・サークルに導いてくれるはずだと言っただろう？　その通りになったわけだ」

「だが、それならなぜ彼女を解雇した？」間髪入れずにパーが尋ねる。

「解雇に値する行為を彼女がしたからだ。あの場で解雇しなければ、逆にぼくが別の目論見をもって彼女をそばに置いていることがばれてしまっただろう。無駄な努力だったけどね」彼は微笑んだ。「今朝の所業を見れば、彼女はとうにぼくの目的をお見通しだったわけだから」痩せた繊細な顔が一瞬翳りを帯びたが、すぐにきっぱりと言った。「今夜きみが首相たちの前で話をした後に、ぼくもきみに話したいことがあるんだ、驚くような話を」

「どんな話であれ、今以上に驚くことはないだろうな」ミスター・パーが言った。

イェールにとってその日三回目の衝撃は、自宅へ戻ったときに訪れた。まずは、使用人がいないことに驚いた。雇っていた女性は、住み込みではないものの夜の九時までは残っている約束だ。デリック・イェールが帰ってきたのはちょうど六時だったが、家の中は真っ暗だった。

明かりをつけて家の中を見て回る。どうやら荒らされたのは居間だけで、侵入者が誰であれ、と言っても彼女の名前は推測できたが、その女は念入りに、徹底的に調べたようだ。使用人を見つけて事情を聞くまでもない。ぼくの名をかたった伝言に呼び出されて、家を空けた――そうに違いない。そうして彼女がいなくなった隙に、タリア・ドラモンドはゆっくりとこの家の中を嗅ぎ回ったのだ。

「なんて賢い娘なんだ！」デリックの声に悪意はなかった。自分と敵対する立場であっても、優れた頭脳には称賛を送ることのできる男なのだ。彼女は、まったく時間を無駄にしない。十二時間のうちに刑務所を抜け出し、ぼくの事務所と自宅の両方を荒らして、クリムゾン・サークルの鍵を握る重要な書類を手に入れるなんて。

彼はゆっくりと着替えながら、タリアは次にどう出るつもりだろうかと考えた。自分の打つべき手は、もう決まっている。二十四時間以内に、パー警部は失脚する。化粧室の引き出しから拳銃を取り出し、ズボンの後ろのポケットに差し込んだ。クリムゾン・サークル追跡は、驚愕の、衝撃の結末を迎えようとしている。悲劇的な対決を見守ってきた誰もが、予想もしない結末を。

イェールが首相官邸の広いロビーに入ると、その場にいる理由のわからない来客を見つけた。ジャック・ビアードモアは、確かにクリムゾン・サークルによる殺人の遺族ではあったが、最近の事件の数々とは関係がないはずだ。

「ぼくの顔を見て驚かれてるようですね、ミスター・イェール」ジャックが笑いながらイェールと握手をした。「でも、閣僚の会合に呼ばれるなんて、ぼくのほうがよほど驚いてるんですよ」

彼は楽しそうに笑った。

「誰に呼ばれた？――パーか？」

「正確に言うと、首相の秘書に呼ばれました。でも、たぶんパーが裏で働きかけたのだと思いますね。こんなすごい人たちの中にいて、身がすくみませんか？」

「いや、平気だ」デリックはにっこり笑って、ジャックの背中を叩いた。

若い私設秘書が勢いよく入ってきて、ふたりを簡素な応接間へ案内したが、そこには十数人の紳士がふた手に分かれて立ち話をしていた。

首相がイェールのところへ挨拶に来た。

「パー警部がまだ来ていないのだ」首相はジャックに問いかけるような視線を向けた。「こちらがミスター・ビアードモアだね？　パー警部から、きみを必ず出席させてくれと頼まれている。おそらく、気の毒なジェームズ・ビアードモアの事件について、何か明らかにするつもりだろうな――ところで、お父上とわたしは親しい友人だった」

その瞬間、パー警部が部屋に入ってきた。よれよれの礼服を着て、シャツの襟はやけに短く、蝶ネクタイは不器用に結んである。知性と洗練に溢れた場所には、なんとも不釣り合いな姿だ。その後ろから、グレイの口ひげをたくわえた警視総監が入ってきて、パーにそっけなく会釈をし、首相を脇へ引き寄せた。

ふたりは小声で何やら話していたが、しばらくするとジャックと一緒にいるイェールのところへ警視総監が近づいてきた。

「今夜パーがどんな話をするつもりか、きみは知っているのかね？」落ち着かない様子で警視総監が言った。「てっきり会議に招聘されて話をするのだと思っていたが、首相と話したら、どうやらパーのほうからクリムゾン・サークル事件の経緯について話をさせてほしいと言い出したようなのだ。恥をかくようなことをしでかさなければいいが」

「そんなことにはならないと思いますよ、総監」会話に割って入ったジャックの静かな声に、警視総監が不思議そうに彼をみつめると、イェールがふたりを紹介した。

「ぼくもミスター・ビアードモアと同意見ですね」デリック・イェールが言った。「ミスター・パーが恥をかくようなことには決してなりませんよ。それどころか、空白を埋め、一致しない状況をつなげて見せるでしょうし、それでも残った疑問にはぼくが答える用意があります」

出席者がそれぞれ席に着くと、首相は警部を前へ呼んだ。

「差し支えなければ、ここからお話しさせてください」パーが言った。「わたしは演説家ではないので、ただこの長い物語を誰かに語りかけるつもりで話したいのです」

彼は咳払いをして喋り始めた。初めこそためらいがちに、言いたい言葉を探して何度も間を空けながら話していたが、話の核心に近づくにつれ、だんだんと早口に、はっきりとした口調へと変わっていった。

「クリムゾン・サークルとは」パーが語りだす。「実は、ライトマンという男です。フランスでいくつもの殺人を重ねた犯罪者で、死刑を宣告されたものの、執行の際に起きた手違いによって死を免れました。フルネームは、フェルディナンド・ウォルター・ライトマン、死刑が執行されるはずだった当時の年齢は、二十三歳と四ヵ月です。その後、カイエンヌに流刑となったが、看守を殺して逃亡し、おそらくオーストラリアへ渡ったものと思われます。彼の特徴と一致する男が、別名を使ってメルボルンの商店で十八ヵ月間働き、その後マクドナルドという牧場主に二年五ヵ月の期間雇われています。雇用主を脅迫した容疑で地元警察から逮捕状が出たため、大急ぎでオーストラリアを後にしたようです。

その直後の足取りは摑めていませんが、やがて我が国に突如として、正体不明、謎の〝クリムゾン・サークル〟と名乗る者が現れます。綿密な組織力と、並外れた忍耐力とエネルギーを注いで、互いの顔も知らない大勢のしもべを集めたのです。彼の〝仕事の手口《モーダス・オペランディ》〟（警部はこのフレーズでつっかえた）は、責任ある立場の人間の中で、金に困っているか、あるいは罪を犯して告発されるのを恐れているか、そんな背景の人物を見つけることから始まります。近づく前に、狙いをつけた人物について注意深く調べ上げ、最終的にクリムゾン・サークル自身が運転する箱形自動車の中で面会します。場所は大抵どこかロンドンの広場が選ばれました。なぜなら、逃げ道が四、五本ある上に、街灯があまりないという利点もあるからです。街灯と言えば、ロンドンの住宅街にある広場の通りがこの都市のどこより暗いことは、閣僚のみなさんならよくご存じでしょう。

クリムゾン・サークルがどうしても手先に欲しがったもうひとつの対象は、前科のある犯罪者です。こうやって、知能レベルの低い元水夫のシブリーを引き入れました。殺人容疑をかけられたシブリーは、この仕事にはうってつけだったのです。同じようにして、タリア・ドラモンドという――」彼は一瞬言いよどんだ――「〝一匹でも狼、群れても狼の女泥棒〟も組織に入れました。また、駅長を殺した黒人の男も同様です。自分の利益のために銀行家のブラバゾンを使い、フィリックス・マールという男をも仲間にするつもりだったのですが、そこがマールにとって不幸な偶然でした。マールこそ、まさにライトマンが命を落としかけた犯罪の共犯者だったからです。さらに不幸なことに、マールはイギリスで再会した彼をライトマンだと気づいてしまい、そのために殺されました。それも、これまでの殺人者が使ったことがないような巧妙な手口で。みなさん、もうおわかりでしょう」パーが続ける。閣僚たちは張りつめた空気の中で、身を乗り出すようにじっと聞き入る。「クリムゾン・サークルとは――」

「どうして彼はクリムゾン・サークルと名乗ったんだ?」そう訊いたのは、デリック・イェールだ。

警部はしばらく黙っていた。

「彼がクリムゾン・サークルと名乗ったのは」パーはゆっくりと言った。「以前から犯罪者の仲間うちでそう呼ばれていたからだ。彼の首の周りには、生まれつき赤い痣があったのだ――ちょっとでも動いてみろ、頭を吹き飛ばすぞ！」

　パーが握る大口径のウェブリー回転式拳銃が、ぴたりとデリック・イェールに向けられていた。

「両手を上げろ！」警部はそう言うなり、いきなり手を伸ばしてイェールの首を覆う白く高い襟を剝ぎ取った。

　誰もが息を呑んだ。赤く、血の色のような、まるで人の手で描いたようにくっきりとした真紅の輪《クリムゾン・サークル》が、デリック・イェールの首の周りにあった。

第四二章　母さん

　いつの間にか部屋の中に三人の男が現れた――二日前の夜、パーを尾行していた男を捕まえた三人だ――と思うと、ものの一瞬のうちに、イェールは手錠と足かせをかけられていた。イェールがポケットに忍ばせていたピストルをふたり目の男が手際よく抜き取り、三人目がイェールの頭から布袋をすっぽりとかぶせると、あっという間に部屋から連れ出した。

　パー警部は汗の噴き出る額を拭いて、驚愕の表情の聴衆をまっすぐ見据えた。

「みなさん」少し震える声で言う。「今夜はこれで失礼させていただけませんか。明日の朝、すべてをお話しいたしましょう」

　パーは取り囲まれ、次々と質問を浴びせかけられたが、首を振るばかりだった。

「彼はつらい思いをしているのです」警視総監の声がした。「それは誰より、わたしがよく知っています。首相、どうか警部の要望を認め、これ以上の説明は明日にしてくださるよう、わたしからもお願いします」

「警部には明日、昼食を一緒にとってもらえるかね」首相が言うと、警視総監がパーに成り代わって承諾した。

　ジャックの腕を掴み、パーは部屋を出て、そのままずんずんと外の通りまで歩いた。待たせていたタクシーに、若者を押し込む。

「まるで夢でも見ていた気分です」ようやく声が出るようになったジャックが言う。「デリック・イエールが！　そんなはずはない！　でも――」

「そんなはずは、大いにあるとも」警部が小さく笑いながら言った。

「じゃ、タリア・ドラモンドも彼を手伝っていたと？」

「その通り」

「でも、警部、どうしてわかったんです？」

「母さんに言われたのだ」予想しえない答えだった。「どれだけ賢い女性か、あんたは知らないのだ。今夜、母さんに言われ――」

「では、帰ってこられたんですね？」

「そうだ、帰ってきた」警部が言う。「あんたにも会ってもらいたい。いささか独断的で、自説を曲げないからすぐに突っかかってくるが、いつもわたしが譲って収めているのだ」

「では、ぼくも同じようにしましょう」ジャックは笑ったが、内心は笑うような気分ではなかった。

「本当にクリムゾン・サークルを捕らえたと、確信しているんですね？」

「確信しているとも。今あんたとタクシーに乗っていることや、母さんが世界一賢い女性だということと同じぐらい、揺るぎない確信を持っている」

大通りを曲がるまで、ジャックは黙り込んでいた。

「ということは、タリアまでがさらに重い罪に問われるのでしょうか？」彼は静かに言った。「イエールと名乗っていた男が、あなたの言う通りクリムゾン・サークルなら、タリアを助けてはくれないでしょうね」

「それは確かだな」警部が言った。「だが、ミスター・ビアードモア、あんたときたら、いったいなんだってタリア・ドラモンドなどに頭を悩ませるのかね?」

「愛してるからに決まってるでしょう、頭の悪い人だな!」ジャックは荒々しく怒鳴ったが、すぐに謝った。

「確かに、わたしの頭は悪いかもしれないが」警部は大笑いしながら、息継ぎのはざまに喋った。

「それはロンドン中でわたしだけではないはずだよ、ミスター・ビアードモア。なあ、悪いことは言わない、タリア・ドラモンドが存在していたことなど、きれいさっぱり忘れてしまいたまえ。それでも誰かを愛したいのなら、母さんを愛してやってくれ!」

ジャックは、その理想的な祖母について失礼な言葉が喉まで出かかったが、声に出したい衝動はどうにか抑えた。

警部のメゾネットは二階にあり、パーが先に階段を上ってドアを開けると、戸口で立ち止まる。

「ただいま、母さん」彼は言った。「ミスター・ジャック・ビアードモアを連れてきたよ」

誰かの驚く声が、ジャックの耳に届いた。

「入ってくれ、ミスター・ビアードモア。中で母さんに会ってやってくれ」

ジャックは部屋に入ると、まるで撃たれたかのように凍りついた。彼のほうを向いて立っているのは、笑みを浮かべた若い娘だ。ちょっと青ざめて、いくらか疲れて見えるけど、間違いない、ぼくの頭が変になったとか、これが夢の中でないなら、あれはタリア・ドラモンドじゃないか!

ジャックが伸ばしていた手を、タリアは自分の手に取って、三人分の食事の仕度が並ぶテーブルへ連れていった。

「パパったら、警視総監を連れてくるって言ってたじゃないの」彼女は責めるように言った。

「パパ?」ジャックが口ごもる。「でも、警部、彼女のことをお祖母《ばあ》さまだとおっしゃいましたよね」

タリアは彼の手を優しく叩いた。

「パパには独特のユーモアのセンスがあるの、ひどいものだけど」彼女が言う。「家ではいつもわたしのことを〝母さん〟って呼ぶのよ。ママが亡くなってから、ずっとわたしがパパの身の回りの世話をしてきたから。それから〝おばあさん〟だなんて、ただのばかげた冗談よ、許してあげてね」

「きみのお父さんだったの?」ジャックが言った。

タリアがうなずく。

「タリア・ドラモンド・パー、これがわたしの本当の名前よ。あなたが犯罪捜査官じゃなくて、本当に助かったわ。ちゃんと調べれば、わたしの恐ろしい秘密がすぐにばれてしまったもの。さあ、夜食を召し上がれ、ミスター・ビアードモア。わたしの手料理よ」

だが、もっと詳しく事情がわかるまで、ジャックはとても食べたり飲んだりできそうになかった。

タリアは彼に種明かしを始めた。

「クリムゾン・サークルによる最初の殺人が起きたとき、パパが事件を担当することになって、これは大変な捜査を背負うことになった、このままではきっとパパは失敗するだろうと、わたしは直感したの。パパは警察本部内に敵が多かったし、警視総監までが、この任務はあまりにも難しいから引き受けるなと忠告してくださったぐらいだったわ。そうそう、警視総監はね、実はわたしの洗礼親なの」彼女は微笑みながらつけ加えた。「だから、わたしたちのことをとても気にかけてくださってるの。でも、パパはどうしても引き受けると言ってね。まあ、きっと捜査を始めたとたんに後悔したんでしょうけど。わたしは前々から警察の捜査には興味があったので、パパがクリムゾン・サークルの組織について調べて、彼がどうやってメンバーを集めているかがわかったとき、わたしも犯罪者としての実績を作ろうと決心したの。

あなたのお父様が初めて脅迫状を受け取ったのは、亡くなられる三ヵ月前だった。わたしはその二、三日後にハーヴィー・フロイアントの秘書の仕事に就いたの。ただ、あなたの地所と隣り合わせという理由だけでね。本当は、あなたのお父様と友人だったことで、お隣を監視する機会ができたわ。本当は、あなたのお父様の下で働けないかも聞いてみたのよ。あなたはご存じなかったでしょうけどね」彼女は静かに言った。「でも、結局わたしは失敗した。もっと恐ろしいことに、お父様が殺されたとき、わたしもあの森の中にいたの」タリアは同情を込めて、ジャックの手を握りしめた。「撃ったのが誰だかは見えなかったけど、倒れているお父様に駆け寄ったわ。でももう手遅れで、しかも、あなたが森に向かって野原を走ってくるのが木の間に見えたから、早く逃げなくちゃと思ったの。特に」彼女はつけ加えた。「そのときわたしは、拳銃を持っていたから。森をうろついている男を見かけて、森に入って調べようと持っていったのよ。

お父様が亡くなられた以上、もうミスター・フロイアントのところに残る理由はなくなった。クリムゾン・サークルに接近したかったわたしは、組織を牛耳る男の気を引くには、犯罪で名を売るのが一番だと思ったわ。わたしがミスター・フロイアントの金の仏像を質入れして出てきたところへあなたが通りかかったのは、運命のいたずらでもなんでもないの。パパが仕組んだのよ。そしてわたしを、〝一匹でも狼、群れても狼〟だなんて呼んだのは、デリック・イェール、いえ、本名フェルディナンド・ウォルター・ライトマンに、わたしの犯罪者としての印象を植えつけるための演出だったわけなの。わたしが刑務所に送られる心配はなかった。きっと判事は初犯として扱うだろうから。それでも前科者としてわたしの評判は地に落ち、その直後に、予想通り、クリムゾン・サークルの首謀者から呼び出しがあったの。

ある夜、ステイン・スクエアへ会いに行った。たぶん、ずっとパパが見張ってくれて、家に帰るまで見守ってくれていたんじゃないかしら。いつだって、片時も離れなかったはずよ、そうでしょう、ダーリン?」

「急にバーネットまで連れ出されたとき以外はな」パーは首を振った。「あれには、ひやりとしたよ、母さん」

「クリムゾン・サークルの一員としての初仕事は、ブラバゾンの銀行に勤めることだった。わかるかしら、イェールの手口は、メンバー同士で監視をさせることなの。ミスター・ブラバゾンについては、判断のつきにくい人だったわ。善人なのか犯罪者なのか、ずっとわからなかったし、もちろん初めは彼もあの集団のメンバーだなんて知らなくて。わたしは役割を演じ続けるために、また盗みをしなければならなかった。正体のわからない上司には叱られたけど、おかげで悪党のグループと接触することができたし、ちょうどフィリックス・マールが殺された晩に、そうとは知らずマリスバーグの現場に居合わせることになったわ。

イェールがわたしを事務所に雇った目的は、自分から疑いの目をそらせるためのカモフラージュだった。それに加えて、わたしのまだ短い人生を無残に終わらせようという意図もあったみたいよ。フロイアントが殺された夜、わたしは現場近くへ来るように指令を受けていたの。イェール本人が犯した恐ろしい殺人に使ったのと同じナイフと、もう片方の長手袋を持ってね」

「でも、どうやって刑務所を抜け出したんだ?」ジャックが尋ねる。

タリアは驚いたような目で彼をみつめた。

「お坊ちゃんったら」彼女は言った。「わたしがどうやって刑務所を抜け出したかですって? 真夜中に刑務所長に出してもらって、とある立派な警部に家まで付き添っていただいたのよ!」

「イェールが早く次の手を打つように、追い込みたかったのだよ」パーが説明した。「母さんが脱獄したと知ると、すっかりうろたえて、逃げだす準備を早めたのだ。事務所が荒らされたのを見て、それまで想像していた以上にタリアが大物だったと確信したのだろうな」

第四三章　謎解きの続き

ジャックも翌日の昼食会に参加したが、重要な役目を果たしたタリアが同席すると、今回の立役者として大いに歓迎された。昼食の後、警部が事件の顛末について、話を完結させた。

「記憶をさかのぼっていただければ、みなさん、クリムゾン・サークルが最初の殺人事件を起こすまで、デリック・イェールという名前など聞いたこともなかったはずです。彼が市内に事務所を構え、チラシを配り、自分はサイコメトリー能力のある探偵だと新聞に広告記事を載せたのは事実ですが、実際に仕事を依頼されたことはほとんどありませんでした。もっとも、一件も引き受けるつもりはなかったのですが。彼は虎視眈々と大きな一発勝負を狙って計画を進めていたのです。最初の殺人の後、覚えておいででしょうが、刺激的な記事のネタに飢えていたある新聞社がデリック・イェールを雇い、そのサイコメトリー能力を駆使して犯人を見つけさせようとしたのです。

犯人の名前と犯行の手口について、イェール以上に詳しく知っている人物がいたでしょうか？　彼は殺人に使われた凶器に触れることで、犯罪そのものを頭で再構築できると言っていましたね？　その結果、犯人の居所としてデリック・イェールが指し示した、まさにその場所で、黒人の男が捕らえられました。当然、これらの事実が公表されると、デリック・イェールの評判は一気に爆発しました。これこそ、彼が望んでいた事態です。これで、誰かがクリムゾン・サークルに脅迫されたとき、きっと自分に助けを求めてくるようになるという策略は、彼の読み通りになったのです。

被害者たちのそばにいて、彼らの信用を得ることにより——なんとも説得力のある男でしたからな——クリムゾン・サークルに要求されるまま金を支払うよう彼らに勧告することができ、また仮に拒否された場合には、すぐに死をもたらせる位置にいたのです。

フロイアントは死なずに済んだかもしれない、少なくともイェールの手にかかって殺されることはなかったでしょう。ただ、大金を失って腹を立てるあまり、みずから調査を始めてしまった。最初は、ちょっとした疑念に基づいた仮説にすぎなかった考えから、だんだんとデリック・イェールの正体を暴く証拠を固め、ライトマンとデリック・イェールが同一人物だと証明できるまでに至ったのです。実は殺された夜、フロイアントはわたしとイェールを自宅に呼び、それを明らかにするつもりでした。何かに怯えていたのは間違いなく、その証拠に、銃の使用をひどく嫌うことで知られたフロイアントが、装塡された拳銃を二丁も手元に準備していました。

この事件の公式記録を読まれた方は思い出していただきたいのですが、ハーヴィー・フロイアントがかけた電話に、警視総監が折り返しかけ直しています。この電話がイェールにチャンスを与えました。フロイアントがわたしたちを書斎から追い出す理由ができたからです。わたしが先に書斎を出ました、まさかイェールがあんな大それたことをするとは夢にも思わずに。初めに書斎に入ったとき、わたしたちはコートを着ていましたが、デリック・イェールがポケットに手を入れたままだったことをよく覚えています。いいですか、みなさん、そのポケットの中の手は」パーは抑揚をつけて言った。「運転手の長手袋をはめ、フロイアントを殺すためのナイフを握っていたのです」

「だが、なぜ手袋をはめる必要がある?」首相が尋ねた。

「その直後にわたしは彼の手を目にすることになりますから、手に血がつくのを防ぎたかったのでしょう。わたしが書斎を出ようと背を向けた瞬間に、彼はまっすぐフロイアントの心臓めがけてナイフを突き刺し、フロイアントは即死したと思われます。イェールはすぐに手袋をはずしてテーブルの上に残すと、ドアへ向かいながら、すでに死んでいる男と会話をしているふりをしたのです。

こういう経緯があったのだろうとはわかっていたものの、わたしには証拠がありませんでした。彼はわたしの娘を呼び寄せていて、わたしが各部屋を調べている間に彼女を家の中に入れ、罪を着せる計画でした。が、賢明にもわが娘は家の裏へ回っただけで中に入らず、彼の計画に勘づいて帰ったのです。ただ、これはあくまでもわたしの推測にすぎません。われわれが守るべき人物のひとりが、ジェームズ・ビアードモアでした。彼は土地の投機家で、良い意味でも悪い意味でも、あらゆる人間と繋がりがありました。あの日彼は、それまで直接会ったことのなかったマールが訪ねてくるのを待っていました。客の名がマールだということは、午前中に息子には伝えてありましたが、デリック・イェールは聞かされていませんでした。家に近づいてくるマールにとって、世界中で誰よりも会うはずのない人物とは、トゥールーズ刑務所で一緒だった悪党、自分が寝返ったせいで死なせた男でしょう。

おそらくデリック・イェールが低木の端に立っているところをちらりと見て、恐怖のあまりすっかりうろたえたマールは村へとって返し、ロンドンへ帰ると見せかけた。恐怖にかられ、ライトマンに殺される前に自分が彼を殺そうと決心したのです。が、その度胸は徐々に萎えてしまったのでしょう。彼は格別勇敢な男ではなかったので作戦を変え、イェールに手紙を書いて、彼の部屋の窓の隙間から差し込みました――手紙はイェールが読み終えてから燃やして、ほとんど残っていません。何が書いてあったのかは、わたしにも知る由もないのですが、おそらくは、自分を放っておいてくれるなら、自分もイェールにかかわる気はない、というようなことだったでしょう。マールには、イェールがどのような立場の人間になりすましているのかわからなかったと思います。〈ブロックB〉という言葉は、トゥールーズ刑務所の区画のブロックを指しているはずです。

その瞬間に、マールの運命は決まってしまいました。彼自身もブラバゾンを少しばかり脅迫していたのですが、実はクリムゾン・サークルのメンバーだったブラバゾンは、その窮状をイェールに打ち明けたのでしょう。探偵のイェールはクリムゾン・サークル宛ての郵便物が集まる店を警察官だと偽って訪れ、手紙の本来の受取人でありながら、その責任を問われることなく、すべての手紙を開封して中身を見ることができました。

ブラバゾンはたまたま、マールが殺される翌日に逃げる予定を立てており、そのためにマールの口座に残っていた預金を全部引き出して逃亡の準備に充てていました。ところがマールが死んで、当然ながら彼が犯人と疑われた。クリムゾン・サークルがブラバゾンに危険が迫っていると警告し、われわれが捜査に入ったあのリバーサイドの家へ身を隠すよう命じました」

パー警部はおかしそうに声を立てて笑った。

「〝われわれが捜査に入った〟と言いましたが、実は捜査したのはイェールです。つまり、ブラバゾンがいるとわかっている部屋に入っていき、誰もいなかったと言って戻ってきたわけです」

「ひとつよくわからないことがあるのだが――イェールが事務所でクロロホルムを嗅がされた事件だ」首相が言った。

「あれは実に巧妙で、わたしも一瞬騙されました。イェールは自分で手錠をはめ、足をベルトで縛り、クロロホルムを嗅いだわけですが、その前に預かっていた金を封筒に入れて、郵便シュートへ落としたのです――宛名に自宅の住所を書いて。首相は覚えておいでですか、〝暴行〟の数分後に、郵便配達人が建物を出ましたね？　あのとき、差出郵便物も回収されていたのです。イェールには気の毒なことに、その前にわたしはタリアを彼の執務室に呼び入れて、戸棚に隠れさせたので、彼女はそこから茶番の一部始終を目撃し、イェールがデスクの引き出しに入れたクロロホルムの瓶を持ち帰ってきました。

最後の被害者、ミスター・ラファエル・ウィリングズですが」ここでパーははっきりと、ゆったりと喋った。「今日まで命が永らえているのは、彼がわたしの娘によろしからぬ思いを抱いていたからにほかなりません。彼と揉み合っている間に、娘がふと後ろを振り返ると、カーテンの奥から手が伸びるのを見たそうです。その手に握られていたのは、イェールが（今回も探偵として）その朝ウィリングズの自宅を訪れた際に盗んでおいた例の短剣です。短剣はミスター・ウィリングズの心臓を狙っていましたが、娘は超人的な力をふり絞ってウィリングズの体を押しのけました。ただし、無傷で済むほどの距離までは無理でしたが。イェールはもちろん、事件を発見する役回りで再登場することで（殺人に失敗したと知ったときには、ひどく腹を立てたことでしょうが）、母さん――いや、タリア・ドラモンド・パーの犯行に見せかけることが容易にできたわけです。考えてみてください、彼の犯行の巧妙さを！」パーが敬服したように言った。「有能な私立探偵として自らを際立たせることで、クリムゾン・サークルにとってかけがえのない情報を引き出せる立場に立つ。ついには――わたしの提案でしたが――警察本部に出入りし、最も重要な機密書類にまで目を通せるようになる。まあ、その書類のいくらかは彼が思うほど重要でもなかったのですが、自分の死刑執行が中止になる直前に撮られた写真を彼が無事に入手できたおかげで、ミスター・ビアードモアは命拾いできたことになります。

さて、みなさん、ほかに説明の必要な点はありますか？　曖昧というわけではありませんが、わたしのほうからもうひとつお話ししましょう。二日前に、わたしはイェールにこう言いました。どれほど偉大な悪党も、ばかみたいに小さな判断ミスから悲惨な結末を迎えるものだと。イェールがミスター・ウィリングズの自宅を訪ねたとき、すでにタリアとウィリングズは出かけた後で、ふたりの行き先を使用人に教えてもらったと、彼は平然とわたしに言いました。その言葉がすでに彼にとって命取りだったのです。なぜなら、彼はその朝訪れたきりウィリングズの自宅に近づいていないし、別荘には使用人たちより一時間も早く到着していたのですから」

「今わたしが一番気になっているのは」首相が口を挟んだ。「きみのお嬢さんには、どんな褒賞を与えればいいかということだ、ミスター・パー。当然、きみ自身の昇進は容易だ、ちょうど警視監の席がひとつ空いているしな。だが、ミス・ドラモンドには何で報いればいいか思いつかないのだ。もちろん、あの危険な犯罪者の逮捕につながった行為への懸賞金は別として」

するとかすれた声が聞こえてきた。ジャックは、やけに自分の声に似ている気がしたが、同じテーブルの誰もがそう思っているようだった。

「ミス・パーのことなら、ご心配におよびません」その奇妙な声は、ジャックの心の中を声に出していた。「ぼくたちは、まもなく結婚しますから」

祝福に湧いた歓声がやんだあとで、パー警部は娘のほうへ身を乗り出した。

「わたしは聞いてないよ、母さん」咎めるように言う。

「だってわたし、彼にも何も言ってないんですもの」彼女はジャックの顔を不思議そうにみつめた。

「なに、彼は結婚を申し込んでもいないのか？」驚いた父親が訊いた。

タリアは首を振った。

「されてないわ。それに、わたしもイエスと言ってないの。でも、なんとなくこんなことになるんじゃないかと思ってたわ」

＊　＊　＊　＊

ライトマン、あるいは良く知られた名前で呼ぶなら〝イェール〟は、模範囚だった。看守に向かって漏らした不満はただひとつ、処刑場へ向かうときには煙草を吸わせてもらえないということだけだった。

「その点は、フランスのほうが寛大だったな」彼は刑務所長に言った。「前におれが処刑されたときには――」

教誨師に対しては、タリア・ドラモンドへの優しい言葉を伝えた。

「あの娘は最高だ！」彼は言った。「きっとビアードモアの息子と結婚するんだろうな――幸運なやつめ。個人的には、大抵の女には魅力を感じないし、そのおかげでここまでやって来られた。だがもしも結婚するなら、おれもタリア・ドラモンドみたいな女性を探すべきなのだろうな」

彼は教誨師が気に入っていた。さまざまな場所や物や人について興味深い話をしてくれる、寛容で人間味溢れる人物だったし、イェールもまた世界のあらゆる面白い場所を見てきたからだ。

三月のある曇った朝に、房に男がやってきて彼の両手を縛った。

イェールは振り向いて肩越しに男を見た。

「ムシュー・パリヨンを知ってるか？　あんたと同じ職業の男だった」

死刑執行人は返事をしなかった。これから行なわれる行為についてあなたを許します、と死刑囚が言う以外は、会話を交わしてはいけないというのが暗黙のしきたりだったからだ。

「パリヨンのことを調べてみるといい」縦に並んで歩きだしながらイェールが言った。「きっと彼の前例から学べるものがある。酒は飲むべからず。そうだ、酒のせいだ！　酒さえなければ、おれはこんなところにいなかったはずなんだ！」

この突飛な考えを面白がりながら、彼は絞首台へ上った。首の周りに縄をかけ、頭に白い布をかぶせて、死刑執行人は鋼鉄のレバーまで退った。

「この縄がちぎれないといいがな」デリック・イェールが言う。

クリムゾン・サークルからの、最後のメッセージだった。

訳者あとがき

ある日突然、あなたのもとに白い封筒が届く。宛名は太いペン字で書いてあるが、差出人の名はどこにもない。おそるおそる開けてみると、正方形の厚手の白いカードに、紅いインクで大きな輪をかたどったスタンプが押され、その中央にもペン字が並んでいる。

われわれの要求どおりの金額を、連続しない番号の紙幣で用意しろ。受け渡し方法については次の連絡を待て。要求に応じない場合には、これまでに選択を誤った者たちと同じく、悲劇的な結末が待っている。

間違いない、連続殺人でロンドンを恐怖に陥れている犯罪集団〈クリムゾン・サークル〉からの脅迫状だ。その正体は皆目わからず、警察も手をこまねくばかり。

すぐにロンドン警視庁に通報し、あのずんぐりとした、無表情の、ひたすら執拗に事件を追い続ける叩き上げの警部、ジョン・パーに捜査を委ねるか。

はたまた、今をときめく私立探偵、物体に手を触れれば最後に触った人物や情景が読みとれる〈サイコメトリー能力〉が売りの、繊細なデリック・イェールに調査を依頼するか。

いや、身の安全を第一に、黙って言われるままに全額支払うべきか。
――それとも、ジェームズ・ビアードモアのように笑い飛ばして、毅然と無視するか。

筆者のエドガー・ウォーレスをご存じない読者も、SF映画でおなじみの〈キング・コング〉の原作者だと言えば、おわかりいただけるだろう。小説家、詩人、ジャーナリスト、脚本家と、多才なウォーレスは、特に一九二〇年代から三〇年代のイギリスでは知らぬ者はいないほどの売れっ子でありながら、残念ながら日本ではそれほど多くの作品が紹介されていない。

一八七五年に生まれ、一九三二年に亡くなったウォーレスの五十六年の人生もまた、小説のように劇的なものだった。

ロンドンの貧しい女優のもとに生まれてまもなく魚屋に預けられ、後にこの夫婦の正式な養子として育つ。十二歳で学校をやめてからは、職を転々としてから陸軍に入隊し、南アフリカに配属となる。そこで新聞の従軍記者に転身し、ボーア戦争下のアフリカから記事を発信し続けた。金に困ってロンドンに戻ったウォーレスは、『正義の四人』(1905)を皮切りに、推理小説を書き始める。それから一九三二年に亡くなるまで、実に多くの作品を世に送り出し、そのあまりの筆の速さ、作品の多さでも名を馳せた。

一九三一年に英国議会議員に立候補するも、落選して借金をかかえたウォーレスは一転、その十一月にハリウッドへ渡る。そこでくだんの〈キング・コング〉の脚本を執筆している最中に病に倒れ、翌三二年二月に、ビバリーヒルズにて急死する。三三年に公開された映画は、彼の死後に脚本を手直しされ、また小説化されたため、彼は〝原作〟あるいは〝原案〟の作者として名を残しているわけだ。

当時は映像化された作品の数でも群を抜いていたものの、現存する映像が少なく、絶版となった書籍も多い。それでも世界中のウォーレス・ファンは後を絶たない。彼の末娘によって、〈エドガー・ウォーレス・ソサエティ〉が一九六九年に設立され、〝彼の人生や作品に興味をもつ人々の集いの場となること。年配の読者の記憶の中で、彼の名を絶やさないこと。若い世代に彼の物語を紹介すること〟を目的に活動している（英文ホームページより）。その活動の一環として会員向けに会誌を発行しているが、その会誌の名前が、〈ザ・クリムゾン・サークル〉なのだ。

さて冒頭の質問だが、もしも脅迫状が届いたら、あなたはどうするだろう。命を狙われる前に、謎のクリムゾン・サークルの正体を暴くことができるだろうか。

よく知られたエピソードだが、前述の長編処女作『正義の四人』の発行にあたり、宣伝戦術として本にエンディングを載せず、結末を推理できた読者には五百ポンドの懸賞金を出すと挑戦した。ところが、あまりにも正解者が多く、かなりの損失を被るという、笑うに笑えない落ちがついてきた。

この作品が書かれたのは、その十七年後。波に乗っている時期の代表作のひとつだが、はたしてどれほどの現代の読者に〈クリムゾン・サークル〉の謎が解けるだろうか。ご自身も刑事、あるいは私立探偵となって、存分に犯人探しを楽しんでいただけたら、訳者としても幸いだ。

末筆ながら、〈クリムゾン・サークル〉に引き合わせていただいた論創社と、大きな一歩を踏み出す力をくださったインターカレッジ札幌の山本光伸先生に、心からの感謝を申し上げます。

解説

二階堂黎人（小説家）

1 『真紅の輪』あらすじ

その頃、ロンドン市民は、〈クリムゾン・サークル〉と名乗る強請屋《ゆすりや》組織の暗躍に恐れおののいていた。特に金持ちは皆、恐怖のどん底にいた。というのも、この謎の組織が、命と引き替えに、多額の支払いを要求してきたからだった。

無論、ロンドン警視庁（スコットランドヤード）は、〈クリムゾン・サークル〉の犯罪を阻止しようと躍起になっていた。そのため、ジョン・パー警部が捜査に乗り出していた。

富豪のジェームズ・スタンフォード・ビアードモアも、〈クリムゾン・サークル〉から十万ポンドを要求する手紙を受け取っていたが、支払いを拒否した。それでも、彼は自身の命を守るために、霊能力を持つ探偵デリック・イェールを雇った。しかし、ジェームズは殺されてしまい、その死体を、息子のジャックが発見する。

はたして、探偵イェールとパー警部は、〈クリムゾン・サークル〉の秘密を暴き、その首領の正体を突き止めることができるのだろうか⁉

2　日本でのウォーレス

イギリスの作家エドガー・ウォーレス（1875―1932）は、百七十冊もの長編を書いた（短編は四百作）流行ミステリー作家だった。しかし、そのわりには、長い間――特に、戦後の日本人にとっては――幻の作家という存在でしかなかった。

というのも、戦前には何冊かの翻訳があったが、戦後は、デビュー作である『正義の四人』（『世界推理小説大系14』東都書房　1963）と、映画化された『キング・コング』のノベライズ（共作）が翻訳されたくらいで、評論などでも言及されることがなかったからだ（短編はいくつか、アンソロジーの中で翻訳されている）。

また、基本的にはスリラー系の作家であるため、読み捨てにすれば良いような内容の作品が多く、本格推理の愛好家たちには、他愛のない印象を与えてしまった。そのことが、ウォーレスを過去の作家にしてしまった主な理由だった。

しかし、二〇〇七年に『正義の四人／ロンドン大包囲網』の新訳が長崎出版より刊行され、論創社からも、二〇一五年二月に『淑女怪盗ジェーンの冒険』が刊行されて、少しずつであるが、この作家の特色が解るようになってきた。

ところで、私がウォーレスを知ったのは、今から四十年前、十五歳の時に、横溝正史の『迷路荘の惨劇』という長編を読んだからだった。この小説に出てくる密室トリックに関する推理の箇所で、金田一耕助はこのように述べている。

「これ、わたしが考え出したことじゃなく、若いころこういうトリックを使った、外国の小説を読んだ気がするんです」

そして、そのトリックがウォーレスのある長編からの流用だと知り――どうして知ったのかは、今となっては思い出せないのだが――私は翻訳を探したのである。

戦前、翻訳されたウォーレスの作品は、『正義の四人』（1905）の他に、次のようなものがあった。

The Council of Justice（1908）『正義の会議』「世界大衆文学全集77」改造社（31）
The Man Who Knew（19）『すべてを知れる』「探偵趣味」連載（27）
The Daffodil Mystery（20）『黄水仙事件』尖端社（31）
The Clue of the New Pin（23）『血染の鍵』「探偵小説全集8」春陽堂（29）
The Missing Million（23）『迷路の花』「探偵傑作叢書32」博文館（25）
The Yellow Snake（26）『黄色い蛇』紫文閣（39）
The Traitor's Gate（27）『反逆者の門』「探偵小説全集8」春陽堂（29）
The Man Who Was Nobody（27）『影の人』「世界探偵小説全集12」平凡社（30）
The Ringer（27）『鉄槌』「世界探偵小説全集13」平凡社（30）
The Traitor's Gate（27）『反逆者の門』「世界探偵小説全集13」平凡社（30）
Flat 2（27）『渦巻く濃霧』「博文館文庫68」博文館（39）
（原題不明）『黄金島秘譚』「新青年」（38）

横溝正史が、ウォーレスから借りた密室トリックが出てくるのは、この内の『血染の鍵』である。春陽堂から出ていた「探偵小説全集」というのは、文庫サイズの本で、ウォーレスの巻には、『反逆者の門』も収録されていた。どちらも抄訳であり、当時は教育の問題で漢字を読めない読者も多かったから、総ルビとなっている（今の読者には、紙面が賑やかすぎて、かえって読みづらい）。『血染の鍵』で使われたトリックは、密室ものの一つの原理を発明している。現代からすると、古臭かったり、ちゃちに思えたりするかもしれないが、歴史的な意義を忘れてはならない。その後のバリエーションを生み出す原形としても、非常に重要なトリックなのだ。

であるからして、ポー「モルグ街の殺人」、ルルー『黄色い部屋』、ザングウィル『ビッグ・ボウの殺人』、フリーマン「アルミニウムの短剣」、ヴァン・ダイン『カナリヤ殺人事件』、カー『黒死荘の殺人』などの列に加えてもおかしくはないほど価値があるトリックなのだ。

『血染の鍵』の、金持ちの老人殺しという物語も、密室犯罪を主軸に据えて――犯人は被害者の自殺を装ってある――スリラーにしては意外なほど推理ものの体裁を整えていた。以上のような観点からしても、ウォーレスの代表作たる資格を持った作品なので、ぜひとも、新訳（完訳）で出してほしいと思う。

余談だが、『正義の四人』の後半にも機械仕掛けの密室が出てくるし、乱歩の類別トリック修正にも、「磁石で閂《かんぬき》を動かす（ウォーレス長編）」という一例が挙がっている。たぶん、どちらのトリック原理も、ウォーレスが先鞭を付けたと思われる（つまり、彼はアイデア・マンだったわけだ）。

なお、いくつかの評論や路標的名作リストを見ると、ウォーレスの代表作として、次のような作品が挙がっている（『キングコング』は省く）。

『正義の四人』、『影の人』、『鉄槌』、『黄色い蛇』、『The Mind of Mr J.G. Reeder（J・G・リーダー氏の心）』（1925）、『The Crimson Circle（真紅の輪）』（1922）、『The Fellowship of the Frog』（1925）

『J・G・リーダー氏の心』は短編集で、エラリー・クイーンが『クイーンの定員』の一冊に選出している。

『クイーンの定員』は、一八四五年から一九六七年までに出版されたミステリーの短編集の中から、優秀作を選んで解説した書誌学本である。その中で、『J・G・リーダー氏の心』については、こうに述べられている。

「イギリスにおいては一九二五年、エドガー・ウォーレスの最高に敏腕な探偵がすまなそうに弁明をはじめていた。〈これは私の奇癖なのだ――私は犯罪者の心をそなえているのだ〉と」（名和立行訳）

3　『真紅の輪』について

さて、『真紅の輪』である。

結論から言うと、スラスラ読めて面白い。その上、古いようでいて、新しい。

何が新しいかと言えば、探偵役の造形である。

実を言うと、私はこの作品を読みだした途端、びっくりしてしまった。というのも、探偵のデリック・イエールがただの探偵ではなく、サイコメトリー能力を持った、超能力者だったからだ。

昨今のミステリーやホラーなら、小説でも映像作品でも、超能力探偵はそれほど珍しくない。たとえば、テレビ・ドラマで言えば、『ミレニアム』（1996—1999）や『プロファイラー／犯罪心理分析官』（1996—2000年）などが思い浮かぶし、小説だと、ディーン・クーンツの『オッド・トーマス』シリーズなどがすぐに思い浮かぶ。

だが、何しろ、『クリムゾン・サークル』は一九二二年の作品である。探偵小説黄金期には、心霊術を取り扱った作品がけっこう書かれ——アガサ・クリスティを筆頭に——オカルトに関する一般の関心も高かったことがうかがえる。だが、軍が超能力者の研究をしたり、アメリカのFBIがこのような人々を捜査に用いたりしたのは、第二次世界大戦以降のことで、さらに、それが一般人に知られるようになるのは、もっとずっと後のことだ。

したがって、一九二〇年代に超能力探偵をミステリーで用いたのは、とても斬新な設定であっただろう。しかも、探偵イェールは、パー警部と共に、一九世紀的な悪党グループ（ホームズ譚にもよく出てくる奴）と戦うわけで——意外な展開を含めて——スリルやサスペンスに満ちた物語が繰り広げられる。

『クリムゾン・サークル』は、今回が初訳となるが、戦前にこの作品を、ウォーレスの代表作の一つとみなしていた人物がいる。『支倉事件』などの著作があり、探偵小説における〈本格〉〈変格〉という分け方を提唱した甲賀三郎（1893—1945）である。

戦前、もっとも有名だった探偵小説雑誌「新青年」の、昭和十二年春期増刊号で、「海外探偵小説十傑」というアンケートが実施された。甲賀三郎が選んだ十傑中の七位に『真紅の輪』が入っていたのである。

彼の選んだ十傑は、次のようなものであった。

ルルウ『黄色い部屋のミステリ』、ベントリイ『トレント最後の事件』、クロフツ『樽』、ラインハート『ジェニイ・ブライス事件』、クリスチィ『アクロイド殺し』、シメノン『男の頭』、ウォーレス『真紅の輪（The Crimson Circle）』、クイーン『和蘭陀靴のミステリ』、ヴァン・ダイン『グリーン家の惨劇』、ドウゼ『夜の冒険』※表記は甲賀のママ

無論、『真紅の輪』の翻訳など存在しなかったのだから、甲賀はこれを英語の原書で読んだのだろう。彼の随筆の中では、ハリー・スティーヴン・キーラーの『ワシントン・スクエアの謎（仮）』（論創海外ミステリ・近刊予定）が取りあげられているそうである。これもこれまで翻訳はなかったのだから（何しろ、ミステリー界のエド・ウッドと言われているくらいの珍妙な作家だし）、甲賀は、原書で海外の探偵小説を渉猟していたようなのである。

私は、この「新青年」のアンケート結果をどこかで見ていて、ウォーレスの『真紅の輪』という作品名をなんとなく覚えていた。それで、戦前に翻訳があったのだろうと勘違いしており、今回、初訳が出ると聞いて、驚くと共に多いに喜んだわけなのだ。

どちらにしろ、ウォーレスの再評価が本当に進むのはこれからだろう。『正義の四人』シリーズの最終作『コルドバの正義の三人（仮）（The Just Men of Cordova）』（1917）も、論創海外ミステリから刊行予定だという。先に挙げた『血染の鍵』を含めて多様な作品が翻訳され、ウォーレスの多彩な

才能が読者の目に止まってほしい。私はそう願っているのである。

〔訳者〕

福森典子（ふくもり・のりこ）

大阪生まれ。幼少期より通算10年の海外生活ののち国際基督教大学卒業。企業勤務を経て翻訳を志し、インターカレッジ札幌ほかで学ぶ。

真紅《しんく》の輪《わ》

——論創海外ミステリ 147

2015年5月25日　初版第1刷印刷
2015年5月30日　初版第1刷発行

著　者　エドガー・ウォーレス

訳　者　福森典子

装　画　佐久間真人

装　丁　宗利淳一

発行所　論 創 社

〒101-0051 東京都千代田区神田神保町2-23 北井ビル
電話 03-3264-5254　振替口座 00160-1-155266

印刷・製本　中央精版印刷

組版　フレックスアート

ISBN978-4-8460-1426-1